Olvidé olvidarte

Bestseller Internacional

Megan Maxwell
Olvidé olvidarte

Esencia/Planeta

El papel utilizado para la impresión de este libro es cien por cien libre de cloro y está calificado como **papel ecológico**.

Los personajes, eventos y sucesos presentados en esta obra son ficticios. Cualquier semejanza con personas vivas o desaparecidas es pura coincidencia.

eBook DISPONIBLE

Avinguda Diagonal, 662, 6.ª planta. 08034 Barcelona (España)
www.esenciaeditorial.com
www.planetadelibros.com

Adaptación de la cubierta: Booket / Área Editorial Grupo Planeta
Imagen de la cubierta: Shutterstock
Primera edición en esta presentación en Colección Booket: mayo de 2015
Segunda impresión: junio de 2015
Tercera impresión: agosto de 2015
Cuarta impresión: diciembre de 2015
Quinta impresión: marzo de 2016
Sexta impresión: septiembre de 2016

Depósito legal: B. 6.841-2015
ISBN: 978-84-08-14076-4
Impresión y encuadernación: EGEDSA
Printed in Spain - Impreso en España

Biografía

Megan Maxwell es una reconocida y prolífica escritora del género romántico. De madre española y padre americano, ha publicado novelas como *Te lo dije* (2009), *Deseo concedido* (2010), *Fue un beso tonto* (2010), *Te esperaré toda mi vida* (2011), *Niyomismalosé* (2011), *Las ranas también se enamoran* (2011), *¿Y a ti qué te importa?* (2012), *Olvidé olvidarte* (2012), *Las guerreras Maxwell. Desde donde se domine la llanura* (2012), *Los príncipes azules también destiñen* (2012), *Pídeme lo que quieras* (2012), *Casi una novela* (2013), *Llámame bombón* (2013), *Pídeme lo que quieras, ahora y siempre* (2013), *Pídeme lo que quieras o déjame* (2013), *¡Ni lo sueñes!* (2013), *Sorpréndeme* (2013), *Melocotón loco* (2014), *Adivina quién soy* (2014), *Un sueño real* (2014), *Adivina quién soy esta noche* (2014), *Las guerreras Maxwell. Siempre te encontraré* (2014), *Ella es tu destino* (2015), *Sígueme la corriente* (2015), *Hola, ¿te acuerdas de mí?* (2015), *Un café con sal* (2015), *Pídeme lo que quieras y yo te lo daré* (2015), *Cuéntame esta noche. Relatos seleccionados* (2016) y *Oye, morena, ¿tú qué miras?* (2016), además de cuentos y relatos en antologías colectivas. En 2010 fue ganadora del Premio Internacional Seseña de Novela Romántica, en 2010, 2011, 2012 y 2013 recibió el Premio Dama de Clubromantica.com, y en 2013 recibió también el AURA, galardón que otorga el Encuentro Yo Leo RA (Romántica Adulta). *Pídeme lo que quieras*, su debut en el género erótico, fue premiada con las Tres plumas a la mejor novela erótica que otorga el Premio Pasión por la novela romántica. Megan Maxwell vive en un precioso pueblecito de Madrid, en compañía de su marido, sus hijos, sus perros *Drako* y *Plufy* y sus gatas *Julieta* y *Peggy Su*.

Encontrarás más información sobre la autora y sobre su obra en: www.megan-maxwell.com

1

La dulce melodía que salía de la radio llenaba el ambiente mientras las costureras se afanaban por dar las puntadas exactas en aquellos vestidos que, en un día de gloria, se lucirían como verdaderas joyas.

Durante las horas que aquellas mujeres pasaban juntas, se había hablado en muchas ocasiones del vestido que Balenciaga cambió en el último momento para el enlace del príncipe Balduino y Fabiola de Bélgica, o de la maravillosa mantilla antigua de encaje de blonda de Bruselas que lució Paola de Bélgica en su boda con Alberto de Lieja. Les gustaba recordar el vestido de Beatriz de Holanda, que fue de seda brocada, o el de Sonia de Noruega, de seda salpicada de perlas. El traje nupcial de Silvia de Suecia fue diseñado por Marc Bohan para Christian Dior, en blanco marfil liso, aunque lo que más llamó la atención de aquel grupo de modistas fue el velo de fino encaje bordado, regalo de la princesa Sibyla.

En las revistas vieron el vestido que había llevado María Teresa en su boda con el príncipe Enrique de Luxemburgo. Un diseño de Balmain, en seda natural ribeteada de armiño, con un gran velo de tul e incrustaciones de encaje de Manila.

Aunque la elegancia, el gusto, el glamour y el saber llevar un traje de novia quedaron reflejados en Gracia de Mónaco en su boda con el príncipe Rainiero. El vestido de Grace era de estilo renacentista, diseñado por la directora del departamento de moda de la Metro, Helen Rose. Se confeccionó con un corpiño rosa marfil, salpicado de flores bordadas, y se abrochaba delante con pequeños botones forrados con encaje. La falda era acampada y el velo bordado de encaje rosa iba adornado con perlas.

En sus interminables conversaciones no podía faltar el vestido que lució doña Sofía en su boda con don Juan Carlos, hoy reyes de España. Fue diseñado por el modisto francoheleno Jean Dessés. Era de lamé recubierto de tul con un encaje antiguo, conocido como «encaje duquesa», e iba adornado con encaje de bolillos.

Pero nunca olvidarían la mañana en la que, mientras desayunaban churros, veían por televisión la boda de Lady Diana de Gales, Lady Di, con Carlos de Inglaterra. El enlace que todos catalogaron como la boda del siglo. Aquel vestido recibió muchas críticas. Buenas y malas. Era de tafetán en seda natural color marfil, con un encaje antiguo bordado de perlas y madreperlas. Completaban el conjunto una amplia falda a juego y unas enormes mangas de tul y seda, bordadas con madreperlas.

En la prensa que cada semana podía encontrarse en los quioscos aparecían todos aquellos vestidos que luego ellas, en el taller, se aplicaban en realizar. Más de una novia que había acudido allí tenía alguna idea preconcebida de algún modelo visto en las revistas. Aquellas muchachas esperaban ser, en su gran día, la novia más bella del mundo.

—Barbara... Barbara...

Era la voz de Candela, una de las costureras, la que se oía.

—Un momento —dijo una voz con un dulce acento extranjero.

Al oír aquello, Candela se dirigió hacia las señoras que miraban con curiosidad todo lo que en la zona de tienda se exponía.

—Barbara Pickers les atenderá en seguida —les indicó con una sonrisa—. Si quieren, pueden esperar sentadas en aquella mesa. Allí encontrarán los catálogos y cuadernos donde ponemos a su disposición todas las telas que usamos para confeccionar nuestras creaciones. ¿Les apetece un café mientras esperan?

Las clientas, una madre y sus dos hijas, encantadas con la amabilidad de Candela, asintieron. Mientras miraban con verdadera adoración los catálogos, Candela marchó en su busca.

Aquella tienda de vestidos de novia, con taller en la parte de atrás, se llamaba «Barbara Pickers». Ése era exactamente el nombre de su dueña, una preciosa rubia norteamericana, de acento dulce y que tenía unos ojos verdes maravillosos y expresivos. Desde hacía veinticinco años, la mujer residía felizmente en España, concretamente en Madrid.

Conoció a Juan Silva, su marido, un informático, en un viaje que éste hizo a San Diego por motivos de trabajo, una noche en que coincidieron en un grupo de amigos. Sus miradas se cruzaron y a partir de ese momento no las habían vuelto a separar.

Durante cinco años, ambos viajaron mucho para verse. Al final, decidieron casarse y Barbara abandonó su país para residir en España, donde montó a los dos años su propio negocio, una tienda taller de vestidos de novia y fiesta. Era un trabajo parecido al que desempeñaba en San Diego, donde su familia poseía una empresa que organizaba todo tipo de eventos.

—Buenos días —saludó Barbara con su inconfundible acento americano—. Soy Barbara Pickers. ¿En qué puedo ayudarlas?

La madre de las muchachas, al verla, se levantó rápidamente para saludarla.

—Encantada de conocerla —dijo tendiéndole la mano. Soy Diana Ross. Mi hermana Daniella acudió a esta tienda con mi sobrina Aurora hace unos meses y usted le confeccionó un vestido de novia espectacular.

Al oír aquellos nombres, Barbara sonrió y asintió. La mujer continuó:

—Ahora buscamos un vestido de novia para mi hija Alicia —señaló a una de las jóvenes—. Se casa dentro de siete meses, concretamente el 18 de julio, en Sevilla, y queremos que esté preciosa. Y ya que estamos aquí, Elena —indicó, señalando a la otra hija— quiere mirar también algún vestido para la boda.

Barbara, tras escucharla con atención, asintió. Al ver que llegaba Candela con los cafés, se sentó a la mesa con las demás y dijo:

—No se preocupe. Aquí encontrará lo que busca —sonrió la dueña del local—. Lo primero es saber la idea que tienen ustedes sobre el traje de la novia; así, según eso, podemos ver los vestidos para usted y su hija —añadió después.

La novia, una muchacha menuda y morenita, habló rápidamente:

—Me gustaría un vestido sencillo, pero al mismo tiempo maravilloso, que tenga cola. Y sobre lo que no tengo duda alguna es que quiero lucir la mantilla de color blanco roto de mi abuela Almudena, sujeta en un moño bajo.

—Me ha parecido oír que se casa en Sevilla. ¿La familia del novio es de allí? —preguntó Barbara mientras abría un cuadernillo.

De nuevo, Alicia, la novia, contestó:

—Sí. Son andaluces. Mi familia es de origen madrileño e italiano y, por favor, llamémonos de tú, ¿de acuerdo?

Barbara sonrió. Estaba acostumbrada a todo tipo de clientas y prefería que fueran ellas quienes propusieran aquella familiaridad.

—Excelente idea, Alicia —respondió ésta, y mirándola preguntó—: ¿Te gustaría un vestido de estilo andaluz?

Al oír aquello, la madre, saltó:

—No... no, nada de volantes, queremos algo diferente.

—No hablo de volantes —sonrió Barbara al oírla—. Hablo de inspiración andaluza.

—¿A qué te refieres con eso? —preguntó la novia mirándola, interesada.

—Veamos —dijo Barbara, que comenzó a dibujar en su cuaderno—. Quieres algo sencillo pero maravilloso y que te permita lucir la preciosa mantilla de tu abuela, ¿verdad?

—Sí —respondió ésta mientras Barbara dibujaba rápidos trazos en el cuaderno.

—Creo —continuó hablando la vendedora— que un corpiño y una falda serían estupendos. Con tu silueta, te puedes permitir llevar cualquier tipo de vestido y diseño. Podría ser algo parecido a esto —dijo enseñándole el dibujo del cuaderno—. Además de ser una novia guapa y elegante, podrás sorprender a tu marido y a tu futura familia con un modelo de estilo andaluz que lucirás a la perfección.

La novia, junto a su madre y su hermana, miraba alucinada aquellos trazos que en unos segundos Barbara les había esbozado en aquel cuaderno.

—¡Es una maravilla! —susurró la madre de la novia, mientras su otra hija asentía.

—Me gusta muchísimo la idea —se emocionó Alicia—. Creo que es lo que estaba buscando —susurró al mirar aquel boceto, en el que podía verse un corpiño sin mangas con un escote en uve y una falda que parecía flotar en el aire.

En ese momento se oyeron unos rápidos pasos acercarse hasta ellas. La puerta se abrió y una muchacha morena de ojos verdes apareció ante ellas.

—¡Disculpen!

Todas observaron a aquella joven que las miraba con una sonrisa arrebatadora.

—Es mi hija —informó Barbara—. ¿Dime, Elsa?

—¿Podrías venir un momento? Aída se está probando el vestido y queríamos que le dieras el visto bueno. Además, hoy no se le han olvidado los zapatos.

Al escucharla, Barbara sonrió y respondió.

—Ahora mismo voy. —Y mirando a las futuras clientas les susurró—: ¿Me disculpáis un momento?

Barbara y Elsa desaparecieron tras la puerta y se dirigieron al salón número dos para ver a Aída. Al entrar, se encontraron con una preciosa joven que daba vueltas mirándose en los espejos que rodeaban parte de la sala. En su cara se dibujaba una amplia sonrisa, una expresión de felicidad.

—¡Estás preciosa! —dijo Barbara con cariño.

Con orgullo, miró a la muchacha que había crecido junto a su hija y a la que tantas veces había oído hablar sobre que algún día se casaría. Si algo tenía claro Aída en la vida era que se quería casar con un buen hombre que la quisiera y tener muchos hijos.

Aída, al oír la voz de Barbara, aplaudió encantada, mientras Cecilia, su madre, se limpiaba la nariz emocionada.

—¡Estoy increíble! —saltó de alegría—. Verás cuando me vean Shanna, Rocío y Celine. —Y con gesto cómplice dijo a Elsa—. Madre mía. Cuando Mick me vea ¡se va a morir!

—Bueno, no le matemos antes de la boda —bromeó Cecilia con los ojos anegados en lágrimas—. Estás guapísima, cariño.

Y tras un puchero acompañado de un gemido, consiguió balbucear:

—Ay... cuando te vean tu padre y tu hermano...

Barbara, acostumbrada a los lloros de madres, abuelas, tías y suegras al ver a las novias ataviadas con sus vestidos, se sentó con rapidez a su lado y le dio una caja de pañuelos de papel.

—Eh..., Cecilia —bromeó Elsa con una sonrisa—. Aquí está prohibido llorar.

—Mamá... por favor —protestó cariñosamente Aída.

—Tranquila, Cecilia —dijo Barbara a la mujer. Tras asentir, ésta se levantó y se encaminó a arreglarle el velo a Aída—. Es normal que llores al ver a tu hija tan guapa vestida de novia.

Un nuevo gemido salió de la garganta de Cecilia mientras Elsa intentaba contener la risa.

—Venga, Cecilia, venga —susurró Elsa mientras la otra se sonaba escandalosamente la nariz.

—Tenéis razón —comentó Cecilia agradeciendo los pañuelos—. Se acabaron los lloros y la ñoñería.

—Así me gusta, mamá —sonrió Aída desde el pedestal y, tras mirar a la madre de su amiga, preguntó—: Bueno, ¿cómo lo ves?

Barbara, tras dar un par de vueltas alrededor de ella y ver que todo estaba en orden, dijo:

—Creo que hemos acertado de pleno contigo, cariño.

Aída y Elsa, encantadas, se miraron satisfechas.

—¡¿Verdad que sí?! —gritó Aída al oírla—. ¡Dios, me siento como una princesa!

En ese momento, se abrió la puerta y Candela entró.

—¡Virgencita, qué preciosa estás, chiquilla! —gritó al ver a Aída.

De nuevo, la novia comenzó a aplaudir. Estaba feliz.

—Candela, ha quedado precioso —murmuró Cecilia, la madre de la novia.

La mujer, muy andaluza ella, tras mirar a la muchacha susurró:

—¿Cuándo veré yo a mi Rocío con un vestido así?

Al oír aquello, Barbara sonrió. Las tres jovencitas, junto a dos más, se habían conocido en el colegio años atrás y, aunque tras acabar los estudios tomaron caminos distintos, siempre que podían se llamaban y se veían. E igual que tenía claro que Aída se quería casar, también sabía que su hija Elsa, Rocío y las otras dos amigas que faltaban no estaban por la labor. Para quitarle hierro al asunto, le dio un cariñoso azote que la hizo sonreír.

—Mejor no lo pienses —dijo—. Rocío y Elsa no son tan amas de casa como Aída. Creo que tienen otras cosas en mente. —Candela asintió—. Quizá algún día se casen y nos den la sorpresa pero, de momento, olvídate de verlas vestidas así.

Era un asunto que a Elsa la incomodaba por lo que, para desviar el rumbo de la conversación, dijo atrayendo la mirada de su amiga:

—Estás asquerosamente guapa.

Pero lo de hablar de novios y boda resultaba ya inevitable cuando Cecilia preguntó:

—Y tú, cariño, ¿cuándo nos darás la sorpresa? Estoy segura de que tu madre se volvería loca de emoción por hacerte un vestido de novia.

Aída y Elsa se miraron. Pusieron los ojos en blanco, lo que hizo sonreír a Barbara.

—Cecilia —rió Barbara al comprobar la complicidad de Candela—, me temo que yo tardaré muchos años en ver a Elsa con un vestido de novia. Ella tiene unos planes que respeto y que me parecen estupendos.

Pero Cecilia era la típica mujer convencional. Le resultaba raro pensar que las mujeres, aparte de tener hijos, sirvieran para algo más.

—Pero ¿qué plan puede ser mejor que el de casarse y formar una familia? —Al ver que su hija la miraba con reproche, lo dejó estar—. Yo a esta juventud no la entiendo —apostilló.

—Eso digo yo —dijo Candela para echar leña al fuego—. Con lo bonito que es casarse, formar un hogar y tener hijos.

Aída miró a Elsa, quien quitándose de en medio se dedicó a rebuscar en su bolso. Tras mirar a su madre, que continuaba cotorreando, dijo:

—Estamos en 1999 y me alegra decir que no a todas las mujeres les apetece casarse. El que lo haga yo porque estoy enamorada de Mick no quiere decir que todas las chicas de veintidós años tengan que pasar por el altar.

—Elsa será una estupenda mujer de negocios —prosiguió Barbara para no darle tiempo a nadie para replicar. Conocía a su hija Elsa y sabía que en cualquier momento diría algo inconveniente. Aunque había confianza, casi era mejor no darle la oportunidad.

—En mi familia a todas las mujeres siempre nos ha gustado, y nos gusta, trabajar —prosiguió—. En Estados Unidos tenemos una empresa que organiza eventos.

—¡Aquí están! —dijo Elsa, al encontrar algo en su bolso—. Tengo un regalo para ti —dijo acercándose a su amiga.

—¿Más regalos? —preguntó Aída sorprendida—. ¿Te parece poco regalo el haberme ayudado con todo el asunto de la boda y haber diseñado este precioso vestido?

Elsa, al oírla, sonrió y dijo:

—Tú también lo hubieras hecho por mí. Aunque tengo que reconocer que lo de tu vestido ha sido fácil. Tienes una figura de escándalo y hacerte parecer guapa y sexy, lo que tú querías, ha sido muy fácil.

Aquello las hizo sonreír. Elsa tomó la mano de su amiga y la llevó ante el espejo para que se diera cuenta de lo que le decía. Aída estaba espectacular con aquel modelo de corte entallado. Se adaptaba a su cuerpo como una segunda piel. Sus ojos negros eran impresionantes, aunque lo que realmente resaltaba de sus ojos eran las pestañas largas y salvajes, iguales que las de su padre. Su pelo en contraste era rubio. Y el conjunto de todo aquello se resumía en la imagen que reflejaba el espejo.

—Lo dicho —prosiguió Elsa—. Estás fantástica y creo

que lo único que te falta para que estés más radiante es esto —dijo tendiendo a su amiga una cajita pequeña de terciopelo azul oscuro—. Espero que te guste.

Al tomar la cajita en sus manos, Aída susurró:

—Elsa, yo... —Pero al ver lo que había dentro gritó—: Oh, Dios... Elsa... gracias. Eres increíble, te acuerdas de todo. Pero ¿dónde los has conseguido? —gritó enseñándoles a todas lo que había dentro de la misteriosa caja.

—Justo donde los vimos —contestó—. Hace dos semanas pasé por casualidad por aquella tienda y, mientras contemplaba el escaparate, vi que los tenían y, sin pensármelo dos veces, entré y te los compré.

Todas admiraban los finos y delicados pendientes en forma de lágrima. Pero, en vez de una perla, lo que resplandecía era un fino cristal Swarosvky.

—Oh... ¡qué maravilla! —dijo una emocionada Cecilia con un pañuelo en la mano.

—¡Qué bonitos, cariño! —comentó Barbara tras mirar a su hija.

—¡Qué buen gusto tienes, niña! —asintió Candela.

Aída, dándole la cajita azul a su madre, se los puso y, mirándose en el espejo, comentó:

—Son preciosos, Elsa. Gracias.

Feliz por ver a su amiga tan contenta, ésta murmuró:

—De nada, petarda. Y ya sabes, si algún día los necesito, espero que me los dejes aunque no sea para una boda.

—Los tendrás —asintió la futura novia con cariño.

En ese momento, sonó el teléfono.

—Os dejo —comentó Candela—. Hasta luego.

Y desapareció por la puerta por la que había entrado.

—Bueno, cariño —dijo Barbara—, creo que el vestido te queda estupendamente y el día de tu boda lo lucirás como una princesa. Sólo falta un mes. Como ves, el vestido ya está acabado, pero haremos una última prueba dentro de tres semanas. —Y dirigiéndose hacia la puerta tras darle dos besos a una Cecilia llorosa, dijo—: Os dejo, tengo otra novia a la que atender.

Al abrir la puerta, se quedó parada y volviéndose hacia su hija y su amiga preguntó:

—Aída, ¿te importaría enseñar a la otra clienta que espera en la sala cómo ha quedado tu vestido?

—Encantada, Barbara —asintió saliendo con ella—. Así haré de modelo por unos segundos.

Al entrar en el salón donde Diana esperaba con sus hijas, éstas charlaban animadamente sobre las telas que veían.

—Señoras —dijo Barbara para llamar su atención—, lo que vamos a hacer es algo excepcional en este taller, pero una señorita a la que me une un gran afecto les enseñará, a petición mía, el diseño que hemos creado para ella.

Tras decir aquellas palabras, apareció una radiante y segura Aída, que pasó el modelo como una verdadera profesional.

—¡Qué bonito! —susurró Alicia tras salir Aída.

Barbara, feliz, se sentó junto a ellas tomando en sus manos el cuaderno de notas.

—Sí, ha quedado precioso. Y lo mejor de todo es que ella se siente segura con él. Eso es algo muy importante para lucir un vestido. —Luego, mirando a la joven novia preguntó—: ¿Has pensado con qué podrías sentirte tú igual?

Y así, de esa manera tan sencilla, Barbara junto con aquellas mujeres comenzaron a seleccionar telas, tipos de escotes, bordados. Había que conseguir que lo que Alicia deseaba para su gran día se convirtiera en realidad.

2

Como dueña y responsable de la empresa, Barbara siempre era la última en abandonar las dependencias. Desde el primer día que abrió el taller de costura, las mujeres que trabajaban en él seguían siendo las mismas. Llevaban juntas veintitrés de los veinticinco años que Barbara había vivido en España, y eso le gustaba. Apreciaba la fidelidad.

Candela apareció en su vida unos años después. La primera vez que la vio fue un día en que ésta entró para preguntar sobre el cartel que colgaba en el escaparate indicando que necesitaban costureras. Aquel día, tras hablar con Barbara, prometió volver para hacer una prueba. Regresó a los dos días, y catorce años después seguía con ella. Con el tiempo se había ganado la confianza de Barbara y se había convertido en su mano derecha. Juntas habían viajado por España para participar en los desfiles de las diversas ferias de novias.

La vida había sido amable con Barbara. Tenía un marido maravilloso y tres hijos que la adoraban. Nicolás, Elsa y Beatriz. Nicolás, Nico para la familia, tenía veinticuatro años y era un loco de la informática, como su padre. Tenía novia e incluso planes de boda. Algo que a Elsa, con veintidós años, le horrorizaba. Para ella los estudios eran lo primordial. No soportaba los imprevistos. Tenía claro que sería empresaria, como su madre. Era alguien a quien le gustaba tenerlo todo controlado. Beatriz, Bea, a la que sus hermanos habían bautizado como *la Llorona* porque desde pequeña había aprendido que llorar le proporcionaba beneficios, era una jovencita de quince años con la edad mental de siete. Una vez un coche se saltó un stop y la atropelló. Aquello hizo que sus padres formasen una piña alrededor de ella. Ahora, a pesar de los años que habían transcurrido, les resultaba difícil dejar de comportarse así con ella.

Beatriz todavía iba al colegio, Nico trabajaba y Elsa estudiaba empresariales en la universidad. Todos habían ido al Liceo Americano. Sus padres decidieron que los niños aprenderían los dos idiomas desde pequeños. Así, cuando iban de vacaciones a Estados Unidos, podían comunicarse sin problemas.

Faltaban unos días para la celebración del decimosexto cumpleaños de Bea y, como siempre, la Llorona montó uno de sus mejores numeritos para conseguir sus propósitos. Quería una fiesta con sus colegas en el garaje de casa y al final le tocó a Elsa ocuparse de todo. Sus padres tenían una cena y bajo su punto de vista ¡se la merecían! Por eso, lo mejor que pudo, intentó ocuparse de la pandilla de adolescentes ruidosos que se le juntaron en el garaje.

A las once de la noche la música tronaba para disgusto de Elsa. Pero intentó aguantar. Era la fiesta de su hermana. De vez en cuando bajaba para ver qué tal marchaba todo y, en uno de esos viajes, sorprendió a un grupo de muchachos fumando tranquilamente. Al verla escondieron sus cigarros. Eso la hizo sonreír y, entonces, decidió pasar por su lado como si no se hubiera dado cuenta.

En un lateral del precioso jardín, vio a su hermana con un chico que sabía que le gustaba. Las miradas de ambas se cruzaron y, con una sonrisa, Elsa le transmitió tranquilidad. Encima de una silla del garaje estaban todos los regalos. Discos compactos, un par de sudaderas, bisutería, varios libros, etcétera. Elsa se acercó hasta la mesa donde estaba la comida y la bebida. Mentalmente, mientras miraba la mesa, pensó en reponer patatas, sándwiches, bebidas y hielo. Intentó recoger todos los platos vacíos pero, al ser tan voluminosos, se le caían.

—¿Te ayudo? —oyó a su espalda.

Sin apenas mirar quién le hablaba, contestó rápidamente.

—Sí, corre. Recoge los platos naranjas, que se me caen.

El muchacho, con destreza, cogió los platos al vuelo.

—Gracias —sonrió Elsa, mareada por aquella música ratonera.

—De nada —respondió el chico y mirándola señaló—: ¿Los llevamos a alguna parte?

Elsa asintió. Una pequeña ayuda le vendría de lujo por lo que, volviéndose, señaló:

—Sígueme, los dejaremos en la cocina.

Al entrar, Elsa dejó en la encimera todo lo que tenía en las manos e indicó al muchacho que hiciera lo mismo.

—De nuevo te doy las gracias —repitió mirando a aquel chico moreno e intentando recordar dónde le había visto antes—. Puedes regresar a la fiesta. Cuando llene los platos iré bajándolos poco a poco.

El muchacho, encantado por la tranquilidad que allí se respiraba, dijo:

—No me importaría ayudarte. —Al ver su mueca, murmuró con una sonrisa—: Te lo digo en serio. —Y tendiéndole la mano dijo sorprendiéndola—: Me llamo Javier, encantado de volver a verte.

Extrañada por la madurez del chico al presentarse, tendió su mano y dijo:

—Elsa, soy la hermana de Beatriz, y la encargada de que no os falte nada de nada. Ya habías venido alguna vez a casa, ¿verdad? —Él, divertido, asintió—. Es que me suena tu cara, pero no sé quién eres.

—Creo que nos hemos visto durante muchos años —contestó éste sentándose junto a ella en el taburete de la cocina, mientras abría un paquete de pan de molde para hacer sándwiches.

Aquello atrajo completamente la atención de Elsa, que, por más que pensaba, no le ubicaba. Era moreno, de ojos negros y parecía un pelín mayor que Bea, aunque no mucho.

—El caso es que tu cara me suena un montón —repitió Elsa, mientras untaba mantequilla en las rebanadas.

—Te daré pistas de quién soy —sonrió—. Hace poco fui a la tienda de tu madre.

—¿Has estado en el taller de mamá? —preguntó dejando de untar mantequilla en una rebanada de pan para mirarle nuevamente a los ojos, cosa que a él le encantó.

Divertido, asintió y dejó escapar con una encantadora sonrisa:

—La última pista que te daré es que mi hermana se casa dentro de una semana.

Al oír aquello Elsa abrió la boca y Javier soltó una carcajada al ver la cara que ponía.

—¿Aída? —preguntó alucinada y, al ver que él asentía, dijo—: ¡Claro! Eres Javier. Pero bueno, cómo has crecido. El recuerdo que tengo de ti es el de un niño. ¡Madre mía! ¡Cómo pasa el tiempo!

Al ver que ella se ponía a untar mantequilla de nuevo, hizo lo mismo y contestó:

—Por suerte para algunos el tiempo pasa. Yo aún recuerdo cuando tú y las demás chicas ibais a casa a estudiar con mi hermana.

—Sí —suspiró ella—. ¡Qué tiempos!

Tras un breve silencio, fue el muchacho quien habló:

—Ahora, cuando pienso que Aída se marcha el mes que viene a vivir a Los Ángeles me da una pena tremenda. Pero claro, Mick trabaja allí.

Elsa asintió y al pensar en lo mucho que ella la iba a añorar también murmuró:

—No he olvidado lo enamorada que regresó a España tras conocer a Mick durante unas vacaciones que pasasteis en casa de tus abuelos. Es más, me dijo: «Elsa, he conocido al hombre de mi vida, el que me va a cuidar hasta que me muera.»

Ambos sonrieron. Aída era tremenda.

—Mick es un buen tipo y estamos seguros de que cuidará bien de ella, aunque tampoco dudamos de que le volverá loco en poco tiempo —comentó entre carcajadas y haciendo reír a Elsa—. Mi padre dice que cualquier día nos encontraremos a Mick en la puerta de casa para devolvérnosla.

Los padres de Aída y Javier se conocieron en unas vacaciones en las que ambos coincidieron en Santa Fe. Ella era una niña rica española y él, un médico de Oklahoma. Tras siete meses de relación decidieron casarse y vivir en España, donde Anthony Thorton Muskrats abrió su propio centro médico. En Oklahoma, él ya trabajaba en la clínica que su padre Patrick y su tío George habían inaugurado años atrás.

—¿Qué tal están tus abuelos, Patrick y Aiyana? —preguntó Elsa mientras reía por lo que acababa de oír—. Recuerdo que cuando venían a España, siempre iban a ver a mis padres y viceversa.

—Como dice la bisabuela, ¡como unos bisontes!

Aquello les hizo sonreír de nuevo. Para Javier recordar a sus abuelos y a su bisabuela, a la que adoraba, era tocarle el corazón. Con ellos había estado parte del tiempo que había pasado fuera de España. Tras mirar a Elsa, continuó:

—Están como locos porque volvamos por allí. Y ahora se muestran encantados al saber que Aída vivirá cerca. De todos modos, ya los verás a todos el día de la boda.

Elsa dejó de untar mantequilla y le miró. Sabía que Aída llevaba meses intentando convencer a su bisabuela Sanuye para que acudiera a la boda.

—¿Habéis convencido a la bisabuela para que venga? —preguntó con curiosidad.

—No. Nunca la convencerán —sonrió Javier al cerrar los ojos y recordar a su bisabuela.

Durante los años que había estudiado en Oklahoma, Javier había compartido muchos días con ella. Una mujer india de setenta y cinco años llamada Sanuye, que en lengua miwok significaba «Nube Roja al Atardecer». Muchas habían sido las noches de maravillosa luna llena o menguante que su abuela compartió con él. Sanuye adoraba a su bisnieto Javier, al que cariñosamente, desde el día de su nacimiento, había bautizado como Amadahy. Era un nombre de la tribu cherokee que significaba «Agua del Bosque». Durante sus conversaciones, Sanuye le contó cómo una mañana de cielo rojo un joven de la tribu cherokee apareció en su vida. Le relataba, todavía con pasión y una dulce sonrisa en la boca, cómo le cautivaron sus ojos negros y su mirada felina. Aquel joven cherokee la hizo más tarde su esposa y se la llevó a vivir junto a otros cherokees.

Aunque el bisabuelo Awi Ni'ta, «Ciervo Joven» en lengua cherokee, había muerto años atrás. Sanuye, su bisabuela, siempre le contaba que fue muy feliz el día que nació él, su Amadahy, y comprobó cómo de nuevo aquellos ojos negros y aquella mirada felina volvían a estar vivas en él. Un ligero empujón por parte de Elsa sacó a Javier de su mutismo y, mirándola, sonrió al oírla.

—Ya decía tu hermana —e imitándola, dijo—: «La abuela Sanuye nunca se subirá en un pájaro que antes no haya comido de su mano.»

Ambos comenzaron a reír a carcajadas, hasta que Bea entró en la cocina.

—¡Vaya! Venía yo a preparar justo lo que estáis haciendo.

Aún con la sonrisa en los labios, Elsa contestó.

—Pues ya estamos nosotros en ello. —Y señalando a Javier, comentó—: Y como verás, tengo ayudante.

—Lo hago encantado —dijo éste tras el comentario.

Cinco minutos después, Elsa le dijo a Bea:

—¡Toma! Llévate esta cubitera con hielo y estos refrescos. Ahora, en cuanto termine esto, lo bajo. —Luego, mirando a Javier indicó—: Si quieres bájate con los demás. Yo terminaré lo que queda.

Al ver que Bea salía disparada, cargada de bebidas, éste murmuró:

—No te preocupes, me gusta ayudarte y... hablar contigo.

Elsa dejó por un momento lo que estaba haciendo y le miró extrañada.

—¿No te diviertes en la fiesta?

Tras un sonoro suspiro, Javier se apoyó en el quicio de la puerta y se sinceró.

—No está mal. La mayoría son amigos de toda la vida, pero a veces creo que se comportan como críos.

Divertida por aquel comentario, Elsa preguntó.

—¿Cuántos años tienes, Javier?

—Diecisiete, pronto dieciocho. —Y clavando sus oscuros ojos negros en Elsa, que sin saber por qué se puso nerviosa, prosiguió—: Y según mi manera de ver la vida, la edad no da experiencia. Eso es algo que se adquiere de la cordura y del saber aprender —dijo sorprendiéndola.

—Pues no te entiendo —le espetó ella sin profundizar en el asunto—. Son gente de tu edad. Sus conversaciones y necesidades serán más o menos las mismas.

Aquel comentario hizo sonreír a Javier, mientras Elsa se tensaba. ¿Qué le pasaba con aquel crío?

—Mis prioridades, y mi manera de ver la vida son muy distintas de las de ellos —respondió el muchacho mientras tomaba un trozo de pan—. Creo que se debe a la educación que he recibido de mis abuelos. Por cierto, ¿sería muy indiscreto preguntarte cuántos años tienes tú?

Elsa, apoyándose en la encimera, le miró y contestó:

—Veintidós, como tu hermana. Y sí..., eres un poco indiscreto.

Al oír su respuesta, Javier sonrió y dejando descolocada a Elsa preguntó:

—¿Sales con alguien?

Ella, tras soltar una carcajada, cogió el bol de patatas.

—Eso, Javier, sí que es indiscreto.

Y sin responderle abrió una bolsa de patatas y la volcó en el bol.

—¿No me vas a contestar? —insistió el chico.

Incapaz de entender por qué la mirada de aquel muchacho la ponía nerviosa, se volvió y, con voz nada amable, dijo:

—¡Pues no! No te voy a responder, y menos sobre algo que, particularmente, creo que no te interesa.

Tras unos segundos de silencio, fue Javier el que habló:

—Tienes razón. Te pido disculpas por mis preguntas. —E, intentando quitarle importancia al asunto, bromeó—: Creo que Aída me ha convertido en un cotilla. ¡Discúlpame!

—Disculpado —respondió ella.

En ese momento entraron por la puerta su hermano Nico y Marta, su novia. Minutos despues todos bajaron al garaje donde rieron, bromearon y lo pasaron bien.

3

Faltaban horas para la boda de Aída. Sus nervios crecían por minutos. Al final, tras aquella noche sin poder dormir, llamó por teléfono a Elsa, quien al oír su voz sonrió y se imaginó lo nerviosa que estaba.

—¿Tan nerviosa estás?

—¡Histérica! —contestó Aída—. Realmente la palabra que me definiría es ¡histérica!

Elsa sonrió. La conocía y se la podía imaginar.

—Vamos a ver. Creo que deberías relajarte y dormir. Mañana será un día largo.

—Ya lo sé, pero es que no puedo dormir —resopló desesperada—. Y no quiero decirle nada a papá y mamá porque bastante nerviosos están ellos como para que yo vaya ahora y haga que lo estén más.

—Es normal, tonta —rió al oírla—. Me imagino que eso debe de ser algo normal para una novia la noche antes de su boda.

—Sinceramente, creo que lo que menos nerviosa me pone es la boda.

Sorprendida por aquella respuesta, Elsa preguntó:

—Entonces, ¿por qué estás así?

Tras un resoplido, Aída se sinceró:

—Adoro a Mick, pero vivir tan lejos de papá, mamá y Javier me saca de mis casillas. No lo entiendo. Cuando Mick y yo hablamos de la posibilidad de casarnos y empezar una nueva vida juntos, a mí me pareció estupenda la idea de vivir en Los Ángeles. Pero ahora, cuando miro mi habitación —susurró recorriendo con nostalgia aquellas cuatro paredes que durante tantos años habían sido su gran refugio—, se me hace difícil pensar que ya no viviré más aquí, y que a partir de mañana ésta será la habitación que utilizaremos Mick y yo cuando vengamos de vacaciones.

Al oírla, Elsa no pudo por menos que sonreír. Su amiga tenía miedo de su nueva vida.

—Yo creo que te está entrando el pánico preboda.

—Puede. Mamá me dijo el otro día que cuando me vaya cambiará esta habitación. No quiere que siga como hasta ahora, dice que le traería demasiados recuerdos.

Intentando entender a las dos, madre e hija, Elsa respondió:

—Es normal, Aída. Ponte en su lugar. Tiene que ser muy triste ver cómo te vas. Eres su niña, ¡la loca de su niña! Te van a echar mucho de menos y, aunque te enfades conmigo, creo que los muebles de la habitación no importan ahora.

—Ya lo sé. —Intentó sonreír apoyada en la pared—. Creo que soy una histérica. Por Dios, pobre Mick. No se ha dado cuenta todavía de lo que le ha caído encima. Al final tendrá razón Javier: cualquier día, Mick me meterá en un avión y me mandará para España.

Al oírla, Elsa sonrió y recordó que Javier le había hecho ese comentario unos días antes.

—Pero si está encantado contigo. —Y para que ella sonriera, añadió—: Vas a ser muy feliz. Siempre has buscado un hombre como él y lo has encontrado.

—Creo que sí. Mick es un tesoro. He tenido mucha suerte al encontrarlo.

En ese momento, Aída recordó algo. Entonces, añadió:

—Por cierto, hablando de tesoros. Javier me dijo que el otro día estuvo charlando contigo en el cumpleaños de Bea. ¿Es verdad?

—Sí. Me ayudó a hacer sándwiches. Es un crío encantador. Llevaba varios años sin verle.

—¿Crío? —Aída rió al oír aquello—. Como te oiga decir eso, te corta la lengua o, peor, la cabellera.

Ambas rieron.

—Me contó que había vivido una temporada con tu curiosa bisabuela.

—Tuvo suerte. Por ser el chico de la familia pudo estar cuatro años en Oklahoma, en el Instituto Sequoyah de Tahlequah. Ya sabes que papá quería que recibiéramos la misma educación que él. Sin embargo, mi glamurosa madre no me dejó ir, por ser chica. Se lo reprocharé toda la vida. Me hubiera gustado vivir con la bisabuela Sanuye y conocer de cerca la cultura cherokee.

Al decir aquello, Aída sonrió. Ése era el tipo de comentario que en España causaba risa. Aquí sólo eran capaces de imaginar a un cherokee con la cabeza llena de plumas.

—Javier me dijo que su forma de ver la vida era distinta de la de la gente de su edad.

—Sí. Javier es especial, Elsa. El tiempo que ha pasado con la bisabuela le hizo madurar de manera diferente al resto de los chicos de su edad. Por eso creo de veras que de crío tiene muy poco. Además, mañana cumple dieciocho años y si le trataras verías que es mucho más adulto que yo, que tengo veintidós.

—¡Mira que eres tonta! —rió su amiga.

—La razón de que nos casemos mañana es que es el aniversario de boda de mis padres y también el cumpleaños de mi hermano. Cómo iba yo a ser menos: siempre dije que me casaría ese día.

—¡Qué envidiosa! —exclamó Elsa. Ya conocía aquella parte de la historia.

Aída se tumbó en la cama para seguir hablando.

—Eso mismo dijo Javier —rió al recordarlo—. Aunque está encantado y dice que así nunca se olvidará de felicitarnos.

Tras unas risas y media hora más de comunicación telefónica, Elsa dijo al final:

—Bueno, Pocahontas, creo que ha llegado el momento de dormir. Ahora mismo vas a colgar el teléfono, apagarás la luz y te dormirás para levantarte radiante. ¿De acuerdo?

Aída lo pensó y, tras convencerse de que era lo mejor, asintió.

—Creo que te haré caso. —Pero, antes de colgar, preguntó—: Mañana vendréis todas para ayudarme con el vestido, ¿verdad?

Al decir «todas» se refería a Elsa y a las tres amigas que llegarían para la boda.

—Para ser india eres tremendamente pesada —bromeó Elsa—. Sí, claro que sí. Mañana sobre las cuatro estaremos TODAS en tu casa, siempre y cuando el avión de Shanna llegue a tiempo. Por cierto, estoy como loca por ver a las chicas.

—¡Yo también! —chilló emocionada la novia—. Esta tarde Celine me llamó tras llegar al hotel con su maravilloso novio y me dijo que tenía que contarnos algo mañana.

—¿Ha venido con Bernard? Quizá se nos case con ese idiota.

—Espero que no —resopló Aída—. Ya sabes que cuando le envié la invitación de boda le dije que viniera con quien quisiera. Y cuando llamó me confirmó que vendría con Bernard a pesar de que a nosotras no nos guste. ¿A qué hora llega Shanna?

—Su avión estará aquí a las once y veinte de la mañana. La pobre no ha podido encontrar otro vuelo. Estaba histérica por si se retrasaba y no podía llegar a tiempo. Sin embargo, esta tarde me ha llamado desde el aeropuerto de Toronto y me ha dicho que el vuelo salía a su hora. —Y mirándose el reloj señaló—: Ahora estará metida en el avión, espero que durmiendo, para que mañana tenga fuerzas para tu fiesta.

—¿Y Rocío?

—Llegó ayer de Nueva York y está en casa de sus padres. Anoche cenamos juntas y no te dijimos nada porque comprendimos que tenías que ir con los padres de Mick. Y ahora a dormir, futura señora casada, y no te preocupes por nada. Mañana estaremos todas juntas y charlaremos antes de tu boda.

—He encargado canapés para que comamos mientras cotilleamos, y la peluquera vendrá con dos ayudantes.

—Perfecto —sonrió Elsa—. Tendremos tiempo para charlar. Hasta las siete y media no es la boda. Y ahora, señorita, a dormir, que mañana nos espera un día muy largo.

Tras colgar el teléfono, Elsa comprobó que la alarma estaba activada a las nueve. Tenía que ir al aeropuerto para recoger a Shanna. Una vez se hubo asegurado, apagó la luz y, cerrando los ojos, consiguió dormir.

4

Las puertas de llegadas de pasajeros del aeropuerto de Barajas se abrían y cerraban continuamente. La gente se movía con rapidez y, de pronto, apareció Shanna. Elsa, feliz, comenzó a saltar hasta que sus miradas se encontraron. Ambas corrieron para fundirse en un cariñoso y profundo abrazo. Una vez pasada la euforia inicial, se dirigieron al parking para coger el coche y marcharse a casa de Elsa, donde Shanna se alojaría aquellas dos noches. Después de la boda iría a casa de su padre para disfrutar de la compañía de Marlene, su hermana pequeña.

—¿Estas más delgada? —comentó Shanna a su amiga mientras ésta conducía.

Al oírla, Elsa gesticuló y dijo:

—Son las mechas, me afinan la cara.

—Pues ahora que lo dices —rió—, puede que sea eso, aunque, para ser justos, a ti nunca te sobró un kilo.

Divertida por el comentario, Elsa sonrió antes de decir:

—Qué buena amiga eres.

—Te lo digo con sinceridad. Ya sabes que yo no soy precisamente de las que mienten.

—Ya lo sé —respondió Elsa.

Si algo tenía claro era que su amiga era de las que llamaban al pan, pan, y al vino, vino.

—¿Ha llegado ya Rocío? —preguntó Shanna echándose la melena hacia atrás.

—Sí. Llegó ayer. Quería venir conmigo a recogerte, pero su hermano Miguel necesitaba que le acompañara para hacer unas gestiones. —Y mirándola, finalizó—: Le dije que fuera con él. Al fin y al cabo nosotras estaremos juntas todo el día en la boda.

Al oír aquello, Shanna aplaudió y sonrió encantada.

—¡Qué emocionante! ¡Nuestra cherokee se casa! —Ambas rieron—. ¿Cómo está la loca?

—Tú lo has dicho. ¡Enloquecida! Anoche me tuvo hasta las tantas al teléfono y le prometí que iríamos pronto a su casa.

—¡Genial! —asintió Shanna. Mirándola de nuevo preguntó—: Por lo demás, ¿alguna novedad?

Tras un suspiro, que no presagiaba nada bueno, Elsa comentó:

—Celine acudirá acompañada de Bernard.

—¿En serio? ¿Sus padres no dirán nada?

Encogiéndose de hombros, Elsa respondió, mientras llegaban a su destino:

—Mira, chica, no tengo ni idea. Aída me comentó anoche que Celine había dicho que tenía que contarnos algo. Y tú, ¿alguna novedad?

—Nada nuevo. —Y tras un suspiro dijo—: George, mi vecino, sigue colgado por otra y no me hace ni caso. Sinceramente, Elsa, no puedo competir con las dos tetorras que tiene —se mofó señalándose a sí misma. Shanna era lisa como una tabla.

Mientras descargaban la maleta que ésta traía y, reían por el último comentario, oyeron una exclamación:

—Por Dios bendito, ¡han llegado!

Al mirar hacia arriba, Shanna y Elsa pudieron comprobar que la que gritaba como una loca era Rocío, acompañada por Bea, *la Llorona*. Pocos minutos después, se podía oír el griterío y las risas de todas ellas. Juan, el padre de Elsa, disfrutaba al verlas. Y por más que las miraba le parecía que había sido ayer cuando aquellas jovencitas jugaban con las muñecas en el jardín trasero de la casa.

Una hora después, Shanna, Rocío y Elsa se marcharon a la casa de Aída cargadas con sus vestidos.

—¡Virgencita! —comentó Rocío—. ¿En serio que Celine ha dicho que nos tiene que contar algo?

—Eso dice Elsa —respondió Shanna.

—Yo, no —rió la mencionada—. A mí me lo dijo Aída.

De pronto, llevándose la mano a la boca, la expresiva Rocío gritó:

—¿Será que está embarazada? Virgen del Rocío, ¡qué escándalo!

Elsa y Shanna se troncharon de risa al oírla y comprobar que, aunque Rocío vivía en Nueva York, aquella ciudad tan cosmopolita no la había cambiado.

—¡Madre mía! Esperemos que no —dijo Shanna.

—Qué mal pensadas sois —murmuró Elsa.

—Viniendo de Celine, siempre hay que pensar mal —comentó Shanna.

—Me joroba pensar así —dijo Rocío—. Y más cuando todas la queremos mucho. Pero o le falta un tornillo o lo tiene mal colocado.

—Por eso creo que la queremos —sonrió Shanna—. Celine posee un punto de locura que a todas, en el fondo, nos gustaría tener.

—Hablando de la reina de la locura —señaló Elsa, al parar el coche cerca de la casa de Aída—. Decidme qué pensáis de esas dos.

Celine y Aída, sentadas en el escalón de entrada, fumaban tranquilamente un cigarro mientras tomaban el sol, sin percatarse de que las chicas habían llegado. Celine vestía unos vaqueros, una camiseta de Armani negra, unas gafas de sol que le tapaban media cara y su típico pelo corto y negro peinado hacia atrás, mientras que, a su lado, Aída lucía un conjunto rosa chicle de camiseta y pantalón corto, y tenía la cabeza llena de rulos; por supuesto, de color rosa.

Muertas de risa, las rodearon y, cuando estaban a menos de un metro de ellas, Shanna dijo:

—¡Qué bonita estampa!

El chillido de Aída al verlas provocó las risas del grupo mientras todas se abrazaban felices por estar allí. Pasados los primeros momentos de confusión, durante los que todas intentaban hablar, Cecilia, la orgullosa madre de la novia, también con la cabeza llena de rulos y más histérica que ninguna, las metió en casa y, sin ningún resultado, intentó que se comenzaran a arreglar.

—¡Estoy histérica! —gritó Aída, agarrada a Rocío.

—Pues relájate, *miarma*, que el circo todavía no ha empezado —contestó Rocío tronchándose de risa al ver la cara que ponía la madre de la novia.

Encendiendo otro cigarrillo con todo el glamour del mundo, Celine murmuró:

—Tienes razón.

—Chicas, chicas —dijo Cecilia, atrayendo la atención de las cinco—. Son las dos y cuarto, a las seis viene el fotógrafo. Ahora le diré a María que os suba los emparedados que encargué para que comierais, pero a las cuatro, cuando lleguen los peluqueros, quiero que empecéis a arreglaros.

Y abriendo la mano, extendió un pañuelo blanco que llevaba y, secándose los ojos, balbuceó:

—Todas vais a estar guapísimas.

—Venga, mamá. —Su hija se acercó a ella para abrazarla—. Que como dice Rocío, «el circo todavía no ha empezado». No llores. Si lo haces, al final de la tarde tendrás los ojos como dos tomates.

—Y la nariz como un pimiento —dijo una voz tras ellas.

Al mirar hacia la puerta de la calle, vieron entrar a Javier junto a su padre, Anthony Thorton. Este último, al ver a las chicas, se alegró y las saludó con afecto.

—¿No me digas que tú eres Javier? —preguntó Shanna acercándose a él.

Llevaba sin verle desde que se marchó a Canadá, cinco años atrás. Javier asintió y ella le dio un abrazo. Lo mismo hicieron Rocío y Celine, que comentaron lo que había crecido, mientras el muchacho las observaba con una encantadora sonrisa en los labios y miraba a Elsa, quien no le besó como las demás.

—Pero, chiquillo, ¡qué alto eres! —comentó Rocío impresionada.

Javier sonrió. Era altísimo y la ropa de deporte que llevaba le sentaba muy bien. Era un chico moreno, de ondulado pelo negro, que poseía unos preciosos ojos oscuros que lo escrutaban todo.

Su padre, Anthony, dijo orgulloso para ensalzarle ante las muchachas:

—Un metro ochenta y nueve mide mi chaval.

Ambos regresaban de hacer deporte. Aquella mañana al ver el nerviosismo de Cecilia, su mujer, y Aída, su hija, los dos habían decidido desaparecer de la casa e irse a jugar un partido de baloncesto.

—Chicas —dijo Aída mientras abrazaba a su hermano—. Felicitadle, que hoy es su cumpleaños.

Tras oír aquello, Rocío, que estaba a su lado, volvió a besarle, seguida de Celine y Shanna. Javier, divertido, sonreía al verlas. Ellas también habían crecido. Aún las recordaba como a unas adolescentes de dieciséis o diecisiete años.

Cuando Elsa se acercó para besarle y felicitarle, él no desaprovechó la oportunidad de asirla por la cintura para acercarla más a él y oler su piel. Ella, al notar la cercanía y sin saber por qué, se sintió nerviosa de nuevo. Cuando se separaron, se miraron a los ojos durante unos segundos hasta que un grito les sacó de su ensimismamiento:

—¡Felicidades! —volvió a decir Shanna—. ¿Cuántos cumples?

Sin dejar de sonreír, Javier tuvo que hacer un esfuerzo por apartar la mirada de Elsa y responder.

—Dieciocho. Yo también crezco. No sólo vosotras.

—Has estado fuera de España, ¿verdad? —preguntó Celine al recordar que Aída se lo había mencionado en alguna de sus cartas al hablar de su hermano.

—Sí. Durante cuatro años estuve estudiando en Oklahoma, en Tahlequah.

—Estuvo aprendiendo todo lo necesario para ser un hombre con voluntad, alguien de provecho en la vida —dijo Anthony, orgulloso.

Ver a su hijo convertirse en un adulto de bien era algo que su madre, Aiyana, y su abuela, Sanuye, le habían enseñado. Algo que quería que su hijo aprendiera.

—Ha sido dura la lejanía —prosiguió Anthony—. Pero para Javier la experiencia con mi pueblo, los cherokees, ha resultado positiva.

Al oír aquello, Cecilia puso los ojos en blanco. Hablar de aquel pueblo indio y ver cómo les llamaban por los nombres que la familia de su esposo les había puesto le horrorizaba. En cambio, a Anthony le gustaba. Le encantaba que su madre o su abuela le llamaran Chilaili, «Pájaro de Nieve», un nombre que sólo utilizaba cuando viajaba con ellos. En España ese nombre no existía. Era algo que disgustaba a su esposa, por lo que decidió omitirlo, al igual que su pasado.

Javier, al ver el gesto de su madre y la sonrisa de su progenitor, posó con complicidad la mano sobre el hombro de su padre y asintió.

—La experiencia fue muy positiva, papá, no lo dudes.

Cecilia, la madre, tras mirar con ojos de reproche a su marido e hijo, dijo:

—Basta de hablar de esas cosas. —Y al ver que por fin

había conseguido que todos la miraran, añadió—: Ya era hora de que llegarais.

Anthony, que conocía muy bien a su mujer y divertido por los nervios de ésta, dijo:

—Querida, todavía faltan muchas horas para la boda. Tranquilízate o al final estarás agotada.

Llevándose las manos a los rulos, ésta murmuró algo molesta:

—Es que no puedo con vosotros. Vuestra tranquilidad me pone nerviosa.

Al oírla, todos rieron. Si algo conocían era que Cecilia se ponía nerviosa por cualquier cosa, y no iba a ser menos en la boda de su hija.

—Mamá, por favor —se quejó Aída.

—¡Tranquila, Amitola! —susurró Javier haciendo sonreír a su hermana.

Aquel nombre que su madre odiaba era el que la abuela Sanuye, la india, le había puesto el día de su nacimiento. Quería decir «Arco Iris».

—No te preocupes, Amadahy —respondió ésta al oír a su hermano. Su padre, que adoraba que se llamaran así, sonrió.

Pero, como siempre que mencionaban esos nombres, su madre resopló.

—¡Mamá! —se quejó Aída, que puso los ojos en blanco—. Nos pones nerviosos a todos. —Y volviéndose hacia sus amigas preguntó—: ¿Queréis beber algo?

Las muchachas asintieron y se dirigieron a la cocina, mientras Javier marchaba a su habitación y sus padres al jardín. Una vez en la cocina, las chicas cogieron del gigantesco frigorífico *side-by-side* varias latas de Coca-Cola. Divertidas, salieron al jardín, donde se sentaron junto a la piscina cubierta, alejadas de los padres de Aída, que charlaban animadamente.

—¿Os habéis traido el bañador? —preguntó Aída tras mirar a su madre.

Todas negaron con la cabeza.

—Te recuerdo —dijo Elsa— que hemos venido a tu boda, no a pasar un día en la piscina.

—Ya sé que hoy es mi boda. Pero ¿no os apetece un bañito en la piscina cubierta?

—Qué pija eres, chiquilla —se guaseó Rocío—. ¡Qué asco! Mira que tener hasta piscina cubierta en casa.

—¿Y los rulos? —señaló Shanna, divertida, al contemplar la cabeza de su amiga.

—Bueno, si tenéis cuidado y no me ahogáis, los rulos pueden continuar donde están —dijo Aída con una sonrisa pícara.

Aquel comentario provocó las risas del grupo, y Celine, apagando su cigarro, contestó:

—Pues sí. Yo sí que me daría un bañito.

—¡María! —llamó Aída a la asistenta mexicana que llevaba toda la vida con ellos—. Por favor, María, ¿puede traernos unos bañadores del tercer cajón de la mesilla de mi habitación?

La mujer sonrió y tras mirar a Cecilia, que en ese momento se adentraba en la casa aún charlando con su esposo, dijo:

—Señorita, yo se los traigo ahorita mismo. Pero si su madre se entera, se enfadará muchísimo con todas ustedes.

Aída, levantándose, le dio un beso con cariño a la mujer y dijo:

—No te preocupes, María. Tú tráelos, que de mi madre me ocupo yo.

Tras aquel beso tan cariñoso, la mujer marchó a la habitación de la muchacha para coger varios bañadores y algún biquini, antes de volver junto a las chicas. Una vez se los pusieron se metieron muertas de risa en la piscina cubierta. Al principio, sin ruido. Luego se fueron animando y, al final, los rulos rosa terminaron flotando, mientras todas se hacían ahogadillas a diestro y siniestro. Cecilia, al oír aquel jaleo, salió al jardín. No dio crédito a lo que sus ojos veían. Las chicas estaban en la piscina comportándose como unas locas y su hija, la novia, era la peor. Con gesto de enfado comenzó a andar hacia ellas, con intención de regañarlas y sacarlas del agua. Pero Anthony, su marido, le cortó el camino diciéndole que dejara que las muchachas se divirtieran. Era la última vez que su hija podría hacerlo como una muchacha soltera. Cecilia, al oír aquello, asintió con la cabeza y, llorando, se alejó abrazada a su marido, que no paraba de sonreír ante los continuos hipos de su mujer. Pasada más de una hora de risas, las chicas decidieron salir para secarse.

—De verdad, es que me parece increíble que te vayas a casar —dijo Shanna.

—No me lo creo ni yo —respondió Aída envolviéndose en una toalla.

—Personalmente, creo que si has encontrado al hombre de tu vida, haces bien casándote —apuntó Rocío.

—¿Y quién dice que Mick es el hombre de su vida? —preguntó Celine encendiéndose un cigarro, mientras peinaba su pelo corto hacia atrás con glamour.

Todas la miraron. Celine, alias *la Tempanito* y su perpetua negatividad.

—Me lo dicen sus ojos, su sonrisa y la manera en que me besa y me hace el amor —respondió Aída haciéndolas reír.

—¡Aída Thorton! —gritó Rocío imitando a Cecilia y haciéndolas reír a todas—. ¿Cómo puedes ser tan inmoral y decir semejante barbaridad?

Celine, con gesto divertido, dijo tras dar una calada arrastrando las palabras:

—Di que sí, nena. Haces muy bien en probar el producto. Así sabrás que lo que compras te gusta y es de calidad.

—Pero bueno, Celine —rió Elsa—. Según lo describes, esto parece un mercado de carne, en vez de una boda por amor.

Celine sonrió. Era la más experimentada de las cinco en asuntos de sexo y relaciones personales.

—Cielo, cuando tú vas al mercado compras lo que te gusta, ¿verdad? —Elsa asintió—. Y si te gusta, siempre compras de esa marca, ¿a que sí? —Su amiga volvió a asentir—. Pues yo pienso que, a pesar de que una marca te agrada, siempre habrá otra que te guste más. Por eso, lo mejor es variar y no anclarse en una sola.

Shanna sonrió. Celine no tenía remedio.

—Quizá tengas razón —afirmó Rocío al recordar alguna experiencia pasada.

Pero al tocar un asunto que sabía que podía traer problemas, prosiguió:

—Sin embargo, Celine, tu vida no es muy normal que digamos. Por eso vas tan a menudo al mercado.

—¡Rocío! —le reprochó Shanna. Ése era un comentario de mal gusto.

Celine, que no se amilanaba ante nadie, dijo al ver las miradas de sus amigas volviéndose hacia la que había hecho el comentario:

—Rocío, me sorprende lo valiente que te estás volviendo con el paso de los años. —Sacó su pitillera y, sentándose en la tumbona, se encendió otro cigarro—. Aunque no lo creas, me alegro de que hayas hecho ese bonito comentario. Precisamente os quería contar algo respecto a Bernard, pero primero te contestaré a ti —dijo en tono nada conciliador, mirándola a través de sus gafas negras—. Mira, guapa, los reproches que tú o cualquiera me haga, me entran por este oído y me salen por este otro, por no decir una vulgaridad peor.

Rocío, al darse cuenta de que había metido la pata, intentó hablar.

—¡Celine! Yo no quería que te lo tomaras en serio. Estábamos riéndonos y creí que...

—¡Ahora cállate! —ordenó Celine dejándolas boquiabiertas—, y dejadme que os diga cómo veo yo vuestras vidas. —Volviéndose hacia Aída dijo—: Tu vida es casarte con un vestido maravilloso, estar guapa en tu día y llenarte de mocosos que te joroben la vida. —Luego miró a Elsa—. Tu vida se centrará en el trabajo. Desde que el idiota de Edward se casó con aquella chica asturiana, no has vuelto a ser la dulce Elsa. Despierta y date cuenta de que la vida hay que disfrutarla. Respecto a ti —le tocó el turno a Shanna—, tu vida será muy parecida a la de Aída. Sólo esperas que tu príncipe azul, llamado George O'Neill, ponga un anillito en tu precioso dedito —dijo al recordar al vecino que Shanna mencionaba en sus cartas—. Mientras tanto, vives y dejas vivir. Y en cuanto a ti, mi querida Rocío, todavía estoy por ver qué será de tu vida. No sé realmente qué te gusta ni lo que buscas. Para mí eres la más enigmática. Creo que no te conoces ni tú, y sexualmente no sé cómo definirte porque...

—¿Y tú cómo te defines sexualmente? —arremetió Elsa con dureza tras todo lo que había tenido que oír—. ¿Cómo te definimos a ti? ¿Ninfómana, guarrilla o salida mental?

—¡Elsa! —gritó Aída—. Por favor, no os habléis así.

—¡Ha empezado ella! —protestó Elsa, rabiosa por haberle recordado su episodio pasado con Edward. Aquella historia que tanto la había hecho sufrir y que se había desencadenado cuando Amalia, una conocida, había entrado en sus vidas y se había quedado embarazada de Edward. El dolor que Elsa sintió al verse traicionada por su amor fue tan grande que ella misma se había negado a recordar todo aquello.

—Me parece muy mal lo que has hecho —gritó Elsa a su amiga—. Sabes que nunca he querido hablar de aquello y tú vas y lo sueltas. Me parece cruel que pienses así de nosotras, cuando nosotras, a pesar de ser como eres, de que más de una vez nos has despreciado y de todo, te queremos. —Al ver las lágrimas en los ojos de Rocío, se enfureció más y prosiguió—. Rocío sólo estaba bromeando, pero tú no. Tú das donde más duele.

Shanna, acercándose, abrazó a Elsa. Todas conocían a Celine y sabían lo cruel que podía llegar a ser. Sin embargo, también sabían que por ellas moría.

—Venga, basta ya —dijo Shanna tras regañar con la mirada a Celine—. No sigamos por este camino. No nos conviene.

Pero Elsa, nerviosa, respondió deshaciéndose de su abrazo:

—Lo que no nos conviene es una persona como ella. ¿Por qué demonios sigue siendo mi amiga? ¿Por qué sigo queriendo tener su amistad?

Celine, que parecía no inmutarse tras sus gafas de sol, respondió:

—Eso es algo a lo que tú misma tienes que responder. Yo sé por qué vosotras sois mis amigas. Nadie me impone nada, yo elijo por mí.

Esta vez fue Rocío la que saltó y, tras sonarse la nariz con un pañuelo que le entregó Aída, dijo:

—¿Ah, sí? Pues dime, ¿por qué somos tus amigas? Porque, sinceramente, no lo sé. —Celine sonrió, para rabia de Rocío, que continuó—: Tú y nosotras somos diferentes. Pero no somos distintas porque nosotras lo digamos. Aquí la que siempre ha marcado las diferencias eres tú. Mírate ahí sentada, escondida tras tus carísimas gafas. No podemos ver tus ojos. En cambio, tú a nosotras nos ves aquí, delante de ti, tal como somos. Si te parecemos tan tontas, simples o poco glamurosas, dime, ¿qué haces aquí?

Todas miraron a Celine, que continuaba fumando como si nada. Sólo tenía veintidós años, y, sin embargo, de ella nunca surgía nada que no fuera calculado. No era cándida, como las demás chicas, pero aquella tarde, por primera vez, se vio sola frente a sus amigas. Observó con frialdad cómo ellas se abrazaban y, a pesar del dolor que sentía, respondió:

—Porque os quiero —susurró mientras fumaba como si tal cosa.

Al oírla, Elsa abrió los ojos y, moviendo las manos ante ella, gritó:

—Prefiero que me quieras menos, si así me vas a tratar mejor.

Celine, quitándose las gafas de sol, dejó al descubierto sus glaciales ojos azules y dijo:

—Yo os quiero. Sé que no soy fácil como persona, pero también sé que os quiero mucho. Vosotras sois mi familia. Con mi madre hablo cuatro veces al año y con mi padre apenas tengo relación. En cambio, vosotras siempre estáis ahí —dijo levantándose para ir directa a Rocío—. Perdóname, Rocío. Una vez más, como muchas otras, me he pasado contigo.

Rocío, incapaz de negarle el perdón, sonrió, le dio un beso y Celine se volvió hacia Elsa.

—Sé que no te gusta que se mencione el asunto de Edward —murmuró Celine a su amiga—. Pero ya sabes que soy una estúpida y sólo te puedo pedir perdón una y mil veces.

Elsa asintió y, tras tragar el nudo de emociones que Celine le provocaba, dijo:

—No quiero que vuelvas a hablar del idiota ese.

Celine asintió y, tras abrazar a su amiga, le susurró al oído:

—Nunca más lo haré. Te lo prometo, Elsa.

Volviéndose hacia Shanna y Aída, comentó:

—Discúlpadme por la cantidad de tonterías que hago o digo cada vez que nos vemos. —Las muchachas sonrieron. Sabían del valor humano de Celine, a pesar de su frialdad.

Rocío, para hacer menos trágico el momento, dijo algo para que todas se relajaran un poco:

—Desde luego, *miarma*, una cosa sabes hacer bien: pedir perdón.

Todas sonrieron y volvieron a ser una piña.

—Cuando se es como yo y se tienen unas amigas como vosotras —dijo Celine—, o sabes pedir perdón o no te las mereces. —Y poniéndose de nuevo sus gafas de sol dijo—: Quiero contaros otra cosa respecto a Bernard. Que sepáis que ha venido a la boda porque, oficialmente, se va a divorciar de su mujer.

—¿De verdad? Pero ¿cuándo? —preguntó Aída.

—Va a empezar los trámites en cuanto volvamos a Bruselas. La semana pasada habló con su suegro, y éste entendió que la enfermedad de su hija hace imposible su matrimonio.

—¿Qué enfermedad tiene? —preguntó Elsa.

Celine, encendiéndose otro cigarro, respondió:

—Por lo visto comenzó a comportarse de una manera extraña hace años, pero como Bernard no vivía con ella, pues no le hizo mucho caso. Sin embargo, todo empeoró tras perder el bebé que esperaban.

—¿Cuándo ocurrió eso? No sabía nada —dijo Shanna.

Celine, al ver que todas se miraban buscando información, aclaró:

—Lo del bebé fue hace un año. No os lo comenté porque no era algo que me hubiera ocurrido a mí. —Las muchachas asintieron y ésta continuó—. Tras el aborto, que no ha superado, ha aflorado un brote esquizofrénico, que, al parecer, hace que se vuelva loca sin ningún motivo. Pero, tras unas pruebas médicas y varios estudios, se han dado cuenta que es una enfermedad hereditaria, de la familia de su madre. Por lo visto, esa dolencia se remonta a muchos años atrás y, por lo general, sólo las mujeres de la familia la padecen.

—¡Qué horror! —susurró Elsa.

Celine asintió y continuó:

—Su madre se suicidó cuando Priscilla tenía cuatro años. Hoy por hoy, Priscilla permanece en casa con una mujer que la cuida y le dedica las veinticuatro horas del día, pues no puede hacer vida normal.

—¡Pobrecilla! —exclamó Rocío—. ¿Cuántos años tiene?

—Veintiocho —respondió Celine, que entendía la pena que podía dar un caso así—. Y no creáis que a mí no me da lástima. Una cosa es que yo esté enamorada de Bernard y otra muy diferente que una pobre mujer de veintiocho años pierda la cabeza por una enfermedad hereditaria.

—¡Qué fuerte! —comentó Aída.

—Entonces... ¿pronto volveremos a ir de boda? —preguntó Shanna sonriendo.

—Lo dudo. Ya sabéis que eso no va conmigo —rió Celine.

—¡Di que sí! —sonrió Rocío con picardía—. Para qué casarte con uno cuando se puede tener a muchos.

—Eh... ese comentario es más propio de mí que de ti —se carcajeó Celine.

—¿Sabéis lo que decía Mae West referente a los hombres y al matrimonio? —preguntó Elsa para ver cómo todas negaban con la cabeza—. Pues afirmaba que: por qué casarse y hacer sufrir a un solo hombre, cuando se podía hacer felices a muchos.

Tras aquel comentario, Celine empujó a Elsa al agua. Pocos segundos después, todas estaban en la piscina riendo como las buenas amigas que siempre habían sido.

5

A las cinco y veinte de la tarde, todas estaban ya vestidas. Aída lucía espectacular con su vestido de novia. Entre todas las amigas le habían regalado una pulsera de oro con una chapita que por un lado tenía grabado su nombre, Aída, y por el otro el que a ella tanto le gustaba, Amitola.

Aída estaba radiante con aquel modelo que se le ceñía al cuerpo como un guante, mientras las chicas llevaban otros idénticos pero de distintos colores. Era una boda en la que se mezclaba lo europeo con lo norteamericano. En Estados Unidos no había padrinos como en España y en casi toda Europa. Allí se organizaba un cortejo nupcial compuesto por varios padrinos y madrinas. Lo normal era que una de ellas, que solía ser soltera, llevara el ramo, otra las arras y otra más los anillos y el lazo. En el caso de los chicos, la cosa era exactamente igual. Lo habitual era que la madrina que llevaba el ramo entrase sola a la iglesia mientras el cortejo la seguía y, tras éste, entrara la novia.

Pero como estaban en España, la boda se celebró a la usanza del país. Hubo padrino, que fue el padre de Aída, y madrina, que fue la madre de Mick.

Los nervios empezaron a aflorar a las cinco y media, cuando llegó el fotógrafo. Cecilia, la histérica madre de la novia, se tomó varias tilas. Se hicieron infinidad de fotos: la novia con el padrino, con su madre, con el hermano, la familia completa, las amigas de la novia, etcétera.

Las chicas estaban espectaculares con sus vestidos en colores pastel. Aquellos modelos los había diseñado Barbara. Iban desde el gris perla para Elsa, el rosa palo para Shanna o el verde manzana para Celine hasta el cielo para Rocío. Habían sido confeccionados en damasco y seda y tenían un vuelo espectacular. Cecilia optó por uno en gazar azul marino, con un tacto suave y una caída excelente, y Anthony, como padrino de la boda, lució junto con su hijo Javier un esmoquin en color oscuro. En el cuarto de Aída reinaba una paz increíble tras la sesión de fotos. Las chicas terminaban de arreglarse mientras seguían hablando.

—¿Te has puesto lo que debe llevar toda novia? —preguntó Elsa.

—Creo que sí —respondió Aída mirándose al espejo—. En el pelo me he colocado el nácar labrado que me mandó la bisabuela Sanuye —dijo enseñando unas delicadas placas de nácar que llevaba prendidas en el recogido.

Tras alabar aquel nácar labrado, Shanna preguntó con curiosidad:

—¿A qué te referías con eso de que «si lo llevaba todo»?

—A algo azul... algo nuevo... —señalo Rocío mientras se miraba al espejo.

—Pero eso son costumbres y supersticiones, ¿no? —preguntó Celine mientras se engominaba el pelo.

—Pues las dos cosas —dijo Elsa mirando dentro de su zapato, pues algo le molestaba—. Pero, por lo general, toda novia se ocupa de que no le falte nada ese día, por si las moscas. Mirad: igual que el color blanco es símbolo de pureza y virginidad —rió al ver la cara de Celine mirando a Aída, cuyo vestido no era blanco—, se suele llevar algo azul porque significa una unión duradera o la fidelidad; algo prestado como símbolo de la amistad; algo nuevo para comenzar una nueva vida feliz y algo viejo, que representa una conexión con el pasado.

—¡Qué romántico! —exclamó Rocío—. ¿Sabes algo más de tradiciones o supersticiones?

Todas sonrieron, pues sabían que Elsa lo conocía todo sobre aquel asunto. Entre la tienda de novias de su madre y los negocios de su familia en Estados Unidos, estaba muy puesta en lo relativo a tradiciones, costumbres o supersticiones.

—Pues mira —rió Elsa—, dicen que si el novio lleva torcida la corbata el día de la boda será infiel. —Eso provocó risas generalizadas—. Y por norma las novias se ponen a la izquierda del novio en el altar, porque se cuenta que, antiguamente, los futuros maridos querían tener la mano derecha libre para así poder defender a las doncellas.

—Oh, Dios... ¡Qué romántico! —suspiró de nuevo Rocío.

Celine, al oírla, sonrió y, tras sentarse y encenderse un cigarro, dijo:

—Cada vez tengo más claro que por ese circo yo no pasaré.

Shanna sonrió al oírla y, dándole un puñetazo en el hombro, la regañó:

—¡Cállate, tonta! Elsa... sigue contando.

—Las perlas dicen que son lágrimas para las novias —prosiguió Elsa—. Si te casas en enero tendrás problemas económicos. Los anillos que se intercambian durante la boda simbolizan la eternidad y antiguamente, se creía que la vena que pasaba por el dedo anular iba directa al corazón. Las arras, que son trece, son los bienes que se van a compartir. El arroz que lanzamos es el símbolo de la fertilidad. Lanzar el ramo tras la boda es anunciar la de la siguiente novia. —Luego, dijo con guasa a su amiga—: Por lo tanto, tíralo al lado opuesto de donde yo esté, ¿vale?

—Lo mismo digo —asintió Celine.

—Mira que sois tontas —rió Aída, mientras Elsa proseguía.

—Llevar huevos a santa Clara o a las clarisas sirve para que el día de la boda haga buen tiempo y poner una moneda en el zapato de la novia, para atraer el dinero.

—Pues tu madre ha llevado docenas y docenas de huevos —se guaseó Celine—. Este calor en febrero, a las siete de la tarde, no es normal.

Entonces entró Anthony, el padre de la novia, y, tras acercarse a su hija y darle un beso en la frente, anunció:

—Cariño, ha llegado el momento de salir hacia la iglesia. Creo que un novio impaciente te espera.

En ese momento, todas se miraron y sonrieron. Querían darle fuerzas a Aída, que en ese momento se había quedado paralizada.

—¡Toma el ramo! —dijo Elsa ofreciéndole un precioso arreglo de rosas rojas, flores silvestres y paniculata. Al darse cuenta de su bloqueo dijo tras besarla—: Iremos tras tu coche.

Una Cecilia llorosa, junto a un Javier guapísimo, esperaba a Aída y a su padre en la puerta de la casa. Cecilia tenía los ojos enrojecidos de tanto llorar. Ver a su niña tan radiante el día de su boda la emocionaba muchísimo.

Javier, al ver a su hermana con cara de susto, agarrada del brazo de su padre, se acercó y la besó deseándole toda la suerte del mundo.

Una vez en la puerta, llegó el primer Rolls-Royce, donde se montaron Cecilia, Javier, Anthony y la novia. En el segundo irían las chicas y en un tercero, Patrick y Aiyana, los orgullosos abuelos paternos llegados días antes de Estados Unidos. Cuando estaban a punto de arrancar, Celine, de pronto, se bajó y llamó a su amiga.

—¡Aída, Aída!

La novia, nerviosa, sacó la cabeza por la ventanilla para oírla.

—¡Vigila que Mick lleve la corbata derecha! Y si no es así, saca tu sangre cherokee, que nosotras estaremos contigo.

Al oír aquello, Aída soltó una carcajada y la tensión desapareció de su rostro. Finalmente las chicas, muertas de risa por la ocurrencia de Celine, marcharon hacia la iglesia.

6

La ceremonia religiosa iba a tener lugar en la iglesia de las Carmelitas Descalzas, junto al templo de Debod. Era una iglesia bonita, que tenía el encanto de las antiguas. Sus techos abovedados, los bancos de madera y aquel olor característico denotaban perdurabilidad. Al llegar el coche, todo el mundo ya estaba dentro. Mick, nervioso, esperaba en el interior. Aída, ayudada por su padre y sus amigas, salió del coche, se colocó el vestido y el velo y se propuso entrar. Pero antes, miró a sus amigas, les guiñó el ojo y con decisión, agarrada del brazo de su padre, entró en la iglesia donde comenzó a sonar la marcha nupcial de Mendelssohn.

En el primer banco se sentaron Cecilia, Javier y las chicas. Bernard, desde un discreto asiento trasero, sonrió a Celine. Mientras, los padres de Elsa y Rocío, emocionados, las observaban. Los padres de Celine y Shanna se habían disculpado por no asistir con una nota. Elsa estaba tan emocionada observando a su amiga que no se había dado cuenta de que estaba sentada al lado de Javier. Éste, con el rabillo del ojo, se pasó gran parte de la ceremonia observándola. Tenerla cerca le encantaba. Aquella amiga de su hermana siempre le había gustado, y sentir el aroma que ella desprendía y ver dibujada una sonrisa en su boca le volvían loco.

Durante la ceremonia, cuando el cura pidió que se dieran la paz, Elsa se percató de que Javier estaba ahí. Sus miradas se encontraron durante una fracción de segundo y Elsa sintió un latigazo de calor que casi la hizo saltar del banco. A partir de ese momento, ya no se enteró de nada más. Estaba tan nerviosa que no se pudo volver a concentrar en lo que su amiga leía, cuando, supuestamente, todo el mundo estaba escuchando. Una vez finalizada la ceremonia, y tras el maravilloso y romántico beso que Mick le dio a Aída una vez que el cura dijo que ya eran marido y mujer, pasaron a la sacristía para firmar, mientras sonaba el *Ave Verum Corpus* de Mozart. Tras la firma de los testigos, el arroz voló por los aires. Todo el mundo acabó lleno de arroz, mientras las risas estallaban por doquier.

Cecilia, más tranquila al ver a su hija casada, organizó el lanzamiento del ramo de novia. Consiguió, a pesar de las protestas, poner a todas las muchachas delante de Aída que, feliz y muerta de risa, cogió impulso. El ramo voló por los aires. Con guasa lo tiró hacia donde estaban sus amigas pero ellas, al ver lo que pretendía su amiga, fueron más rápidas y en dos zancadas se apartaron. Al final, tras una lucha encarnizada entre varias solteras, el ramo acabó en manos de Almudena, una prima de la novia, que se puso a saltar como una loca para enseñárselo a todo el mundo.

Candela y Barbara, junto a sus maridos, no dejaban de reír tras ver el rápido y gracioso movimiento de las muchachas. Después, todos se montaron en los coches para dirigirse hacia el hotel Ritz de Madrid.

Los trescientos invitados fueron llegando poco a poco al glamuroso hotel, cercano al Museo del Prado. Mientras todos esperaban la llegada de los novios, los camareros pasaban bandejas con bebidas y aperitivos. Anthony y Cecilia, los orgullosos padres de la novia, llegaron unos segundos antes que los novios, que fueron recibidos por los aplausos y vítores de los invitados.

La cena se organizó en los salones Alfonso XIII y Felipe IV. Todos los invitados no cabían en el mismo salón.

Sin embargo, al estar conectados entre sí, no hubo problema. En una mesa grande se colocaron los novios acompañados por sus respectivos padres, Javier y sus abuelos, Aiyana y Patrick. Bernard una vez en el Ritz, buscó a Celine, que, encantada y con descaro, le besó delante de todos, lo que hizo a sus amigas reír. Las chicas no pasaron desapercibidas para los amigos de Mick, y Elsa, no pudo dejar de sentirse extraña cuando su mirada en diferentes ocasiones se cruzó con la de Javier, que siempre le sonreía.

El salón Alfonso XIII tenía unas impresionantes puertas acristaladas que conectaban con el jardín. Aquella elegante estancia contaba con unos maravillosos tapices del siglo XVII, y una impresionante alfombra hecha a mano por la Real Fábrica de Tapices. El salón Felipe IV era más sobrio que el anterior, aunque no menos impactante.

Una vez ubicados todos los comensales, los camareros comenzaron a servir delicias de salmón y jamón ibérico, pastelitos de caviar, yemas de espárragos de Tudela y cigalas. Todo ello regado por estupendos vinos de la Rioja y el Penedés, además de cavas españoles. Tras aquello se sirvió rape con habitas a la menta y perdices con manzana y cordero asado. Acabados los platos principales, llegó el postre. Se sirvieron tartaletas de manzanas, helado de turrón y el tradicional pastel de boda, una enorme tarta de nueve pisos de trufa, nata y finas virutas de chocolate, adornada con preciosas flores de azúcar, y la figura de unos flamantes novios en la parte superior.

Las muchachas comían divertidas tarta y helado, cuando Aída, la novia, se levantó y, con una sonrisa, se dirigió hacia ellas.

—¿Qué tal todo? ¿Lo pasáis bien?

—Maravillosamente bien —asintió Shanna, y levantando la copa de cava señaló—: El cava es espectacular.

Feliz como nunca en su vida, Aída sonrió y, tras contemplar la alegría de sus padres, dijo:

—Ya sabéis que mis papis lo hacen todo a lo grande o no hacen nada. —Y con gesto divertido susurró—: Ahora pondrán música y despejarán el salón para que quede espacio para bailar. Por lo tanto, chicas, quiero que seáis las reinas de la pista.

En ese momento se acercó Mick, el flamante y rubio novio, hasta la mesa de sus amigos, que prorrumpieron en gritos y silbidos.

—Esta noche la reina de la pista, querida Amitola, tienes que ser tú —señaló Celine—. Por cierto, menudos son estos yankees. ¿Mick se comporta siempre así cuando está con sus amigos?

Aída vio reír a George, Mark y Spencer por algo que comentaba Mick, mientras bebían como cosacos.

—Más o menos —respondió ésta, divertida—. Son muy buenos chicos, no os dejéis engañar por las apariencias. Pero creo que han bebido un poquito.

—¿Un poquito? —exclamó Rocío haciéndolas reír—. Pero si se han bebido todo el Penedés.

Luego se retiraron las mesas y comenzó a sonar música de Strauss en el salón. Era el *Danubio Azul.* Con ese vals unos felices Aída y Mick abrieron el baile e invitaron a todos a acompañarles.

—¡Virgencita! —exclamó Rocío sentándose acalorada tras bailar varias piezas—. Ese Spencer se debe de apellidar «Pulpoman». ¡Madre mía! Me mete mano a la más mínima oportunidad.

—¿En serio? —rió Shanna—. Pues baila muy bien y es muy mono.

—Es un experto bailarín —confirmó Elsa al verle bailar un rock and roll con una prima de Aída.

Sin ningún disimulo, las muchachas se fijaron en cómo Spencer bailaba. Realmente, sabía hacerlo y llevaba el ritmo en la sangre.

—¿Lo pasáis bien? —dijo una voz tras ellas. Todas se

volvieron a mirar y se encontraron a Javier con tres muchachos más.

—Maravillosamente, chiquillo —asintió Rocío.

—¿Y tú cómo estás pasando tu cumpleaños? —preguntó Shanna, que se había dado cuenta durante la cena de que Javier miraba mucho hacia su mesa e, incrédula, había comprobado que era a Elsa a quien miraba. Sin embargo, no dijo nada.

—Diferente y divertido —respondió éste sonriendo—. Hoy es un día grande. Mi hermana se casa, consigo toda la casa para mí y, por fin y lo más importante, dejo de ser un crío.

Al decir aquello, Elsa le miró a los ojos y vio que él la obsequiaba con una sonrisa pícara y sensual.

—¿Un crío? —voceó Shanna—. Ojalá todos los críos que yo conozco fueran como tú, sería maravilloso.

En ese momento, Celine se acercó a ellas junto a Bernard y preguntó:

—¿Quién es un crío?

Elsa, consciente de que todas debían de intuir algo, puso los ojos en blanco haciéndolas sonreír.

—¡Javier! —respondió Rocío, que escuchaba al tiempo que observaba a Spencer bailar.

Celine miró a un Javier risueño y, tras mandar a Bernard a por una copa de cava, se acercó a él en plan provocativo. Sus amigas no se lo podían creer cuando le dijo casi al oído:

—¿Tú eres el crío? —Él asintió con una sonrisa y Celine dijo—: Pues quiero que sepas que para mí, y seguro que para muchas, eres un crío altamente peligroso.

—¡Celine, por Dios! —gritó en ese momento Aída, que la había oído—. ¡Qué le estás haciendo a mi hermano!

—Hacerle, hacerle... no le he hecho nada —dijo separándose de él. El muchacho, a pesar de no demostrarlo, estaba alucinado por las cosas que Celine decía, mientras observaba a Elsa y veía cómo ésta miraba hacia otro lado.

—Oh, Celine... eres tremenda —dijo Shanna con guasa al ver la cara de Aída y sus amigas.

Javier, consciente de que Celine podía ser también bastante peligrosa, preguntó al oír que ponían una balada:

—¿Alguna de vosotras quiere bailar conmigo?

—Yo no puedo —dijo Rocío que, sorprendiéndolas a todas, se fue hasta donde estaba Spencer, le agarró del brazo y se puso a bailar con él.

—¡Vaya con Rocío! —murmuró Celine mirándola.

—Ya te dije, Celine —bromeó Elsa—, que a veces las apariencias engañan y nuestra andaluza de tonta no tiene un pelo.

—Tienes toda la razón, las apariencias engañan —asintió Javier, y tomando a Elsa de la mano le preguntó—: ¿Te apetece bailar conmigo?

Pero Elsa no pudo responder. Un empujón de Shanna hizo que se plantase en medio de la pista mientras continuaba agarrada a Javier. Cuando iba a protestar, uno de los jóvenes amigos del muchacho invitó a bailar a Shanna, y Anthony, el padre de Aída, que en ese momento pasaba por ahí, arrastró a Celine a la pista, mientras Aída cogía la copa de cava que Bernard traía para Celine, se la bebía, y charlaba con él. Sin mediar palabra, Elsa se dejó llevar por la música, mientras sentía junto a ella el cuerpo fibroso de aquel joven.

—Bailas muy bien —dijo Elsa sin mirarle.

—Gracias. Pero sácame de una duda, ¿bailo como un crío o como un adulto?

Al oír aquello, Elsa le miró y se puso roja como un tomate.

—Oh... Javier —se lamentó—. Siento haber dicho lo de crío. Es que para mí siempre has sido el hermanito pequeño de Aída, y entonces...

Al ver y, en especial, sentir el mal rato que la chica estaba pasando, el muchacho dijo:

—Vale... vale. Te perdono, pero sólo porque eres tú.

El olor a masculinidad de aquel muchacho se le había metido en las fosas nasales y le estaba comenzando a gustar, y tras aquel «sólo porque eres tú» Elsa, con una sonrisa tonta, murmuró:

—Ufff... menos mal —bromeó—. ¡Qué peso me quitas de encima!

—¿Sabes que estás muy guapa hoy?

Elsa tragó con dificultad. Si seguía en los brazos de Javier se iba a ahogar.

—Tú también —pudo articular.

—Gracias, Elsa —respondió arrastrando su nombre, mientras disfrutaba de ella, de su olor, su cercanía y su desconcierto—. Pero sigo creyendo que tú eres una preciosidad.

Incapaz de centrarse en nada, para desviar la conversación, Elsa preguntó:

—¿Has decidido ya qué carrera vas a hacer?

Con una encantadora sonrisa, él respondió, acercándose más de lo necesario:

—Lo he pensado mucho, y ya sabes que mi familia está llena de médicos. —Ella asintió—. Hubo un momento en que pensé estudiar derecho. Pero hoy por hoy, pienso que la justicia no es justa, y me traería más problemas que beneficios —comentó mirándola a los ojos y, por una vez, ella no apartó la mirada—. Y al final he decidido continuar con la tradición familiar. Seré médico.

—Eso está bien —sonrió—. Tus padres estarán muy contentos.

—Sí, lo están —afirmó deseando besarla—. Para mi abuelo es un orgullo tener otro futuro médico en la familia.

—¿Has pensado la especialidad?

—Eso todavía está por decidir. Pero el año que viene

me iré a Estados Unidos e iniciaré mis estudios allí. Aún tengo tiempo para decidirlo. ¿Tú qué planes tienes?

—En septiembre viajaré a Los Ángeles.

—¿Los Ángeles? —repitió, sorprendido por su respuesta. Ella asintió.

—La familia de mi madre tiene negocios allí. Quizá te suene la empresa Pickers. —Él asintió—. En Estados Unidos es muy conocida.

Con una sonrisa que desconcertó a Elsa, Javier le dijo acercando su boca al oído:

—Ya sabía que la empresa Pickers era de tu familia, me lo dijo Aída. —Elsa sonrió—. El abuelo siempre la contrata para organizar los cócteles o las fiestas de Navidad y queda muy contento. ¿Hace mucho que tu familia posee la empresa?

—Oye... me alegro mucho de que tu abuelo esté contento con nosotros —rió—. La empresa la puso en marcha la abuela Estela cuando se quedó viuda, para ganar unos dólares. Comenzó a preparar tartas de manzana que vendía en las cafeterías y pastelerías de San Diego. Cuando la abuela enviudó, mamá tenía cinco años, el tío Robert siete, la tía Samantha dos y el tío Brad diez. La abuela siempre nos cuenta que trabajó muy duro para sacar a sus hijos adelante. Poco a poco, sus tartas fueron más solicitadas y, con el tiempo, la gente comenzó a encargarle también los platos para sus fiestas. Pasados unos años la abuela, con la ayuda de algunos trabajadores, empezó a organizar eventos como el Cuatro de Julio o Navidad. —Javier la escuchaba con atención, apenas parpadeaba, y ella prosiguió—: Mamá siempre dice que recuerda a la abuela trabajando incansablemente toda la vida y que, cuando ella tenía diez años, inauguró su propia empresa, a la que bautizó con el apellido del abuelo, Pickers. Desde entonces, la empresa ha ido creciendo, y se ha expandido por todo Estados Unidos.

—Sí. Sí, lo sé —afirmó Javier, mirándola—. Recuerdo haber visto, creo que en Los Ángeles, un edificio con el logotipo de Pickers.

Elsa, feliz al hablar de su familia, asintió y dijo:

—Sí. En Los Ángeles el tío Brad dirige la empresa. Aunque es la abuela desde San Diego quien lo controla todo. ¡Menuda es! —rió al recordarla—. Las oficinas centrales están en Los Ángeles. Allí se canalizan los trabajos y se reparten dependiendo de dónde se tengan que realizar. Sé por mi tía Samantha que a veces le ha tocado viajar a México. Allí también les contratan para algún que otro evento, y hace poco hablé con ella y me dijo que tenía previsto un viaje a China o Japón, no sé bien adónde. Espero que cuenten conmigo para ese viaje. Me atrae conocer otras culturas.

—Entonces, ¿organizáis todo tipo de eventos?

—Sí. Desde una celebración de Acción de Gracias hasta una maravillosa Navidad, una estupenda boda o lo que quieras encargar. Mamá comprobó cuando llegó a España que aquí, por cultura, no se suele contratar a ninguna empresa para la organización de eventos y por eso montó la tienda y el taller de vestidos de novia Barbara Pickers. Su propia empresa.

Como sentía curiosidad por saber de su vida, a pesar de que sonaba una canción distinta no la soltó y continuó bailando.

—¿Y qué harás en Los Ángeles?

Elsa resopló y retirándose un mechón de la frente dijo:

—Pues si te soy sincera, no lo sé. —Ambos sonrieron—. Cuando hablé con la abuela me dijo que quería que estudiase todo lo que pudiera sobre celebraciones, bodas, compromisos y demás. Ella sabe cómo soy y siempre ha dicho que yo era emprendedora, igual que ella. Además, sabe que ayudo a mi madre en la tienda y que soy una excelente relaciones públicas. Me gusta que las clientas se vayan contentas y vuelvan tras su boda, para encargarnos cualquier tipo de vestido, de noche, de cóctel, etcétera. Me encanta que la gente que viene a Barbara Pickers se vaya satisfecha por el trato que ha recibido aquí.

—¿Sabes, Elsa?, creo que triunfarás —aseguró Javier muy convencido.

—Gracias —sonrió ella—. Pero, más que triunfar, yo lo que quiero es estar contenta conmigo misma.

—Quizá podamos vernos alguna vez en Estados Unidos —soltó el chico asustándola—. Ambos estaremos en Los Ángeles.

Elsa le miró. No quería ser antipática, era el hermano de su amiga. Pero no quería nada con él, ni con nadie. Así que, tras tomar aire, respondió:

—Quizá... Pero sé que cuando llegue allí me espera un trabajo duro, y a ti igual. Vas a ser médico, no lo olvides. Además, piensa que no tendrás tiempo para nada y olvidarás muchas cosas.

—Tienes razón, ambos tendremos que trabajar duro. Sin embargo, las cosas importantes no se suelen olvidar.

Al borde del infarto, Elsa pensó qué responder mientras se acercaban hasta un gran centro de flores, donde sobresalían unas florecillas pequeñas de color azul y blanco. Javier, al ver la confusión en sus ojos, alargó la mano y cogió un pequeño ramo azul cielo.

—Toma, Elsa. Son para ti.

—Gracias —murmuró al cogerlas—. ¡Qué bonitas! Me encantan.

Javier sonrió y mirándola se perdió en sus ojos mientras le decía:

—Mi padre las hizo traer. Esta flor representa mucho para mamá y para él. —Ella, al oírle, se sorprendió y él prosiguió—: Si recuerdas el ramo de flores que llevaba Aída, recordarás que había unas cuantas en azul.

—¿Cómo se llama esta flor? —preguntó al observar un ejemplar de cinco pétalos con el centro rosáceo.

—*Myosotis palustris* —respondió Javier sonriendo, mientras ella se prendía con un alfiler las flores en el vestido, justo encima del corazón.

—Mucho nombre para tan poca flor, ¿no crees?

Javier asintió y, hechizado por ella, susurró:

—Tienes razón, pero ése es su nombre científico.

Al decir aquello, Elsa le miró. Observó sus labios, y sintió el mismo deseo que él. Se sentía extrañamente atraída por Javier, algo que no le había ocurrido desde que su ex novio la dejara para casarse con la asturiana. Los ojos del muchacho le decían lo que su boca no era capaz de articular, pero su juventud, sus dieciocho años, hacían que le rechazase, a pesar de que le parecía mucho más maduro que otros a los que había conocido.

En ese momento apareció Mark, uno de los amigos de Mick, y rompió la tensión que entre ellos se había creado al pedir permiso a Javier para bailar con ella. Javier, apartando la mirada de ella, asintió y la soltó, y ella sintió una extraña sensación de euforia y tristeza pero, con rapidez, apartó los brazos del cuello de Javier, para ponerlos sobre el de Mark. Con una sonrisa, Javier se alejó y Elsa continuó bailando con Mark. A partir de ese momento, el muchacho no volvió a acercarse a Elsa. Quería que ella se acercara hasta él, pero no lo hizo. Aunque sí le sonreía, cuando las miradas de ambos coincidían y se alegró al ver que las flores azules seguían prendidas en su vestido.

—Javier es una monada, ¿verdad? —preguntó Shanna directamente a Elsa, que estaba apoyada en una mesa tomándose un refresco.

—Es un chico de veras encantador —respondió escuetamente.

Shanna, acercándose a ella, dijo con complicidad:

—¿Sabes?, creo que le gustas.

—¿Tú crees? —intentó hacerse la sorprendida.

Su amiga, divertida por cómo ella disimulaba mirando alrededor, le susurró:

—Y también creo que él te gusta.

Con rapidez, Elsa se volvió hacia su amiga, a quien encontró con una sonrisa pícara, y, tras retirarse el pelo de la cara, dijo levantando la barbilla:

—¡Anda ya!, no digas tonterías. Es un crío.

—Hablo de chispazo, no de amor eterno —aclaró Shanna—. Intuyo que entre vosotros existe ese algo inquietante. Lo percibo en vuestros ojos, en vuestras miradas.

—¿Nuestras miradas?

Shanna, cada vez más divertida por la cara de angustia de su amiga, se acercó más a ella y le indicó:

—Nos conocemos, Elsa, no intentes disimular conmigo. Ese crío, como tú lo llamas, ha despertado algo en ti que hasta hace poco estaba dormido. —Al ver que sonreía, remató—. Y no me extraña, en mí y en más de una que hay por aquí, Javier despierta muchas cosas. Si con dieciocho años es así, vaya, no quiero ni pensar cómo será con unos añitos más.

—¿Qué despierta en ti? —preguntó Elsa mientras miraba de reojo a Javier bailando con una chica de su edad.

—¡Deja de fruncir el cejo o todos se darán cuenta! —la reprendió Shanna.

—Pero ¿qué dices? —Y al decir aquello, ambas rieron. Elsa asintió. Su amiga tenía razón—. Vale... de acuerdo. El hermano de Aída me parece un chico encantador, pero de ahí a más...

—¿Sólo encantador? —preguntó Celine, que se unió a ellas con un vaso en la mano—. Para mí es un chico que tiene muchas cosas excitantes, además de encantador. Su cuerpo atlético, sus profundos ojos negros, esas manos grandes —dijo mientras todas, con descaro, le observaban—. Además, pensar en su puntito cherokee me hace imaginar estar con él en la cama... y esa parte india suya...

—¡Celine! —gritaron a la vez Shanna y Elsa, escandalizadas.

Ésta sonrió y preguntó:

—Pero ¿por qué os escandalizáis? Javier es un muchacho alto, guapo, atlético y con unas espaldas y unos brazos que te tienen que dejar sin sentido, y no hablemos ya de su vena india. Oh, Dios... Es más, porque estoy muy enamorada de Bernard, si no, ese morenazo pasaba esta noche por mi cama y no precisamente para dormir.

—¡Dios mío! ¿Eres una «asaltacunas»? —rió Shanna al escucharla.

Celine pestañeó y bebió de su copa sin contestar.

—¡Eres tremenda! —dijo Elsa tras oír aquel tórrido comentario de Celine.

En ese momento llegaron Rocío y una sonriente Aída, con alguna copilla de más.

—¿Quién es una «asaltacunas»? —preguntó la andaluza.

—Pues quién va a ser —balbuceó Aída—. Celine. ¿O acaso me equivoco?

La carcajada fue general, incluida la de la propia implicada que, mirándolas, indicó:

—¡Chicas! Porque os quiero mucho y sois mis amigas, de lo contrario, os mandaba a freír espárragos por tener esos pensamientos tan reales sobre mí. Y para que lo sepas, hablábamos del guaperas de tu hermano.

—¿Quieres beneficiarte a mi hermano? —gritó Aída.

Aquel grito hizo que todas se dieran cuenta de lo borracha que estaba la novia.

—¡Calla, loca! —rió Celine al ver cómo unos invitados volvían la mirada hacia ellas—. Sólo decía que tu hermano es un chico que está muy bien.

Entonces Aída, con una risa tonta, comenzó a canturrear para sorpresa de todas:

—A mi hermano le gusta Elsaaaaaaaaaaaa. Él no me lo ha dichoooooo, pero yo le conozco muy biennnnnnnnnnnn.

—Oh... ¡Qué sorpresa! —gritó Shanna confirmando lo que ella pensaba.

Rocío, que hasta el momento había permanecido callada, al ver que Elsa se ponía roja como un tomate preguntó:

—¿A ti te gusta su hermano?

—¡Imposible! —gritó Aída, sin dejar hablar a Elsa—. Ella considera que es un crío porque tiene cuatro años menos que ella. ¡Ja, un crío!

De pronto, Cecilia, la madre de la novia, se acercó hasta el grupo, y al ver a su hija con una copita de más se horrorizó.

—Oh... Aída. Pero ¿qué te pasa, cariño?

Al oír la voz de su madre, se colgó de ella y, para horror de la mujer, confirmó:

—Nada, mamá. Que me he casado y estoy borracha perdida.

—¡Oh, Dios mío... qué horror! —dijo la mujer llevándose la mano a la cabeza—. Chicas, rápido, sacadla de aquí y que le dé el aire.

Todas se miraron e intentaron no sonreír. La mujer, señalando hacia un lateral del salón, murmuró:

—Sí salís por ahí, a la izquierda, hay un bonito jardín con bancos. —Y empujando a su hija comentó—. Venga tesoro, venga. Tus amigas y tú os salís un poquito al fresquito de la noche. Te vendrá bien.

Empujadas por Cecilia, salieron al jardín. Se metieron por un sitio donde no había nadie y, cuando fueron a sentar a Aída en el banco, ésta se negó y se tiró en el césped, sin pensar en su vestido de novia.

—Da igual —regañó a sus amigas, que se empeñaban

en hacer que se sentara en el banco—. No me lo voy a volver a poner nunca más en mi vida. Dejad que lo disfrute y me siente donde yo quiera.

—Pues también tiene razón la muchacha —dijo Celine.

Las demás asintieron, sentándose junto a ella.

—Prometedme que no cambiará nada entre nosotras —pidió Aída— y que siempre estaremos juntas para lo bueno y lo malo.

Con sonrisas cómplices, todas se miraron y asintieron, mientras las estrellas lucían en el cielo. Tras un silencio, fue Rocío la que habló.

—*Miarma*, todavía no me creo que estés casada.

Aída, tirada en el césped junto a las demás, dijo:

—Pues lo estoy, y con un chico encantador que me cuidará toda la vida.

—Toda la vida es mucho tiempo —susurró Elsa—. Pero ojalá tengas razón.

De nuevo, todas miraron las estrellas hasta que Celine se quejó:

—Qué mierda. En dos días tengo que volver a Bruselas. ¿Cuándo volveremos a estar juntas otra vez?

—No lo sé, pero debemos hacer lo posible para no separarnos —puntualizó Shanna y, volviendo su mirada hacia Celine, preguntó—: ¿Qué vas a hacer ahora, cuando vuelvas a Bruselas?

—De momento —respondió Celine exhalando el humo del cigarro que se había encendido—, seguiré trabajando en Brujas, en la empresa de publicidad. Me gusta trabajar allí.

—¿Qué haces en esa empresa, además de fumar? —preguntó Aída.

—Ocuparme de satisfacer a los clientes que nos contratan. Hace unos días tuvimos una reunión con una firma de ropa interior. Me imagino que, cuando vuelva, se hablará de cómo enfocar la campaña de publicidad. Ya os contaré.

—¿Cuánto tiempo estarás en España, Shanna? —preguntó Rocío.

—Dos semanas. Así veré a mi hermana Marlene. Me apetece mucho estar con ella. Luego volveré a Canadá. Tengo una entrevista de trabajo para el Canal 43 de Toronto a final de mes.

—¡Lo conseguirás! —rió Aída—. Y yo estaré contenta de tener una amiga que va a ser presentadora en un programa de televisión.

—¡Ojalá! Pero si no lo consigo, lo seguiré intentando. De momento trabajo para un canal de televisión desconocido, aunque eso me sirve para adquirir experiencia, cosa que en el mundo de la imagen se valora. —Luego, volviéndose a Rocío, preguntó—: ¿Tú volverás otra vez a Nueva York?

—Sí. Quiero terminar los cursos que comencé en la escuela de arte dramático. Allí seguiré presentándome a *castings* y quizá algún día tengáis la suerte de tener una amiga que gane un Oscar. Pero si en cinco años veo que mi carrera de actriz no sale adelante, volveré a España y trabajaré como profesora de inglés en cualquier colegio.

—¿Os la imagináis junto a Tom Cruise? —bromeó Elsa.

De nuevo, todas comenzaron a reír. Aquello parecía una locura.

—Prometo ir contigo a recoger el Oscar —se ofreció Celine que, mirando a Elsa, preguntó—: ¿Y tú qué planes tienes?

—En septiembre me trasladaré a San Diego y luego a Los Ángeles. Trabajaré en Pickers.

—Siempre he sabido que terminarías trabajando con tu familia —comentó Shanna mirándola con cariño.

—Yo también, siempre lo intuí —asintió Elsa—. Quizá la sangre empresarial o trabajadora de mi abuela me empuje a mí a hacer lo mismo que ella.

—¡Genial! —aplaudió Aída—. Estoy feliz porque te tendré más cerca. Y ya verás como serás la organizadora más guapa y mejor pagada de Pickers, ya lo verás.

Todas asintieron. Conocían a Elsa y sabían el potencial de trabajo que podía ofrecer.

—Sinceramente, lo que de verdad quiero es demostrarme a mí misma que soy capaz de trabajar como lo hacen todos en mi familia.

—Yo sería incapaz, cariño —susurró Aída, que comenzó a tener frío. No había que olvidar que estaban en febrero—. Igual que tú llevas en los genes lo de ser empresaria, yo debo de llevar en los genes lo de ser una buena esposa que prepare deliciosos pasteles y tenga la casa llena de niños.

—Pues no es por desanimarte, pero siempre he oído decir que ése era uno de los trabajos más agotadores que puede haber para una mujer —dijo Celine con cariño—. Sin embargo, todas estaremos muy orgullosas de ti. Sabemos que harás los mejores pasteles del mundo y tendrás los niños más guapos y más cuidados que conozcamos.

—Me estoy empezando a congelar —susurró Rocío.

—Yo también —comentó Shanna—. Pero esperemos un poco para que Aída se despeje y a su madre no le dé un ataque.

—Por cierto, Elsa: muy bonitas las flores que llevas en el vestido —dijo Aída sonriendo a las estrellas.

Elsa se miró la pechera y vio las pequeñas flores azules prendidas en su vestido.

—Se las regaló tu hermano —añadió Shanna y Elsa la regañó.

—¿En serio? —rió Aída al pensar en lo perspicaz que era su hermano—. ¿Por casualidad te ha dicho cómo se llaman esas flores?

Elsa asintió e intentó recordar aquel extraño nombre.

—Sí... me lo dijo, pero era complicado. Era algo como *Myosotis* o...

Las carcajadas escandalosas de Aída por el ingenio de su hermano hicieron que todas la miraran sin entender aquel estallido.

—Menuda cogorza que lleva la moza —rió Rocío al ver a su amiga reír.

—Pues yo no le veo la gracia —señaló Celine al ver a Aída, muerta de risa, revolcándose con su precioso vestido de novia por el césped.

Cuando consiguió calmarse, ésta miró a Elsa y preguntó:

—¿Sabes cuál es el nombre de esa flor? —Elsa la miró y negó con la cabeza. Aída prosiguió—. En el lenguaje de las flores, significa amante eterno. Pero el verdadero nombre de las flores que tienes ahí es nomeolvides.

Sorprendida por aquello, Elsa no supo qué decir, pero sus amigas sí.

—¡Qué bonito, por favorrrrrr! —rió Shanna—. ¿Por qué no me pasarán a mí esas cosas?

—¡Virgencita! ¡Qué romántico! —suspiró Rocío dándole una calada al cigarro de Celine, mientras reía—. Yo quiero uno así, todito para mí.

—Pues lo llevas claro, amiga. Los románticos ya están repartidos y los superhéroes sólo existen en las películas norteamericanas —dijo Celine cogiendo el cigarro que le devolvía Rocío al tiempo que reía con ella por aquel último comentario.

Elsa, mientras oía las risas de sus amigas pensaba en cómo un chico como Javier, con sólo dieciocho años, podía ser tan caballeroso y galante. Con cuidado, desprendió el ramillete de su vestido, lo miró con curiosidad y sonrió.

El silencio se hizo el dueño del lugar mientras las muchachas continuaron tumbadas sobre aquel césped escarchado, mientras miraban las estrellas y se preguntaban si continuarían con su amistad, si serían felices o si conseguirían sus metas profesionales.

Pero todo aquello era algo que el tiempo, la vida y el no olvidar de corazón podría desvelar. Si de verdad se querían, ni el tiempo, ni la distancia, ni nada podría acabar con aquella amistad que comenzó un día en un colegio, en una aula, con simples miradas y sonrisas. Las mismas que aquellas cinco mujeres tenían en ese momento, tumbadas en el césped del Ritz con sus maravillosos vestidos mientras contemplaban las estrellas.

7

23 de enero de 2009... diez años después

—Mamá, escúchame —dijo Elsa desde el teléfono de su despacho—. Intentaré llamar más a menudo, pero no te lo puedo asegurar. Tengo muchísimo trabajo. Además, dentro de dos días salgo para Chicago y estaré allí seis días. Por cierto —murmuró con una sonrisa—, hoy viene la abuela.

—Cariño, inténtalo —respondió Barbara tras oír a su hija—. A tu padre le hacen mucha ilusión tus llamadas. ¿Hoy va la abuela?

Elsa, retirándose la melena de la cara, asintió.

—Sí, mamá. Hoy es el gran día.

Barbara, consciente de la noticia que le tenían que dar a su madre, resopló y dijo:

—Ufff... cariño. Ya me contarás. Dale besitos a ella y a la tía, y diles que las quiero mucho.

—Sí, mamá, se lo diré —asintió ésta—. Oye, ¿hablaste con Bea?

Barbara, al oír el nombre de su hija pequeña, que ya era una mujer, suspiró.

—Sí, cariño. Está encantada con su vida en Londres.

—Mamá, es normal. A ella le gusta otro tipo de diseño más loco y desenfadado. No puedes pretender que también opte por los vestidos de novia.

Beatriz, *la Llorona*, ya era una mujer y había sido contratada por la empresa Vivels, ubicada en Londres, y dedicada al diseño de ropa bastante alternativa.

—Ya lo sé, hija. Pero os echo de menos. Tú allí y ella en Londres.

—Tienes a Nico, mamá. —Pero rió al oír el resoplido de su madre.

—¿Sabes desde cuándo llevo sin hablar con él? —comentó Barbara, algo molesta con su hijo—. ¡Tres semanas! Siempre le llamo yo, y no me importa, pero me gustaría que él o Marta me llamaran alguna vez.

Elsa sonrió. Su hermano y su cuñada eran unos despistados.

—No lo tomes a mal, mamá, ya sabes cómo son los dos.

—Sí, ya lo sé, hija. Pero es que a tu padre y a mí nos gustaría verlos más a menudo; en fin, nos gustarían muchas cosas de ellos.

—Mamá, tranquila —sonrió Elsa al entenderla—. Estoy convencida de que cualquier día te harán abuela.

—¿Tú crees que esos dos quieren tener hijos? —preguntó Barbara—. Me parece que sólo quieren viajar y pasarlo bien. No sé yo si los niños entran en sus planes.

Su hijo y Marta llevaban casados siete años, más los de noviazgo, y no se les veía muy decididos a tener descendencia.

—Todo llegará a su tiempo, mamá —rió Elsa y cambió el tema o, de lo contrario, lo siguiente sería preguntarle si tenía novio—. Dime, ¿cómo está papá?

—Bien, cariño. Trabajando como siempre. Anoche le dije que hablaría hoy contigo y me pidió que te mandara muchos besos de su parte, y que te comentara que él intentaría llamarte durante esta semana. Por cierto, ¿te contó Rocío que su hermano Julián ya tiene novia?

«Oh, Dios..., ya empezamos», pensó Elsa al oír aquello. Tanto su madre como la de Rocío, Candela, estaban demasiado preocupadas por las vidas íntimas de sus hijas, y no perdían oportunidad de recordárselo cada vez que hablaban con ellas.

—Sí, me lo contó. Me alegro por él.

—Hija, ¿comes bien? ¿Has conocido a alguien interesante últimamente?

«Lo que faltaba... ahora empezará con el tercer grado», suspiró al oírla pero, sin querer enfadarse con ella, dijo:

—Mamá, ¿tú crees que yo tengo tiempo para novios?

—Eres joven. Si no tienes tiempo ahora, ¿cuándo lo tendrás?

—Vamos a ver —resopló Elsa—. No tengo tiempo, ni ganas, y mucho menos necesidad de buscar nada.

Pero Barbara contraatacó. Quería que su hija encontrara una pareja y no dejaría de recordárselo mientras viviera.

—Pero yo digo que...

Elsa, a punto de chillar, se levantó justo en el momento en que Tony, su ayudante, entraba en el despacho y con un movimiento de la mano le indicaba que tenía otra llamada.

—Mamá —la interrumpió encantada—. Mamá, tengo que dejarte. Ya te volveré a llamar y te contaré.

Tras despedirse, colgó aliviada mientras Tony la miraba.

—Ufff... jefa, percibo que tu madre ha vuelto al ataque —bromeó.

Elsa, tras echarse en un vaso un poco de agua, bebió y dijo:

—Te juro que cada día me cuesta más contener su ataque.

Ambos rieron.

—Al teléfono tienes a Ariadna —dijo Tony antes de marcharse.

—¡Genial! —aplaudió ésta y, tras coger el teléfono, comenzó a hablar con ella.

Ariadna Gobertling era una muchacha de Phoenix que les había contratado para la organización de su boda. Su novio era mexicano y quería ofrecerles, a él y a su familia política, una boda lo más ostentosa posible.

—De acuerdo, Ariadna. Entonces, a las cuatro te espero aquí. Necesito tu aprobación en algunos detalles. Hasta luego.

Tras la conversación, Elsa colgó el teléfono, momento en el que entró la pizpireta de su abuela.

—¿Cómo está mi preciosa nieta? —gritó Estela.

Con una gran sonrisa, Elsa se hizo la sorprendida. Se levantó para abrazarla y juntas se sentaron en el elegante sillón que había en el despacho.

—Abuela, ¿cuándo has llegado?

Estela, dejando el bolso a un lado, miró a su nieta, que cada día se parecía más a ella.

—Esta mañana. Clarence, el marido de Samantha, fue a buscarme al aeropuerto. Por lo visto a la una llegará Howard Feldenson, el notario, y tengo que firmar unos papeles. Y tú ¿qué tal estás?

Reprimiendo la sonrisa por la sorpresa que le iban a dar a su abuela, dijo:

—Con muchísimo trabajo. Tengo contratadas cinco bodas. Una en Phoenix, dos en Los Ángeles, otra en Colorado Springs y la última en Chicago.

—Cada día estoy más orgullosa de ti. Sin embargo no me gusta verte tan delgada —susurró mirándola.

«Buenoooooo... ya empezamos», pensó Elsa. Su madre y su abuela siempre la martirizaban con lo mismo, con que se echara novio y comiera bien.

—Abuela, no estoy delgada, no empecemos.

La mujer, tras mover la cabeza, asintió y, mirándola, preguntó:

—¿Qué tal funciona tu prima Beverly aquí? No le quiero preguntar a su padre para que no se moleste.

—Muy bien, abuela. Es estupenda, y creativa. Creo que será una maravillosa coordinadora de eventos.

—Me encanta ver a mis nietas trabajando juntas. —Y acercando la cara de Elsa hacia sí para darle un beso en la frente, dijo—: ¿Tienes algo nuevo que contarme?

«Noooooooooo», quiso gritar pero, tras un suspiro, preguntó:

—¿Sobre qué, abuela?

La anciana, con una sonrisa soñadora, le dio un par de palmaditas en la mano y dijo:

—Eres una mujer espabilada, atrevida y muy creativa, pero me gustaría que mi nieta tuviera vida privada.

—Abuela, tengo vida privada, no te preocupes.

Pero su abuela era tan cabezona como su madre y volvió a insistir:

—¿A qué llamas vida privada, a salir de paseo con tu perro *Spidercan*?

Clavándose las uñas en las palmas de las manos, miró a su abuela y dijo:

—Vamos a ver. Tengo treinta y dos años, y estoy contenta con lo que hago. Si algún día tengo que conocer a alguien en especial, ya llegará. ¡No me agobies!

—Cariño mío, a tu edad ya tenía a mis cuatro hijos. Además, sigo pensando que estás muy delgada.

—Vale... vale, abuela —rió por no llorar—, pero es que tú eres tú y yo soy yo. Ahora la gente no tiene hijos tan alegremente. Nos pensamos con detenimiento si queremos hijos o no. —La anciana refunfuñó—. La vida, hoy por hoy, nos ofrece muchas diversiones que no son tener hijos y, no te preocupes, no estoy delgada. Me alimento muy bien y estoy en mi peso.

—Lo dudo... —suspiró Estela—. Tanta tecnología, tanta comida rápida y tanto liberalismo os está minando horas de vida.

En ese momento se cerró la puerta del despacho. La anciana, al ver a su hija Samantha, dijo:

—Ésta es la que se está poniendo redonda. A este paso la llevaremos rodando por la calle.

Aquello hizo reír a carcajadas a Elsa. Samantha sonrió.

—Ya estoy aquí, ¡Hola, mamita! —dijo ésta echándose en los brazos de su madre—. Y por favor, mamá, ¿quieres hacer el favor de dejar que Elsa decida cuándo quiere tener novio o no? —Su madre la miró y sonrió—. ¡Déjala! Es joven, ya tendrá tiempo para casarse y tener hijos.

Estela, feliz por verse rodeada de los suyos, sonrió. Samantha, al igual que Barbara, se parecía mucho a ella, cosa que le enorgullecía.

—Si sigue así, será una solterona —protestó la anciana haciéndolas reír.

—Ay..., mamita, creo que esa sangre italiana que corre por tus venas te hace ser un poco pesada con lo del matrimonio, los hijos y la comida.

Elsa sonrió y se levantó. Llenó un vaso de agua y se lo tendió a su tía mientras su abuela decía:

—Tiene treinta y dos años, Samantha. ¿Cuándo va a tener bebés?

—Mamita —dijo Samantha con cariño—. Hoy en día las mujeres pueden tener hijos con más edad. Ya no hace falta tenerlos con veinte años, el mundo avanza.

—¿Y a ti qué te pasa? —preguntó Estela al ver a su hija acalorada y con sudores, mientras Elsa le tendía un vaso de agua y se sentaba junto a su abuela.

—Nada grave —respondió ésta con rapidez, sentándose con ellas.

Pero la mujer, extrañada, dijo quitándose las gafas:

—Samantha Pickers, eres mi hija y sé perfectamente cuándo te ocurre algo.

Elsa, junto a ellas, las observaba con una media sonrisa. Su abuela y su tía, en el fondo, eran tal para cual. La unión que había entre aquellas mujeres era genuina y estupenda. Su abuela adoraba a todos sus hijos, pero la relación que había entre Samantha y ella era especial.

—Hija, estás sudando —susurró Estela levantándose para darle aire y, volviéndose hacia Elsa, añadió—: A mí me pasó lo mismo a su edad. Me entraban unos sudores tremendos cuando me vino la menopausia.

—¡Mamita! —chilló Samantha sin saber si reír o llorar.

Elsa, divertida, las observaba y reía a carcajadas cuando su abuela dijo:

—Cariño, pero si no es nada malo. Eso les pasa a todas las mujeres. A tu edad yo tenía unos sofocones horrorosos.

—Mamita, no es lo que piensas. —Y mirándola dijo—. Siéntate, tengo que decirte una cosa.

—¡Ay, Dios! No me asustes —protestó la mujer sentándose al lado de su nieta—. Mira que ahora mismo llamo a Frederick, el médico de la familia, y te hace un chequeo de pies a cabeza.

Elsa y su tía Samantha sonrieron y la anciana prosiguió:

—Si es que no os cuidáis. Lleváis una vida loca, no coméis en condiciones.

—Estoy embarazada —dijo Samantha.

Al oír aquello y ver la cara de su abuela, a Elsa se le escapó una sonora carcajada que atajó con rapidez al percatarse de la mirada asesina de su abuela.

—¿Que estás qué? —preguntó la mujer, incrédula, mirando a su hija.

—Embarazada —dijo Samantha con los ojos inundados de lágrimas—. Vas a tener otra nieta.

Hacía ya ocho años desde aquel fatídico día y no pasaba ni uno solo en que no pensara en Britney, su preciosa hija de once años, que había muerto en un accidente de tráfico.

—Es una niña. Y tranquila, la amniocentesis nos indicó que está todo bien a pesar de mis cuarenta y nueve años —balbuceó Samantha al ver a su madre tan callada—. Estoy de cinco meses y, según mi tocólogo, la niña nacerá para el 12 de mayo. —La anciana no podía ni hablar, por lo que ésta continuó—: No ha sido un bebé buscado, mamita, ha sido un regalo. Un maravilloso regalo, y John y Alfred —sus hijos de veintidós y veintiuno— están como locos por tener en brazos a su hermana.

—Pero... pero si la que tendría que tener hijos es ella y no tú —comentó Estela señalando a su nieta, que puso cara de circunstancias.

—Ni lo pienses, abuela —aclaró la nieta haciéndolas sonreír.

Y sin responder, la mujer se levantó y abrazó a su hija. La pérdida de Britney casi la había vuelto loca y ella no era nadie para amargarle aquel bonito momento.

—Dios mío. Qué bendición de Dios. ¡Otra nieta más!

En ese momento se abrió la puerta y apareció Clarence, el marido de Samantha. Un hombre alto, calvo y regordete de buen corazón, que había esperado pacientemente fuera del despacho y ya no podía esperar más. Estela, al verle asomar, dijo:

—¡Ven aquí, sinvergüenza! —Y tras abrazarle le dijo haciéndole sonreír—: Hemos venido charlando por el camino y no has sido capaz de decírmelo. ¡Mal yerno!

Elsa y Samantha empezaron a reírse. Clarence adoraba a su suegra. Gracias a ella, a su fuerza y su coraje, Samantha pudo continuar viviendo tras la pérdida de Britney.

—Querida suegra, si se me ocurre decírtelo, tu hija me mata.

—Mamita, quería decírtelo yo. —Y sonriendo añadió—: Te mentimos. Hoy no vendrá el notario porque no hay nada que firmar. Pero lo que sí vas a hacer es quedarte unos días conmigo en casa. Necesito que estés aquí para que me ayudes a encargarme de todo lo que tengo que preparar para la pequeña Estela.

—¡Estela! ¿Se va a llamar como yo?

—Un nombre maravilloso, abuela —añadió Elsa emocionada, quitándose con un pañuelo unas lágrimas furtivas que habían escapado de sus ojos.

Su tía y su abuela se abrazaban y hablaban sobre aquel grandioso regalo inesperado que la vida había puesto en sus vidas.

Dos días después, Elsa estaba en un avión rumbo a Chicago. Junto a ella viajaba Tony Santos, su colaborador. Juntos habían empezado la aventura hacía diez años, cuando ella llegó a Los Ángeles. Nunca olvidaría su primer día en la ciudad. Cuando llegó al edificio donde su familia trabajaba y se sentó en la mesa de su nuevo despacho. Su abuela y su tío se sentaron frente a ella y escucharon lo que ésta podía aportar a la empresa. Luego fue ella quien escuchó. Desde el primer momento, su abuela y su tío Robert presintieron que Elsa podría ser una estupenda coordinadora para cualquier tipo de eventos, pero quizá por el trabajo realizado con su madre en España, iba a ser una estupenda coordinadora de bodas.

Una vez que ella aceptó el trabajo, le pusieron encima de su mesa varios currículos de personas que se ofrecían para distintos puestos de trabajo. Minutos después, su abuela y su tío la dejaron sola en aquel despacho. Entonces, ella se puso a mirar uno por uno los currículos. Era su primera decisión. Tras estudiarlos, optó por entrevistar a varios candidatos.

La primera candidata fue una chica de Los Ángeles. Pero cuando la vio entrar en su despacho, algo en ella le advirtió de que aquella joven Barbie de pequeña minifalda y pechos exuberantes no se adaptaría a lo que estaba buscando. El siguiente fue un hombre de Phoenix, que le pareció excesivamente tranquilo para el trabajo. La chica de Philadelpia le gustó, pero estaba separada, era madre de tres hijos y no tenía disponibilidad para viajar y, con todo el dolor de su corazón, la tuvo que descartar. Otro que acabó igual fue un chico de Sacramento que llegó con *piercing* en la ceja y en la nariz, y con pocas ganas de trabajar. Pero cuando Tony, un chico de Puerto Rico, entró con su traje azul impecable y bien planchado, y su camisa blanca, todo comenzó a encajar.

A Elsa le gustaron el color tostado de su piel, sus grandes ojos negros, su expresividad y su dulce forma de comunicarse. Tras aquella primera entrevista, concertó una segunda en la que Elsa se fijó en que Tony acudía con el mismo traje. Su dinero no le daba para tener más de uno. Además, durante la reunión Tony le indicó que era gay. Elsa se sorprendió, pues no lo había preguntado, y le aclaró que ella buscaba alguien competente para el trabajo. Tony había llegado de Puerto Rico y necesitaba una oportunidad como aquélla. Y así fue como ambos comenzaron a trabajar en Pickers con el mismo empeño y las mismas ganas de demostrarles a todos que eran un buen equipo.

Y Elsa acertó. Tony y ella, desde el primer día, formaron un dúo excepcional. Lo que no se le ocurría a uno, se le ocurría al otro. Y fueron muchas las felicitaciones recibidas en todos aquellos años.

—Mira, ¿qué te parece? —dijo Tony, sentado junto a ella en el avión, enseñándole su nuevo móvil.

Elsa lo tomó en sus manos y, tras observarlo, pues le encantaban las últimas tecnologías, respondió:

—Es chulísimo. ¡Me encanta!

—Es un regalo de Conrad. —Ella asintió—. Me dijo que así, mientras estoy de viaje, le puedo mandar bonitas fotos de los lugares adonde vamos.

Con complicidad, Elsa apoyó su cabeza en el hombro de Tony.

—¿Sabes?, Conrad me parece un tipo excepcional, me cae muy bien. Te trata como ninguno lo ha hecho antes y creo que vuestra historia puede ser estupenda.

Tras suspirar feliz, Tony se guardó el móvil en el bolsillo de su camisa Ralph Lauren.

—Yo también lo creo. Anoche me propuso que nos fuéramos a vivir juntos a su casa. No le contesté, le dije que me lo pensaría. —Elsa le miró—. Pero ya sabes lo que pienso sobre dejar mi casa. Lo hice una vez, pero no creo que lo haga dos.

La última relación que Tony había tenido había sido con un inglés llamado John. Se había roto tras dos años de convivencia, y, al final, Tony se había quedado sin casa. Hasta que encontró un lugar decente donde vivir, Elsa, le acogió en la suya. Fue agradable para los dos.

—¿En serio?

—Totalmente en serio —respondió mirándola a los ojos—. Le dije que, cuando volviera de este viaje, hablaríamos de nuevo.

—Creo que haces bien pensándotelo, aunque creo que Conrad no es John.

Tony asintió. Conrad y John no podían ser más diferentes.

—Eso ya lo sé, pero...

—¿Sabes? —le interrumpió Elsa—, no creo que porque una vez te saliera mal con un idiota debas tener miedo. Además, Conrad está loquito por ti. —Al ver cómo la miraba, con una sonrisa, preguntó—: ¿Cuánto tiempo lleváis juntos?

—Un año, tres meses y once días —respondió Tony.

—¿Y cuánto hace que pasó lo de John?

—Cuatro años o más.

Elsa, apoyándose de nuevo en su hombro, dijo:

—Vamos a ver, Tony, ¿no crees que ha llegado la hora de que te des otra oportunidad? —Él suspiró—. Inténtalo de nuevo. Un tipo como Conrad no aparece todos los días. Piénsalo. Él es un tío atractivo, abogado, y que está coladito por ti —rió con satisfacción al ver la felicidad de Tony—. Además, si algo sale mal, sabes que mi casa siempre estará ahí.

—Ya lo sé, reina —asintió él—. Como tú dices, tipos tan maravillosos como Conrad no se encuentran todos los días. —Y dándole un coscorrón, indicó—: Tú podrías aplicarte también el cuento, ¿no te parece?

—¿Referente a qué? —rió ésta tocándose la cabeza.

—Pues referente a que los hombres existen, reina. Hay hombres bajos, altos, guapos, feos, musculosos, sin músculos, rubios, morenos, con dinero, sin dinero, con ...

—Basta... Basta ya, por favor —se carcajeó Elsa.

—¿Qué pasó con el tío aquel tan estupendo con el que saliste a cenar hace dos días?

Al oír aquello, Elsa suspiró y puso los ojos en blanco.

—¿Alfred? —Él asintió—. Menudo sinvergüenza. Estaba casado —Tony se sorprendió—, y me enteré porque cuando estábamos cenando le sonó el móvil. Era su mujer. A su hija la estaban operando de apendicitis.

—Pero ¿qué me estás contando? ¡Qué metedura de pata! —rió Tony.

—Pues sí. Una enorme y tremenda metedura de pata.

—Reina, escúchame. Si quieres que yo me dé una oportunidad, dátela tú a ti.

Elsa se acurrucó junto a él y sonrió antes de responder:

—Ya me la daré. Pero tras lo del idiota de Alfred, no me apetece. ¿Por qué seréis los tíos tan mentirosos?

—No todos lo somos —corrigió Tony—. Pero qué papelón lo de Alfred.

—Pues sí, fue un papelón —sonrió al recordar su cara—. Se puso tan nervioso que fue incapaz de inventar algo y, de momento, he decidido que el único que ocupa mi corazón es *Spidercan*.

—¡Dios santo, Elsa! Cualquiera que te oiga pensará que te gusta la zoofilia.

—¡No seas bruto! —dijo dándole un puñetazo—. Adoro a *Spidercan*. Además, recuerda quién me lo regaló hace unos años por Navidad.

—Mmmm... no pude resistirme. Cuando pasé por aquella tienda de animales y lo vi solo, con esos ojos tristes y esas orejas grandes, no sé por qué, pero me recordó a ti.

—¿Me estás llamando orejotas?

Al oírla y ver su gesto de niña mala comenzó a reír y recordó aquella mañana de Navidad, cuando todavía compartían casa. Tony dejó bajo el árbol una caja que no paraba de moverse. Elsa, con rapidez, se lanzó hacia ella y su cara de sorpresa fue mayúscula cuando, al abrir la tapa, salió disparado un cachorro marrón claro de cocker español que, subiéndosele a los hombros, comenzó a lamerle la cara

—¿Recuerdas cómo se subió a tu cabeza cuando abriste la caja?

Elsa sonrió. Aquel recuerdo siempre estaría en su memoria.

—Por supuesto. Por eso se llama *Spidercan*, porque trepa como las arañas.

—Lo has dejado con Samantha, ¿verdad?

—Oh, sí. Adora a mi tía y allí le tratan como a un rey mientras yo estoy de viaje. —Mirándose el reloj preguntó—. ¿A qué hora quedaste con los del *catering*?

Con rapidez, Tony abrió su agenda:

—A las cuatro y media. A las cinco con los de las flores y a las seis tenemos el ensayo general de la boda —dijo.

Elsa asintió, y ambos comenzaron a hablar de trabajo.

La tarde en Chicago fue un verdadero torbellino. Las familias se ponían excesivamente nerviosas en las bodas y colaboraban poco. El primer problema se presentó cuando se supo que el padre de la novia, que la iba a acompañar hasta el altar, se había roto una pierna. Con rapidez, la novia decidió que su hermano Alan lo hiciera en su lugar. A partir de ese momento, Tony se puso en acción para conseguirle un traje parecido al que estaba preparado para el padre. El segundo surgió por culpa del juez de paz. Se presentó achispado al ensayo general y la madre del novio se negó a asistir a la boda si ese juez era el que iba a dirigirla. Sin esperar un segundo, y acostumbrados a los imprevistos, Elsa y Tony buscaron a otro. Sin embargo, por la noche, cuando llegaron al hotel, estaban exhaustos. Y mientras se quedaban dormidos, rezaban porque al día siguiente, el día de la boda, todo fuera mejor que durante el ensayo.

A la mañana siguiente, desde las ocho de la mañana, Tony y Elsa trabajaron sin descanso. La boda se celebraba en el jardín trasero de la casa de la novia. Primero llegaron los del *catering*, y comenzaron a montar las mesas redondas en aquel cuidado jardín. Tony se encargaba de la distribución de mesas, mientras Elsa daba órdenes sobre dónde poner los grandes centros florales y tranquilizaba a la madre de la novia. En el altar donde horas más tarde se casarían, Donna y Kevin, de la floristería contratada por Elsa, organizaban el helecho y las orquídeas blancas. Sobre las doce llegó el equipo de peluquería y maquillaje, que se encargaría de la novia y sus damas de honor.

Tras varias latas de Coca-Cola, a la una apareció Fanny Carmichael, amiga de Elsa y famosa diseñadora que había sido la encargada de crear el traje de la novia y las de las damas de honor, que fue recibida por las chicas con aplausos. Tony y Elsa sonrieron. El que la diseñadora se presentara en casa de la clienta no fallaba nunca. Donna, la novia, se puso su vestido de crepé de corte princesa. Era una novia clásica que quería una boda clásica.

Meses antes, poner de acuerdo a todas las madrinas no había resultado tarea fácil. Unas querían ir de azul celeste y otras de rosa palo. Al final, ante la falta de cooperación por parte de las damas, Elsa optó, siempre con el consentimiento de Donna, por un color intermedio. Ni azul, ni rosa. Irían de naranja suave, lo que pareció agradar a todas. Con los padrinos no hubo ningún problema. Ellos acataron rápidamente lo que Elsa les indicó.

De pronto y como ocurría en la mayoría de las ocasiones, todo empezó a cuadrar. Las mesas estaban distribuidas tal y como tenían dibujado en sus papeles, las flores ocupaban sus lugares correspondientes en las mesas y en el altar, y la novia disfrutaba de su día. A las tres y media de la tarde llegaron los músicos, quienes comenzaron a afinar sus instrumentos de cuerda y viento. Media hora después, se les oía tocar una sinfonía de Vivaldi muy agradable y relajante. A las cuatro de la tarde, la novia y las damas de honor, vestidas y nerviosas, eran entretenidas por el fotógrafo contratado. Elsa no quería que ningún familiar se quedara sin su foto.

El *catering* llegó y todo fue trasladado a la cocina de la casa. Expertos cocineros y camareros se encargarían de que las cosas salieran bien. A las cinco y veinte de la tarde comenzaron a llegar los invitados y a las seis menos cuarto Kevin, el novio, junto a sus amigos, esperaba sudoroso al lado al altar. A las seis y cinco hizo su aparición la primera dama de honor portadora del ramo de la novia. Detrás, y por parejas, llegaron las madrinas y los padrinos con el lazo, los anillos, las arras, etcétera. Eso sí, siempre manteniendo la distancia de separación entre las parejas como el día anterior les había marcado Tony. Y al final del cortejo apareció una radiante Donna, con su precioso traje y del brazo de su hermano que, al ver al novio, sonrió. Minutos después, los contrayentes se juraban amor eterno.

—¡Dios mío! —suspiró Tony tres horas más tarde mientras tomaba una copa de champán en la cocina—. No puedo creer que esto acabe por fin.

Elsa le miró y sonrió. A pesar de que todo solía salir bien, coordinar una boda nunca era fácil. El más mínimo error podía echar a perder el día más importante de los novios. Pero con una sonrisa asintió y dijo:

—Sólo queda que corten la tarta y empiece el baile. Por cierto, ¿ha llegado ya el grupo que tiene que tocar tras el banquete?

—Sí, están vistiéndose en el piso de arriba —respondió Tony mientras masticaba un canapé de salmón.

Al oír aquello, Elsa se relajó y cogiendo una copa de champán murmuró:

—Pues entonces, amigo mío, esto ya está casi terminado. Ahora sólo nos queda disfrutar.

Tras el maravilloso banquete en que todo funcionó a la perfección, Tony y Elsa regresaron al hotel, destrozados.

El teléfono de su mesa sonaba cuando Elsa entró en su despacho. Era Celine.

—¡Ya era hora, guapa! —dijo Elsa al oír su voz.

Celine, que seguía viviendo en Bruselas, respondió:

—Otra con lo mismo. Pero ¿no os dais cuenta de que yo trabajo?

Sentándose, Elsa suspiró y mientras miraba unas cartas le contestó:

—Oye, rica, ¿qué te crees que hacemos las demás?

—Me imagino que trabajar, pero es que yo voy a doscientos por hora.

Elsa sonrió.

—Te puedo asegurar que yo voy a quinientos por hora.

—Bueno, vale —se rindió Celine—. Intentaré llamar más a menudo, pero es que me sumerjo tanto en el trabajo que a veces se me pasan los días y no me queda tiempo para nada.

Al oírla, sintió en su amiga el mismo agobio que sufría ella cuando su madre la llamaba. Echándose hacia atrás en su silla, murmuró:

—Vale... venga, yo también te entiendo. No hace falta llamar todos los días pero de vez en cuando no estaría mal. Algún día nos vamos a cansar nosotras de llamarte y verás.

—¡No, por Dios! —gritó Celine—. Juro que llamaré más. Bueno, cuéntame. ¿Cuál es el problema?

—Aída.

—¿Qué pasa?

—Está mal con Mick.

Celine se encendió un cigarrillo. Aquel problema la sacaba de sus casillas y, tras una primera calada, dijo:

—Lo que tenía que hacer era mandarle a freír espárragos. No entiendo qué hace todavía con ese... ese mamarracho. Debería coger a los niños y marcharse.

—No es tan fácil, Celine. Lo es para ti o para mí, pero ella tiene hijos, está casada y enamorada. Te lo digo por si no lo recuerdas.

Tras una nueva calada, Celine apuntó con rabia:

—No se tenía que haber casado.

Al oírla, Elsa sonrió. Si una de ellas no había cambiado, sin duda, era Celine.

—Tempanito, eso lo pensamos ahora, diez años después. Pero cuando se casó, a todas nos pareció estupendo y romántico.

—A mí, no —dijo con sinceridad Celine—. Y siempre lo dije.

—Tienes razón, pero hablamos de Aída, no de ti, ni de mí. Oye, escúchame, llámala. Necesita saber que seguimos estamos aquí, ¿vale?

Sin perder un segundo, Celine abrió su carísimo bolso para buscar su libreta de Gucci.

—Ahora mismo la llamo, no te preocupes.

Elsa se alegró. Sabía que Aída necesitaba caña y Celine era la persona idónea para darla.

—¡Qué bien! Se pondrá contenta cuando oiga tu voz.

Y bueno, ya que hablamos, ¿todo bien? ¿Sales con alguien?

Celine, con una fría sonrisa, asintió y respondió:

—Todo perfecto. Ahora de vez en cuando salgo con Joel, un tipo de la oficina que está increíble. —Al oír la risa de Elsa aclaró—: Pero no te emociones, no es nada serio.

—Por lo menos te gustará, ¿no?

Celine sonrió. Joel era un tipo tremendamente atractivo. Joven, atlético, guapo y triunfador. En definitiva, un cañón de hombre, y al pensar en él dijo:

—¿A quién no le gustaría Joel? Es todo un bombón y en la cama se porta superior.

—De acuerdo. Eso está bien —sonrió Elsa. Conocía a su amiga y no iba a contar más allá de frivolidades.

—¿Y tú qué? —preguntó Celine—. ¿Te saldrán telarañas o harás algo por disfrutar de la vida?

—¿Qué? —Rió al oír aquello.

—Que existen muchos hombres en el mundo, Elsa. Si el idiota de Peter decidió abandonar vuestra historia, él se lo pierde. Ese tipo será un desgraciado y un mentiroso compulsivo toda su puñetera vida —dijo apagando su cigarro. Hablar de desamores le traía amargos recuerdos—. No dejes de salir y conocer gente.

—Tranquila. Salgo y me divierto mucho. No te preocupes —mintió al recordar su desastrosa última cita con aquel hombre casado.

—Bueno, así me gusta, que no te oxides. Por cierto, viajaré dentro de poco a California. Tengo que hacer un catálogo para una subasta de vinos del valle de Napa.

Al oírla, Elsa se alegró. Eso quería decir que se podrían ver.

—¿En serio? ¿Para qué bodega?

Sin muchas ganas, y encendiéndose otro cigarrillo, Celine contestó:

—Bodegas Depinie. Tienen viñedos en Francia e Italia, pero la subasta la organiza su bodega de Napa. Si te soy sincera, no me apetece nada encargarme de ese asunto. No soporto al dueño. Sin embargo, es una de las mayores firmas que llevamos, y aunque no me guste tengo que reconocer que es beneficioso para mí como publicista y para la empresa.

—Lo harás estupendamente —afirmó Elsa mientras su amiga maldecía por lo bajo—. Oye, entonces avisa para vernos, ¿vale?

—Por supuesto, no te preocupes. Y ahora, querida mía, te voy a dejar para llamar a nuestra adorada Aída. Aquí son las once de la noche y me quiero ir a casa a descansar.

—¿Todavía estás en la oficina? —preguntó Elsa.

—Sí, cariño, acabo de terminar con una tortuosa reunión. Ya te he dicho que tengo mucho trabajo.

Tras hablar un par de minutos más, se despidieron y, con toda la paciencia de que disponía Celine, llamó a Aída, que se puso a llorar en cuanto oyó su voz.

8

Dos meses después...

—A ver —comentó Elsa abriendo su agenda—. ¿Qué tenemos para esta tarde?

Tony, sentado frente a ella en su despacho, dijo tras mirar la suya:

—Tenemos la visita de Lahita y Kamal. Quieren ver cómo llevamos el asunto de su boda —dijo Tony.

—Creo que ésta está controlada —asintió Elsa—. Para no haber preparado nunca una boda hindú, me parece que saldrá bastante bien. ¿Algo más para esta tarde?

—No. No he concertado nada más para hoy.

Elsa sonrió al escucharle, mientras escribía algo en su agenda.

—Hiciste bien. Aunque lo tenemos todo localizado, nos vendrá muy bien comentar con Lahita y Kamal las pautas que van a seguir para que la boda sea lo que ellos quieren.

Una hora después, Tony avisaba por el telefonillo de que Lahita y Kamal habían llegado. Tras los saludos de rigor, los cuatro se sentaron a una gran mesa blanca y ovalada. Elsa y Tony les fueron informando de las posibilidades que les ofrecían para su boda. Lahita, agradecida por el esfuerzo, les volvió a repetir lo importante que era para Kamal aquella ceremonia hindú. Ella era medio americana y sus raíces no eran tan fuertes como las de él.

Tras una larga reunión que les ocupó alrededor de tres horas, Elsa acordó con Lahita quedar dos semanas después para que una modista especializada en trajes de ceremonia hindú le diseñara varios saris. La familia de Kamal se ocuparía de su traje.

Aquella tarde, cuando iban a salir del despacho dispuestos a tomar unas copas, sonó el teléfono directo de la mesa de Elsa. Extrañada, lo cogió, y Tony pudo ver cómo en segundos cambiaba de color. Una vez colgó, se acercó a ella y preguntó:

—¿Qué pasa, reina?

Elsa, más pálida y nerviosa que en su vida, susurró:

—La tía se ha puesto de parto.

—¿Hay que llamar a Estela? —preguntó Tony al entender su nerviosismo.

—No lo sé —murmuró—. Clarence no me ha comentado nada. Sólo me ha dicho que habían ingresado a la tía en el Century City porque el bebé ya está en camino.

Tony, buscando lo positivo de todo aquello, dijo cogiéndole el bolso:

—¡Qué emoción, por Dios! Venga, vamos, te acompaño.

Bajaron hasta el garaje donde cogieron el coche de Elsa y se encaminaron hasta el hospital Century City. Una vez allí, se dirigieron hasta la sala de espera de maternidad, en la quinta planta. Allí se encontraron con su abuela Estela, John y Alfred, los hijos mayores de sus tíos.

—¿Cómo va todo? —preguntó al verles.

—Según los doctores, bien —respondió un nervioso Alfred.

Elsa, poniéndose de rodillas ante su abuela, que parecía pequeña entre aquellos dos muchachotes, preguntó:

—Abuela, ¿estás bien?

La mujer sonrió y, a pesar de su enorme preocupación, dijo:

—Cuando Clarence o el médico salgan por esa puerta, estaré mejor.

Veinte minutos después, se abrió la puerta de los paritorios. Clarence, sonriente, les miró y levantó el dedo en señal de victoria. A partir de ese momento, todos se abrazaron y sonrieron, felices de que todo hubiera salido bien.

La pequeña Estela descansaba en el nido, mientras Elsa y su abuela la observaban a través de los cristales. Aquella cosita sin pelo, pequeña e indefensa, se chupaba la mano mientras dormía.

—Es una verdadera preciosidad —dijo Estela mirando a la niña.

—Es guapísima, abuela —asintió Elsa.

Ninguna lo quiso comentar, pero aquella pequeña era idéntica a su desaparecida hermana cuando nació. El parecido era increíble.

—No es porque sea la nuestra —sonrió Estela—, pero es la más guapa del nido.

—Por supuesto que sí —asintió Elsa.

En ese momento se acercó hasta ellas Alfred, el orgulloso hermano de aquella pequeña.

—Qué guapa es, ¿verdad?

—Eso comentábamos, cariño. Es una muñequita —dijo Estela abrazándole.

—Es igualita que Britney, ¿verdad? —susurró el chico con los ojos llorosos.

Las dos mujeres asintieron, pero fue Elsa la que habló:

—Se parece bastante. Pero ésta es Estela.

—Ya lo sé —respondió mirando a su prima con una sonrisa—. Sin embargo, necesitaba decirlo y saber si sólo era cosa mía o es que realmente se parecían.

—Cariño —susurró Estela conmovida al oír a su nieto, sin darse cuenta de que Clarence y su otro hijo estaban tras ellos.

—Alfred —dijo Clarence cogiendo a su hijo del brazo—. No eres el único que lo ha notado. Mamá, cuando la ha visto, es lo primero que ha dicho.

—¡Dios mío! —sollozó Estela al oír a su yerno.

—Pero no os preocupéis —continuó Clarence con el corazón dividido por la tristeza y alegría—. Tras ese comentario, Samantha me ha mirado y me ha dicho que esta niña era Estela. Por lo tanto, no os preocupéis por ella, está bien y deseando disfrutar y ser feliz con la llegada de esta pequeña.

—Y lo será —susurró Elsa mientras todos intentaban sonreír ante la llegada de una nueva vida, a la que todos querrían y cuidarían.

9

A la mañana siguiente, todos estaban felices, mientras unos payasos que iban arrancando sonrisas por las habitaciones del hospital llegaron hasta la de Samantha, que sonrió ampliamente.

Por su parte, Alfred y John, los orgullosos hermanos, se peleaban por coger en brazos a la pequeña que les miraba, mientras bromeaban haciendo reír a su madre y a su padre con las cosas que decían. Más tarde apareció el huracán Joanna, la mejor amiga de Samantha, que se puso a dar gritos de satisfacción al ver a aquella preciosa muñequita en brazos de su madre.

La habitación de Samantha se convirtió en una estancia muy visitada. Joanna invitó a Estela y a Elsa a bajar a la cafetería del hospital para tomar un café y charlar un rato.

—¿Cómo va el trabajo, Elsa? —preguntó Joanna.

—Muy liada. Tremendamente liada.

Estela, con una sonrisa, la miró y haciéndole un gesto cómplice a Joanna dijo:

—¿No ves lo delgada que está? No debe de comer casi nada.

—No te preocupes por eso, mujer —rió Joanna—. Las chicas de hoy en día están todas así. Les gusta cuidarse y hacen muy bien. Cuanto más se cuiden ahora, mejor. —Y mirando a la mujer, señaló—: Por cierto, he de decirte que tu hija desearía que te quedaras todo el tiempo que puedas con ella. Es más, le encantaría que vendieras la casa de San Diego y te mudaras a la suya.

—Mi hija está loca —rió la anciana—. De momento me quedaré aquí un tiempo para ayudarla, pero en cuanto yo vea que ella se maneja sola, me voy a mi casa.

—Disculpadme un momento —dijo Joanna levantándose para saludar a un grupo de médicos.

La anciana, al ver que Joanna se alejaba, dijo mirando a su nieta:

—¿Te has dado cuenta de hasta dónde le llegan las orejas?

—¡Abuela! No seas cotilla y criticona —dijo Elsa intentando disimular la risa.

—No es por cotillear, hija, pero me parece penoso que Joanna no acepte que los años pasan por ella y por todos. ¡No ves qué pintas lleva!

Elsa volvió a contener la risa. Realmente, el caso de Joanna llamaba la atención. Se empeñaba en parecer siempre una veinteañera, cuando ya había cumplido los cincuenta.

—Ella lo acepta a su manera, abuela.

—Pero si cualquier día se le van a juntar las tetas con la barbilla.

—¡Abuela! —gritó Elsa, y al ver que se volvía dijo—: ¡Cállate, que viene!

Acompañada por un doctor, Joanna se acercó a la mesa.

—Estela, Elsa, os quiero presentar a Henry Bertinson, jefe de cirugía plástica del hospital y un excelente amigo.

—Encantada —comentó Estela ofreciéndole la mano. Elsa hizo lo mismo.

—Si alguna vez necesitáis algún retoque, ya sabéis a quién tenéis que ir a buscar —rió Joanna, de manera escandalosa, divirtiéndolas.

El médico se sentó a hablar con ellas hasta que le sonó

el busca y, tras disculparse, se alejó, aunque antes pasó por otra mesa donde varios médicos se unieron a él.

Tras un rato de charla mortificante por parte de Joanna, que les explicó cómo se realizaron sus operaciones de pecho y el estiramiento de la cara, Estela optó por volver a la habitación de Samantha, que en ese momento se encontraba dando de mamar a la pequeña Estela. Media hora después el huracán Joanna desapareció con el mismo ímpetu con el que había llegado.

—¿Cómo la aguantas, hija? —preguntó la mujer, que todavía sonreía por las cosas que Joanna les había contado.

Samantha, muy guapa, con su pelo rubio sujeto en una cola de caballo, contestó a su madre.

—Mamita, Joanna es encantadora. Lo que pasa es que tú sólo ves su exterior, pero te puedo asegurar que tiene un fondo excelente y que es una amiga superior.

—Si tú lo dices... —respondió Estela, volviendo toda su atención hacia su nieta.

Sonó el teléfono de la habitación. Era Barbara, desde España. Habló un largo rato con Samantha, que le contó cómo se encontraban ella y la niña. Luego habló con Estela y, finalmente, con Elsa. Ésta, tras colgar, anunció que se marchaba. Tenía que sacar a pasear a *Spidercan*.

Tras repartir besos se alejó sonriente hacia el ascensor. Su abuela se quedaba con su tía, y así Clarence, que ya se había ido, descansaría en casa.

Cuando llegó al ascensor y vio la cantidad de gente que había esperándolo, optó por bajar las escaleras. Sólo eran cinco pisos. Con tranquilidad, comenzó a hacerlo pero, de pronto, aparecieron unos jovencitos corriendo y uno de ellos, al pasar a su lado, la empujó. Elsa rodó escaleras abajo, haciéndose daño en un pie y en la espalda.

Con rapidez la gente se arremolinó a su alrededor. Elsa y otra señora se habían caído y esta última se había roto un brazo. Con la ayuda de varias enfermeras, Elsa, mareada, se sentó en una silla de ruedas y fue trasladada a una sala, donde verían qué le había ocurrido.

—Joder... joder... qué mala suerte —susurró, fastidiada, al ver el tacón roto de su sandalia y el bulto que le estaba saliendo en el tobillo. Mirando a una de las enfermeras, dijo—: Por favor, ¿podríais avisar a mi abuela? Está en la habitación 506. Su nombre es Estela Pickers.

—No te preocupes, seguro que sólo es un esguince —comentó la enfermera que le quitaba la sandalia, mientras otra salía para avisar.

Elsa continuaba mirándose el pie cuando notó la presencia de dos personas más en la sala.

—¿Qué ha ocurrido? —preguntó uno de los médicos.

Molesta, dolorida y enfadada, Elsa respondió mientras seguía observando su tobillo hinchado.

—Pues que unos inconscientes me han tirado por las escaleras. Dios... cómo me duele el tobillo —gruñó Elsa.

—Eran unos chicos —informó la enfermera—. Debían de bajar por las escaleras haciendo el loco y han tirado a dos personas. A ella sólo le duele el tobillo, la otra se ha roto el brazo y se encuentra en la otra sala.

—Yo me ocupo de esta paciente —dijo uno de los médicos y, agachándose, comenzó a observar el tobillo de la muchacha, que se quejaba de molestias.

Sumida en su dolor, Elsa se acordó de pronto de que aquel fin de semana tenía que trabajar en la boda de Roberta y Carlos y, sin poder remediarlo, dijo tapándose los ojos:

—¡Mierda! Con todo el trabajo que tengo. ¿Cómo me ha podido ocurrir una cosa así?

—Pues muy fácil, Elsa —respondió el médico que, agachado, le inspeccionaba el pie—. Estas cosas ocurren cuando menos te lo esperas.

Al darse cuenta de que aquel médico la llamaba por su

nombre, se fijo en él y su gesto torcido de dolor se transformó durante unos segundos en sorpresa. Le conocía.

—¿Javier Thorton? ¿Eres tú?

Con una sonrisa más arrolladora que un tren de mercancías, éste la miró y dijo:

—Sí, señorita. Soy Javier, el hermano de tu alocada amiga Aída.

No se lo podía creer. ¡Encontrarle allí, tras diez años! Balbuceó como pudo:

—Pero ¿qué haces aquí?

—¿Ves esta bata blanca y esta identificación? —dijo él tocando la insignia que colgaba del bolsillo izquierdo de su bata—. Soy el doctor Javier Thorton, jefe de urgencias de este hospital.

Elsa se quedó muda. Aquel hombre moreno y de mirada profunda que tenía ante ella era Javier, el muchacho al que diez años atrás ella había llamado «crío».

—Estoy trabajando. Salía de tomar algo de la cafetería cuando nos percatamos del incidente y Carlos —señaló al médico que atendía a la otra señora en la otra sala— y yo vinimos a ver lo que pasaba.

—Oh..., Javier —dijo ella dejando la cara de sorpresa para nuevamente volver a poner la de dolor—, me duele muchísimo el tobillo y también aquí —dijo señalándose en la espalda.

Al oír aquello éste frunció el cejo y levantándose tocó donde ella le indicaba.

—¿Aquí? —Ella asintió—. Veamos, necesito que te pongas boca abajo y te quites los pantalones.

Al oír aquello, ella se quedó sin respiración y, mirándole a los ojos, preguntó:

—¿Para qué quieres que me quite los pantalones?

—Pues para verte la espalda e intentar saber por qué te duele —respondió él intentando no reírse.

Convencida de que era lo mejor, se quitó lentamente

los vaqueros y con la ayuda de él se tumbó en la camilla boca abajo, muerta de vergüenza.

—Muy bonito —dijo él, de pronto, dejando a Elsa totalmente desconcertada.

—¿Muy bonito el qué? —gruñó ella mirándole desafiante.

—El cardenal que te está saliendo al final de la espalda —respondió él cada vez más divertido.

Tras examinar la zona que ella le había señalado, éste dijo separándose de ella:

—Ya puedes vestirte. —Con rapidez y dolor se puso los vaqueros—. Te va a doler la espalda durante unos días por el golpe, pero no veo nada grave, a excepción del enorme hematoma que te está saliendo donde la espalda pierde su casto nombre. Para eso te recetaré una pomada que tendrás que aplicarte con un pequeño masaje por lo menos cuatro veces al día.

Al ver la cara de circunstancias que ponía Elsa, sonrió. Habían pasado diez años desde la última vez que hablaron, pero poco había cambiado. Estaba tan guapa como siempre.

—En el tobillo tienes un magnífico esguince que te obligará a guardar reposo con el pie en alto por lo menos ocho días con la venda de compresión que te he puesto. Pasado ese tiempo, vuelves aquí y lo vemos. De momento, te recetaré unos antiinflamatorios.

—¿Ocho días? —dijo ella sin creérselo—. Imposible. Mañana tengo que trabajar y dentro de cuatro días tengo que estar en Chicago.

—Pues, señorita —dijo Javier rellenando unos papeles—, creo que o te curas bien el esguince o tendrás muchos problemas con ese tobillo. Además, tu médico soy yo y digo que tienes que guardar reposo.

En ese momento se abrió la puerta y su abuela Estela entró. Se la veía asustada.

—Elsa, cariño, ¿qué te ha pasado?

—Tranquila, abuela, no ha sido nada. Sólo una caída tonta. No te preocupes —dijo al verla entrar tan nerviosa.

—Tranquilícese —comentó Javier sentando a la mujer en una silla—. No se preocupe, Elsa está bien. Lo único que tiene que hacer es reposo.

—Pero ¿qué ha pasado? —volvió a preguntar la abuela.

—Se ha caído y se ha hecho un esguince en el pie. También tiene un fuerte golpe al final de la espalda —dijo el doctor a la mujer.

—Eso es el culo, ¿verdad? —preguntó su abuela sin miramientos.

—¡Abuela! —gritó Elsa para reprenderla.

Javier no pudo reprimir una sonrisa al ver la mirada que Elsa le había echado a su abuela, que ya se había levantado para dar un beso en la mejilla a su nieta.

—Efectivamente, señora, es el culo —asintió éste ganándose una mirada de reproche de Elsa.

—¿Te duele, cariño? —preguntó la anciana.

Avergonzada por todo, asintió y, con gesto de desesperación, dijo:

—¿Qué voy a hacer, abuela? Este fin de semana tengo trabajo.

—Pues Tony tendrá que ocuparse de todo —comentó juiciosamente Estela—. Estas cosas ocurren, cariño. Ahora lo importante es que tú te repongas. —Y mirando a Javier, que las observaba, comentó—: Entonces, doctor, lo que tiene es un esguince y un fuerte golpe ahí, ¿verdad? —dijo señalando el trasero de Elsa.

—Sí —volvió a reír él al ver de nuevo su cara—. Tiene que obligar a Elsa a que se esté quieta durante unos días. Un esguince mal curado es un problema para toda la vida.

—Abuela, ¿te acuerdas de Aída, mi amiga?

—Sí. La de las preciosas gemelas —sonrió Estela al recordar a aquella chica que tanto le agradaba.

—Pues Javier —dijo señalando al doctor— es su hermano, Javier Thorton.

—Encantada —asintió ésta ofreciéndole la mano—. Hijo, disculpa si he venido acelerada, pero cuando han llamado para decirme que Elsa estaba en urgencias, casi se me sale el corazón.

—No se preocupe, su nieta saldrá de ésta —respondió él sonriente.

Al ver cómo su abuela miraba al médico, Elsa dijo con rapidez:

—Abuela, llámame a un taxi. Dejaré el coche aquí, en el aparcamiento.

—No te preocupes, yo te acompañaré a casa —dijo la mujer—. Y cuando te meta en la cama, regresaré aquí con Samantha. Mañana, en cuanto llegue Clarence, me iré a tu casa para ayudarte.

Elsa sonrió. No quería que su abuela fuera de acá para allá como una loca, por tener que atenderla, así que mirándola a los ojos, le susurró:

—Abuela. Tú llama al taxi, del resto me ocupo yo, tranquila.

—Que no... que no... —insistió la mujer—. Que yo me voy contigo y luego regreso, no digas tonterías.

—Abuela... —resopló Elsa.

Javier, que las observaba, al ver cómo se miraban preguntó:

—¿Cuál es el problema?

—Ninguno —dijo Elsa.

Sin embargo, su abuela también habló:

—¡Qué fatalidad, hijo! Esta noche me toca a mí quedarme en el hospital con mi hija Samantha para que mi yerno duerma. —Y para aclararlo dijo—: Samantha ha tenido un bebé. Pero claro —dijo mirando a su nieta—, ahora no puedo dejar que esta criatura se vaya sola y desangelada a casa con el tobillo así.

—Abuela..., déjalo, yo llamaré al taxi —resopló, deseando cogerla del cuello. La conocía y veía cuáles eran sus intenciones.

—Si quieres te llevo yo —se ofreció Javier mirándolas a ambas—. Puedo llevarte a tu casa, no tengo prisa en llegar a la mía esta noche.

Su abuela sonrió, pero dejó de hacerlo cuando Elsa añadió:

—No, Javier. No te preocupes, ya nos las arreglaremos.

Pero Estela tenía claro que no pensaba callarse y, a pesar de la mirada que le echó su nieta, afirmó:

—A mí me parece una idea maravillosa y genial. No eres un desconocido. Creo que es una idea excepcional. ¿Qué mejor compañía que la de un doctor?

«Me las pagarás», indicó Elsa a su abuela con la mirada, antes de decir:

—Que no es necesario. No liéis más las cosas, por favor.

—¡Tú te callas! —dijo de nuevo su abuela.

Y volviéndose hacia Javier, la anciana comenzó a hablar con él. Elsa les miraba y veía cómo su abuela hablaba y hablaba y Javier, con toda la paciencia del mundo, la escuchaba y sonreía. ¡Qué pesada podía llegar a ser esa mujer!

Mientras los observaba hablar, se fijó más en Javier. Su cuerpo se había ensanchado y ahora era más varonil, pero su cara, su mirada y su sonrisa seguían siendo las mismas. Estaba sumida en sus pensamientos cuando oyó a la anciana decir:

—Pues ya está decidido. Javier te llevará a casa y sacará a *Spidercan*. —Y, tras darle un beso a su nieta, añadió—: Hasta mañana, cariño. Te dejo en buenas manos.

Sin mirar atrás, la mujer salió de la sala dejando a Elsa totalmente alucinada. Sin embargo, volvió en sí al notar que Javier la tomaba del brazo para bajar de la camilla.

—De verdad, Javier, que estoy bien, olvida lo que te ha dicho la lianta de mi abuela. Llamaré a un taxi y ya está —dijo mientras bajaba de la camilla. Pero su gesto se torció al rozar su pie con el suelo.

—No voy a seguir hablando de esto y no seré yo quien le lleve la contraria a tu abuela —aseguró él mientras se quitaba la bata y, cogiendo una silla de ruedas, dijo—: Siéntate aquí, y que sepas que esto lo hago porque eres amiga de mi hermana. Por lo tanto, cállate. Te llevaré a tu casa y sacaré a ese perro tuyo a dar un paseo. Y ahora no te preocupes por nada.

Resignada ante aquella situación que podía con ella, se sentó en la silla de ruedas, dejó que Javier pusiera sobre ella dos muletas y suspiró, mientras éste avisaba a Carlos de que se marchaba. Su turno había acabado hacía una hora.

10

Una vez en el coche de Javier, Elsa le fue indicando cómo ir hasta su casa. Al llegar aparcaron y cuando Elsa fue a apearse, Javier la sujetó y la cogió en brazos. Elsa protestó, pero él no le hizo caso. Ya en el ascensor, dijo:

—Suéltame si quieres. Puedo usar las muletas que has traído.

—Lo hago por tu pie —dijo sonriente—. No es porque quiera cargar contigo en brazos. Por lo tanto, deja las muletas quietas y dime que falta poco para llegar a tu casa, porque pesas un poco.

Al decir aquello, Elsa se sonrojó, cosa que volvió a hacer sonreír a Javier, que se lo estaba pasando estupendamente con aquella situación surrealista. Ni en el mejor de sus sueños habría llegado a imaginar que aquella muchacha volvería a aparecer en su vida. Sabía de ella por medio de su hermana, pero no la había llamado nunca.

Al entrar en la casa, una pequeña bola de pelo marrón acudió a recibirles.

—¡*Spidercan*, quita! —regañó Elsa al perro al ver que éste no les dejaba pasar—. Por favor, déjame en el sofá y pon las muletas ahí.

Él la soltó donde ella dijo y, tras colocar las muletas en el lugar que ella le había indicado, le preguntó dónde estaba la cocina. Ella se lo explicó y, a los dos segundos, apareció con un vaso de agua para ella.

—Bonito perro —comentó Javier.

—Se llama *Spidercan*. —Al decir aquel nombre, vio cómo se dibujaba una sonrisa en el rostro del doctor.

—Vaya, ¡un perro araña! —bromeó él y, dándole dos pastillas, dijo—: Una es un calmante y la otra un antiinflamatorio. Tómatelas tres veces al día; con el desayuno, la comida y la cena.

En ese momento un ruido procedente del estómago de Elsa hizo que Javier la mirara y ella se pusiera roja como un tomate.

—¿Desde cuándo llevas sin comer? —preguntó el hombre, divertido.

Pero, al ver que ella no pensaba contestar, se volvió hacia el can y dijo mientras cogía de nuevo las llaves de la casa de Elsa:

—Voy a sacar al perro araña. Ahora volvemos. —Y, tras decir aquello, desapareció dejando a una desconcertada y dolorida Elsa sentada en el sofá de su casa.

Media hora después, la mujer oyó cómo la llave abría la puerta y, a los pocos segundos, *Spidercan*, con la lengua arrastrando, iba corriendo a beber agua. Javier entró y acercándose a ella preguntó:

—¿Qué te apetece cenar?

—Te agradezco tu amabilidad, pero imagino que tendrás que irte ya.

—No te preocupes, no tengo nada importante que hacer —mintió él.

Durante el paseo que había dado a *Spidercan*, había aprovechado para llamar a una amiga y aplazar una cita con ella para otro día.

—Venga, tonta, anímate —dijo enseñándole la publicidad que había cogido de una pizzería cercana—. ¿Te apetece pizza?

En ese momento, las indiscretas tripas de Elsa volvieron a rugir.

—De acuerdo —sonrió ella—. Doble de queso, con bacón, aceitunas negras y sin anchoas.

Javier cogió el teléfono y encargó la cena. Media hora más tarde ambos estaban comiendo pizza y charlando sobre sus vidas. Elsa le contó cómo le iba en Los Ángeles, y él aprovechó para observarla a sus anchas. Los años le habían sentado bien y, aunque continuaba teniendo esa inocencia en su cara, reconocía que la madurez de su rostro la hacía más atractiva. Hacía tiempo que no pensaba en ella, pero al tenerla allí sentada con esa camiseta amarilla, unos vaqueros y el pelo recogido en una cola de caballo alta, pensó en cuánto le gustaría besarla. Si hubiera sido cualquiera de sus conquistas, no lo habría dudado un segundo, pero tratándose de Elsa, mejor era abstenerse. Una vez finalizada la cena, Javier llevó las cajas vacías a la cocina y al regresar al confortable salón fue hasta el ventanal, desde donde tenía una estupenda vista nocturna de Los Ángeles.

—¿Vives desde hace mucho tiempo aquí?

—Exactamente ocho años.

Elsa había puesto mucho corazón para decorar aquel apartamento. Estaba lleno de recuerdos que ella había acumulando durante años y estaba orgullosa de la casa tan bonita que había conseguido. Mirándole, dijo:

—Cuando me vine a vivir a Estados Unidos, primero pasé dos meses en San Diego con la abuela y luego estuve en un piso alquilado hasta que encontré éste, que ahora es de mi propiedad.

Él confirmaba y asentía.

—Creo que hiciste una buena compra. Es un apartamento agradable, además de que está en un barrio estupendo.

—¿Dónde vives tú?

Mientras le veía mirar por el ventanal, Elsa observó su perfil. Aquella mirada que lo escrutaba todo, su boca grande, su nariz recta, su pelo negro como la noche, largo y recogido en una coleta, y el perfecto acoplamiento de los vaqueros a sus nalgas le hacían parecer salvaje y muy sensual. Durante la cena, él le explicó que, además de ser jefe de urgencias, entrenaba un equipo de baloncesto en Chinatown, y eso seguro le hacía estar en forma. Sin poder evitarlo al mirarle de nuevo el trasero, pensó en sus amigas y en sus mordaces comentarios si hubieran estado allí. Javier, a través del cristal, veía cómo ella le miraba, pero no se imaginaba ni por un segundo lo que pensaba, y volviéndose hacia ella, respondió:

—Vivo en la zona de la playa —dijo sentándose frente ella, por lo que Elsa dejó de mirarle con aquel descaro—. Antes vivía en Chinatown, pero hace unos meses Carlos, un médico que trabaja en el hospital, me propuso compartir gastos y alquilamos una casa allí.

Nerviosa por cómo éste la miraba, dijo tomando su Coca-Cola:

—¿Y qué tal se vive en la playa?

—De momento bien. La casa no es tan lujosa como ésta, pero creo que Carlos y yo hemos encontrado el equilibrio justo para que el hogar de dos médicos sea una casa agradable a la vista y limpia —rió al recordar los dos primeros meses de convivencia—. Sobre todo, recogida. ¿Tú vives sola?

Se moría por preguntarle si salía con alguien, pero intuía que no debía hacerlo.

—Sola, sola no. —Y señalando a *Spidercan*, que dormía en su rincón preferido comentó—: Él me hace mucha compañía. Entre el trabajo, la familia y él, me doy por satisfecha. ¿Y tú por qué vives con Carlos?

—Pues... —dijo tras pensar la respuesta—. Anteriormente vivía con Belén, mi ex, pero tras romper con ella y proponerme Carlos compartir gastos en una casa que le habían enseñado unos amigos frente a la playa, no me lo pensé dos veces y acepté.

—Vaya, siento lo de tu ex —mintió Elsa.

—Ya está superado.

Recordar aquello no le agradaba. Todavía le dolía pensar cómo Belén había jugado con él. Según ella se había aburrido de estar con un simple médico y, tras serle infiel con un ejecutivo, decidió que el otro le convenía más.

—Siento haberte recordado algo así. No son cosas agradables.

—La vida no es fácil, Elsa —respondió mirándola con intensidad—. Unas veces se gana y otras se pierde. Por cierto, si te hago una pregunta, ¿me contestarás?

—Sí —afirmó ella, aunque añadió—: Si no es muy indiscreta, claro que sí.

Él sonrió y clavando su oscura mirada en ella dijo:

—Hace años, cuando ambos nos vinimos a vivir a Estados Unidos, mi hermana me dio el teléfono de tu trabajo. Te llamé en varias ocasiones, pero nunca conseguí hablar contigo. ¿Llegaste a saber de aquellas llamadas?

—Sí —asintió al recordar las llamadas que había evitado responder—. Te mentiría si te dijera que no supe que me habías llamado. Pero acababa de llegar aquí, tenía mucho trabajo y, sinceramente, lo que menos me apetecía era salir a tomar algo contigo.

Al recordar la impaciencia con la que había esperado su respuesta, hasta que asumió que ella nunca le llamaría, preguntó:

—¿Por qué no me telefoneaste para decírmelo? Una llamada no se le niega a ningún amigo, y menos siendo el hermano de una de tus mejores amigas.

—Tienes razón. Te pido mil disculpas —susurró, escrutándole con la mirada.

—Claro que estás perdonada.

«Qué sexy eres, Javier», pensó Elsa al sentir y oler su aroma de hombre.

Él sonrió mientras se levantaba y se sentaba junto a ella en el sofá y, mirándola a los ojos, dijo para excitarla:

—Quiero que sepas que en aquel momento me rompiste el corazón.

Ella lo sabía. Aída, años atrás, le había comentado la desilusión que se había llevado su hermano ante la falta de respuesta a sus llamadas. Pero tras aquel día ni Aída le había contado nada de su hermano, ni ella le había vuelto a preguntar.

—¿En serio? —murmuró con coquetería.

—Muy en serio. Pero no te preocupes, todo se supera y más cuando uno es un «crío» —dijo arrastrando aquella última palabra, mientras con su mano tocaba un mechón del cabello de Elsa. Ella no se retiró.

—¿Todavía lo recuerdas? —Él asintió lentamente, cada vez más cerca—. Éramos unos niños y a esas edades cuatro años son un mundo.

—Perdona, no te equivoques —susurró él muy, muy cerca—. El crío era yo. Siempre te encargaste de recordarme que tenía cuatro años menos que tú y...

Sin terminar la frase, Javier acercó sus labios a los de ella y ésta los aceptó. Durante unos segundos se besaron con ternura, miedo y placer. Pero cuando el sabor dulce del sexo llenó sus sentidos, fue Elsa quién atrapó su boca y jugó con él hasta que Javier, excitado, la agarró de la cabeza, la atrajo hacia sí y le devoró la boca, hasta que Elsa soltó un gemido de placer. Entonces Javier, con una sonrisa morbosa y sexy, se apartó y continuó hablando mientras observaba la cara de desconcierto de Elsa.

—Y lo mejor de todo lo que he dicho antes, Elsa, es que aún sigo siendo cuatro años menor que tú, y por lo tanto, para ti, un «crío».

Al oír aquello y ver la sonrisa socarrona en los labios de él, ella dijo enfadada:

—No lo vuelvas a hacer —siseó señalándole con el dedo.

Él, con una sonrisa encantadora, se echó para atrás en el sillón y preguntó con picardía:

—¿El qué?

—Lo que acabas de hacer —dijo separándose de él.

—Me ha dado la sensación de que te gustaba —se atrevió a decir, y le encantó ver la cara de circunstancias de ella.

—Eso es lo que tú te crees, engreído —gruñó frunciendo el entrecejo—. Lo que tienes es mucha cara. Te ofreces a traerme a mi casa y ahora ¿pretendes seducirme?

—¿Qué? —soltó una estruendosa carcajada, que hizo levantar a *Spidercan* su cabeza del cojín.

Enfadada y avergonzada por lo ocurrido, Elsa gruñó y dijo:

—Vete de mi casa.

—¿Me echas?

Aquella sonrisa burlona la descompuso. Tuvo que contenerse para no darle con la muleta que descansaba cerca de ella, mientras observaba cómo Javier se levantaba y se dirigía hacia la puerta.

—Está bien, me iré. No veo muy buenas intenciones en ti. —Ella resopló—. Si necesitas algo, ya sabes dónde encontrarme.

Como pudo se levantó, cogió las muletas y le siguió hasta la puerta.

—Dudo que quiera nada más de ti. —Y, cuando por fin tuvo a Javier al otro lado de la puerta, dijo—: Gracias por tu amabilidad.

Sujetando la puerta, pues intuía las intenciones de ella, dijo en tono burlón:

—Espero que nos volvamos a ver para poder demostrarte que los «críos» crecen.

—¡Vete a freír espárragos!

Al oír la carcajada de Javier, soltó las muletas y sin pensar en su pie, y con una fuerza que ni el mismo Javier esperaba, empujó la puerta hasta cerrarla, mientras aún oía las risotadas del hermano de su amiga. Su tobillo se resintió y, maldiciendo, volvió a tirarse en el sillón. Poco a poco aquel dolor cedió, junto a su mala leche, para dejar paso a unas excitantes sensaciones al pensar en Javier. Él, por su parte, al salir a la calle fue hasta donde había aparcado su coche, y antes de montarse en él, miró hacia arriba, vio la luz anaranjada que salía del apartamento de Elsa y, tras sonreír, se montó en el vehículo, arrancó y se marchó.

11

Dos días después, Elsa se encontraba convaleciente de la caída mientras veía la televisión en su cama, con el pie sobre cojines, cuando de pronto se abrió la puerta de su habitación y apareció su abuela.

—Voy a bajar a comprar algo al supermercado. Pero bueno, Elsa —la regañó la mujer mientras movía su dedo acusatorio ante su nieta—. ¿Cómo puedes vivir con el frigorífico vacío? Pero si ni siquiera tienes una pequeña despensa con cualquier cosa fácil y rápida de hacer. Si se presenta una visita sorpresa, ¿qué haces?

Levantando el móvil y el teléfono que descansaban en la mesilla, dijo:

—Abuela, pues cojo esto, marco el número de comida a domicilio y en veinte minutos tengo una cena perfecta para cualquier visita sorpresa.

—De verdad, hija, qué descontrol de vida lleváis las jóvenes de hoy en día. No me extraña que esté bajando la natalidad en el mundo —cuchicheó mientras cogía su bolso y se marchaba.

Cuando oyó que la puerta se cerraba, Elsa se puso un cojín en la cara y gritó. Adoraba a su abuela, pero en pocos días la estaba volviendo loca. En ese momento le sonó el móvil. Era Tony.

—¿Cómo está mi enferma favorita?

Con su pésimo humor, ésta respondió:

—A punto del infarto —intentó bromear incorporándose de la cama.

Por inercia cogió el mando de la televisión, y comenzó a cambiar canales.

—¡Mira que te quejas, reina! —dijo al oírla. La conocía muy bien, y ese tono de voz tenso le indicó que estaba nerviosa.

—¿Cómo llevas la boda de Roberta y Carlos? —preguntó impaciente sin darle tiempo a responder—. ¿Llegaron los del *catering*?

—Sí.

—¿Recogisteis el ramo?

—Sí.

—Los del cava, ¿llevaron las cuatro cajas de más que les pedí ayer?

—Sí, reina —afirmó a la espera de que ella le dejara hablar.

—Entonces, sólo me llamas para decirme que todo está saliendo estupendamente. —Sonrió al saber que todo marchaba según los cálculos.

—Pues no. No era precisamente eso lo que te iba a contar.

Con una angustia que le oprimió el pecho, gritó:

—¿Qué? ¿Qué dices? ¿Qué ha pasado?

Tras retirarse el auricular de la oreja para no quedarse sordo, respondió:

—Pues mira, reina. Todo ha llegado a su tiempo y perfecto.

—¿Entonces? —gruñó sin entender nada.

—Pues que el que no ha llegado a las doce ha sido el novio —dijo Tony cansado del agotador día que llevaba.

—¿Cómo? —gritó ella sin creer lo que estaba oyendo—. ¿Carlos no se ha presentado?

—Pues no, no se presentó, y si te callas dos minutos te cuento lo que ha pasado. —Ella se calló y Tony prosiguió—: Por lo visto, ayer por la noche el novio asistió a una fiesta con sus amigos y ahí se encontró con un viejo amor. Tras pasar la noche con ella, esta mañana ha mandado un telegrama a Roberta media hora antes de la boda pidiéndole disculpas por el daño que le iba a causar, pero anulaba la boda. ¡Imagínate la que se ha liado! Todo preparado en la casa de los padres de la novia; los invitados, la mitad en la iglesia y la otra mitad de camino, y el novio que decide que no se casa.

—¡Pobre Roberta! —susurró Elsa.

Nunca, en todos los años que llevaba en el negocio, había ocurrido algo así. Había sufrido anulaciones pero nunca el mismo día del enlace.

—¿Cómo está ella?

—Pues imagínate. Tuvimos que llamar a un médico, porque le dio un ataque de ansiedad increíble. Ha sido horrible Elsa, horrible —respondió cerrando los ojos al recordarlo—. Ahora está con su padre despidiendo a unos familiares. Por cierto, Elsa, el padre es un tío encantador. Hace un rato y sin que yo mencionara nada, me dijo que no nos preocupáramos, que nuestro trabajo nos lo pagaba de todos modos.

Destrozada por lo que estaba escuchando susurró, apenada por Roberta:

—¡Qué desastre, Tony! Por Dios, siento no haber estado ahí para ayudaros.

—Tranquila, esto hubiera ocurrido aunque tú hubieras venido.

Reponiéndose del golpe recibido, Elsa comentó:

—Me imagino que habrás hablado con los del cava, el *catering*, etcétera.

—Solucionado, jefa. Hablé con los fotógrafos y con los músicos y les prometí pagarles un veinte por ciento de lo pactado y aceptaron. Sobre el vestido de novia ya sabemos que se da el dinero por perdido. La empresa de *cate-*

ring me ha dicho que me llamará y me dirá una cantidad, que rondará sobre el cuarenta por ciento de lo encargado. Referente a los anillos, no he querido preguntar. Creo que Roberta hablará con nosotros dentro de unos días y nos dirá qué desea hacer con ellos.

—¡Qué desastre, Tony! —volvió a repetir mientras le escuchaba.

—Sobre la devolución de los regalos, ya está Domenica repasando la lista y preparando las tarjetas para pedir disculpas por las molestias ocasionadas. Mañana podremos empezar a devolverlos.

—Me alegra ver que lo tienes todo controlado. Buen trabajo, Tony.

—Gracias, jefa —suspiró resignado—. Cuando cuelgue el teléfono, iré a despedirme de Roberta y su padre. Necesito un baño relajante en el hotel.

—No me extraña —asintió ésta—. Menudo papelón. Oye, ¿podría hablar con Roberta un momento? ¿Crees que se querrá poner?

Tony miró hacia donde estaba la muchacha con su padre y dijo:

—Espera, la tengo cerca, se lo preguntaré.

A través del teléfono Elsa oyó a Tony hablar con ella y en dos segundos pudo percibir su débil voz.

—Hola, Elsa.

—Roberta, lo siento —dijo odiando a todos los hombres por mentirosos e insensibles—. Lo siento de todo corazón. No entiendo cómo ha podido hacerte esto.

—Yo tampoco —susurró la muchacha moqueando—. Sólo espero que me lo explique algún día.

—Seguro que sí —dijo intentando ser positiva—. Sólo quería decirte que aquí me tienes para lo que necesites y, personalmente te aconsejo que te apoyes en tu familia y tus amigos. Entre todos intentaremos ayudarte.

—¡Lo haré! —asintió la muchacha, y Elsa prosiguió:

—Ahora tienes que ser fuerte, y sé que será difícil entender lo que te voy a decir, pero sal a divertirte con tus amigos, eso siempre será mejor que encerrarte en casa y enfermar de pena.

—Gracias por tus palabras —susurró Roberta, agradecida por el detalle—. Te llamaré dentro de unos días. Gracias, Elsa.

Y tras aquello le pasó el teléfono a Tony, que había estado a su lado, junto al padre de Roberta, para animarla.

—Escucha, Elsa. Mañana pasaremos a verte Conrad y yo. Estate tranquila, ¿vale?

—De acuerdo —se despidió—. Un beso y hasta mañana.

Al colgar el teléfono, se quedó pensativa, pero rápidamente le sonó el móvil. Era Aída.

—¿Cómo está mi chica?

—En este momento, fatal. No me puedo mover de la cama. Mi abuela me está cebando como a un pollo y Tony me acaba de llamar para decirme que la boda que habíamos preparado para hoy se ha suspendido porque el novio no se ha presentado.

—Pero qué hijo de su madre y qué cerdo —chilló Aída al otro lado del teléfono—. Pobre chica, qué situación más embarazosa.

—Pues sí —afirmó Elsa—. Un cerdo, por no decir algo peor, en toda regla.

—Bueno, bueno, ahora olvida eso —prosiguió Aída—. ¿Qué te ha pasado en la pierna? Javier me ha dicho que te habían tirado por las escaleras del hospital.

—Ya veo que las noticias vuelan —gruñó al oír el nombre de Javier, aunque sabía por su abuela que había llamado un par de veces para ver cómo estaba—. Pues sí, unos chicos me empujaron y rodé escaleras abajo.

—Menos mal que sólo tienes un esguince y un cardenal en el culo.

Incrédula al oír aquello, Elsa gritó:

—¿También te ha contado dónde tengo los moratones?

Aída sonrió y dijo:

—Mujer, es mi hermano y tú eres mi amiga. Es normal que me lo cuente todo, todito, todo.

—¿Todo? —gritó al interpretar sus palabras—. Tu hermano es un idiota, además de un creído que se imagina que cuando besa a cualquier mujer ésta tiene que caer a sus pies.

Aída, al oír semejante comentario, que Javier no le había contado, exclamó:

—¿Que mi hermano te ha besado?

Al notar Elsa la risa de su amiga y darse cuenta de cómo había caído en la trampa, gruñó:

—Pues ¿no dices que te lo cuenta todo? Eres una lianta y una tramposa tremenda.

La risa de Aída se le contagió.

—Ya lo sé, y por eso me quieres. En serio, ¿te besó mi hermano?

—Sí, pero fue un beso sin importancia.

—Vaya —susurró Aída, desilusionada—. Siento que no te gustara.

—Yo no he dicho que no me gustara —repusa Elsa, pero al ver que había caído en la trampa de su amiga una vez más, bromeó—. Mira, cherokee, vete a paseo.

—Oh, Dios, Elsa. Si al final serás mi cuñada y todo.

Poniendo los ojos en blanco, Elsa se echó hacia atrás en la cama y dijo:

—No digas tonterías. —Y al oír el llanto de un bebé preguntó—: ¿Cómo está el pequeño Mick?

Aída cogió en brazos a su hijo de nueve meses, que al sentirse atendido dejó de llorar.

—Oh, bien, ya sabes, mocos y cosas de bebés.

—¿Y las pequeñas locas? —sonrió Elsa al pensar en las gemelas.

—En el colegio. Esta tarde representan una obra de teatro en la que van vestidas de tomate y pepinillo.

—Y... ¿Mick?

Al oír su nombre, Aída cambió su tono de voz y dijo:

—Ufff... Como siempre, nada nuevo.

—¿Habéis hablado?

—Sí, pero no sirve de nada. Creo que la decisión la voy a tomar yo.

Al oír aquello, suspiró. La decisión era la separación.

—Aída, ¿estás segura?

—Me temo que sí —respondió con tranquilidad y cambiando de tema preguntó—: ¿Está tu abuela ahí contigo?

—No —resopló—. Ahora está comprando medio supermercado. Dice que no tengo comida en casa, pero por más que le explico que entre semana no como aquí, y que por la noche, con cualquier cosa me apaño, no hay quien le haga entender que no necesito tener la despensa llena.

—Es normal, Elsa, tómatelo con tranquilidad. Necesitas a alguien que esté contigo ahí y Estela lo hace estupendamente, seguro.

—Pero si estoy encantada —sonrió al pensar en su abuela—. Me cuida, me mima, me besuquea, pero es muy pesada en lo referente a la comida.

En ese momento, oyó la puerta de entrada abrirse. Un segundo después, su abuela entró en el dormitorio con dos impresionantes bolsas llenas de comida.

—Hola, abuela, estoy hablando con Aída. ¿Quieres saludarla?

Dos segundos más tarde su abuela, colgada al teléfono, hablaba con su amiga mientras ella miraba dentro de las dos bolsas de comida. Su abuela había comprado leche, fruta, lechuga, queso y carne. Pero lo que más le gustó fue ver un paquete de donuts, que rápidamente abrió y comió mientras oía a su abuela despedirse.

—Tu abuela es un encanto —dijo Aída tras hablar con ella.

—La verdad es que es un cielo. Por cierto, hablé con Shanna ayer.

—¿Qué tal le fue en México?

—Estupendamente. Me dijo que te llamaría hoy o mañana.

Pensar en Shanna le hacía sonreír. Trabajaba para una cadena privada de Toronto y viajaba por el país entrevistando a personajes famosos y haciendo diversos reportajes. Shanna era bastante conocida en Canadá, gracias a sus controvertidas entrevistas.

—¿Sigue con Peter Serigan?

—Eso es agua pasada —respondió Elsa mientras atacaba otro donut—. Ahora está con un jugador de hockey o algo así, un tal Marlon.

—Qué pena, con lo mono que era Serigan.

Ambas sonrieron.

—No te preocupes, creo que Marlon también lo es —aclaró Elsa.

—La verdad es que me encanta presumir de amiga, y sobre todo de novio de amiga —dijo Aída con malicia.

En ese momento, el pequeño Mick comenzó a llorar.

—Elsa, te llamaré en otro momento. Un beso y que te mejores.

Cuando colgó el teléfono, volvió a coger el mando, y justo cuando empezaba a interesarse por un programa que había sobre decoración, volvió a sonar el móvil. Al mirar y ver que ponía número privado decidió no contestar. Tras varios timbrazos, el móvil paró. Dos segundos después, sonaba el teléfono de casa. Desde su habitación oyó reír a su abuela y, de nuevo, se concentró en la televisión.

12

Lo prometido era deuda y al día siguiente, su compañero Tony, junto a Conrad, fue a visitarla. Tony sabía lo mucho que a Elsa le gustaban las palomitas y el helado de vainilla con nueces de macadamia, así que decidió llevarle un tarro enorme, junto a un cubo de palomitas. Y allí estaban los tres, tirados en el sillón del salón de Elsa tomando helado, mientras veían un programa de televisión y Estela preparaba algo para cenar. A las ocho de la tarde sonó el timbre del portero automático. Estela abrió y pocos minutos después un guapísimo Javier aparecía con una encantadora sonrisa, dejando a Conrad, Tony y Elsa sin saber qué decir. Estela, al ver la cara de desconcierto de su nieta, comentó con alegría:

—Pero bueno. ¡Qué ilusión! Ha venido a verte el doctor Thorton.

«Abuela..., lo tuyo es muy fuerte», pensó Elsa mirándola con enfado.

—Hola, soy Javier —saludó éste al ver cómo los demás le miraban y Elsa no hacía nada por presentarle.

Tony, que se había quedado de piedra al ver aparecer a aquel tipo tan atractivo con el ramo de flores, reaccionó rápidamente y levantándose le saludó.

—Encantado, Javier. Soy Tony, amigo y compañero de trabajo de Elsa, y él es mi novio Conrad.

Éste, al ver cómo Tony le hacía una señal, se levantó y le saludó, mientras Elsa seguía mirándoles sin decir nada.

—Pues digo yo —dijo la anciana acercándose a Tony y a su novio— que como voy a ir a ver a mi hija Samantha, quizá os pille de paso dejarme en su casa.

«No me hagáis esto», pensó Elsa, incapaz de decir ni una sola palabra.

Tony y Conrad, divertidos por los aspavientos que la mujer hacía, la entendieron rápidamente y, a pesar de que Tony miró a Elsa y ésta negó con la cabeza, Conrad cogió de la mano a su novio y dando un tirón de él dijo:

—Sí, por supuesto Estela, nosotros te llevamos.

«Esto es increíble», pensó Elsa al ver la jugada de su abuela, mientras Javier, incrédulo, les miraba sin entender nada.

—¿Dónde dices que vas, abuela? —preguntó Elsa con ojos de querer asesinarla.

—Pues a ver a mi hija y a su pequeñita —respondió Estela con tranquilidad.

Y tras coger su bolso y empujar a Tony hacia la puerta, para desconcierto de los que se quedaban en la casa, aclaró:

—Ah, perdona, cariño, se me había olvidado decirte que invité a Javier. Ufff, esta cabeza mía cada día está peor —dijo Estela para sorpresa de todos. Luego, mirando a Javier, preguntó—: No te importa cenar solo con mi nieta, ¿verdad?

Ahora lo entendía todo y, tratando de no soltar una carcajada, dijo mirando a la mujer:

—No se preocupe. Estoy seguro de que su nieta es una excelente compañía.

Elsa miró a su amigo Tony implorando su ayuda, pero éste, tras sonreír y hacer un gesto de aprobación, ni se movió.

—Javier, podrías quedarte aquí hasta que yo vuelva de mi visita —volvió a atacar la anciana.

Elsa no pudo más y gruñó:

—¡Pero abuela, por Dios!

No pudo continuar. Javier, plantándose entre las dos, dijo mirando a la anciana:

—No se preocupe. Me quedaré aquí hasta que usted regrese.

—Pues no se hable más. —Y cogiendo del brazo a dos divertidos Tony y Conrad, se despidió—. Me llevan estos hombretones. Tenéis la cena en la cocina, sólo hay que calentarla. Hasta luego.

Y dicho esto, cerró la puerta mientras Elsa se tapaba la cara con un cojín del sofá y chillaba. Javier, sorprendido, por aquel gesto, la miró, pero al final tuvo que taparse la boca para no reírse delante de ella.

—Lo siento, Elsa. He intuido que ha sido todo una encerrona —dijo Javier aún de pie con el ramo de flores en la mano.

Verde por la rabia y la impotencia, Elsa susurró con furia:

—La voy a descuartizar. Lo juro. La descuartizaré.

Incapaz de reprimir una sonrisa, Javier se sentó junto a Elsa, y comprendiéndolo todo, señaló:

—No te preocupes, las abuelas son así.

—Pero... pero ¿tú has visto qué descaro? ¡Oh, Dios! —continuó gruñendo Elsa, hasta que Javier tomando con su mano la barbilla de la mujer, hizo que le mirase y dijo:

—Siento todo esto, pero ya que estoy aquí, ¿por qué no intentamos pasar una velada agradable?

Consciente de que él no había tenido nada que ver, suspiró y asintió. Le gustara o no, reconocía que la presencia de Javier le agradaba y, por lo que había visto, también a su abuela, a Conrad y a Tony.

—Tienes razón. —Y, nerviosa por su cercanía, pidió—: Venga, ayúdame a levantarme. Te diré dónde tengo un jarrón para esas pobres flores, que se están muriendo de sed.

Javier sonrió y al ayudarla para que se levantase, volvió a oler el perfume que le había estado volviendo loco aquellos días. Casi en volandas éste la llevó hasta la cocina, y allí ella le señaló un jarrón. Mientras Javier lo llenaba de agua, ella se disculpó un segundo y fue al baño, donde se horrorizó al verse reflejada en el espejo despeinada y sin maquillaje. Pensó qué hacer, si cambiarse de ropa o continuar con la misma, y tras reflexionarlo, decidió continuar igual. Así, él no se haría ilusiones. Lo que sí hizo fue cepillarse los dientes y peinarse, antes de regresar al salón.

—Estás guapísima —dijo Javier sujetándola por la cintura para acompañarla hasta el sillón—. Estás mucho más guapa al natural que cuando te pintas.

—Gracias —sonrió agradecida. ¿A qué mujer no le gusta que le digan cosas bonitas?

Al sentarse en el sillón, los dos se quedaron callados, sin saber qué decir, al tiempo que en la televisión comenzaba la película *Vanilla Sky*.

—¿Has visto esa película? —preguntó Javier.

—No. Siempre he querido verla, pero mi trabajo apenas me permite ir al cine.

—Yo tampoco la he visto. ¿Quieres que la veamos?

Aquello pareció una buena idea, y Elsa, acomodándose en el sillón, cogió el bol de palomitas y dijo:

—¡Genial! Y encima, con palomitas.

Tirados en el sillón, junto al enorme bol de palomitas y las latas de Coca-Cola que Javier sacó de la nevera, vieron la película con tranquilidad. Sobre las diez, cuando el filme se acabó, se levantaron y fueron a la cocina, donde sonrieron al ver que Estela les había dejado preparada una riquísima y opípara cena.

—Vaya —dijo él sonriendo—, por lo que veo, tu abuela piensa como la mía. Una buena comida relaja al guerrero.

Elsa asintió y sonrió al ver que incluso había metido una botella de champán en el congelador.

—Sí, esta mujer es increíble.

Comenzaron por el cóctel de gambas mientras hablaban acerca de los problemas matrimoniales de Aída. Elsa pudo comprobar que ésta no le contaba toda la verdad ni a su hermano, ni a sus padres, por lo que decidió no ser indiscreta y omitir ciertos detalles. Tras el cóctel, siguió una deliciosa carne y, en ese momento, la conversación entre ellos era ya fluida. Sin embargo, ninguno de los dos comentó lo ocurrido noches atrás.

—¿Y la bisabuela Sanuye? ¿Qué dijo cuando te vio llegar en esas condiciones? —preguntó mirándole con una copa en la mano, mientras se reía por lo que él contaba.

—Pobrecita —sonrió Javier—. Fue hasta la casa de Pájaro Azul, «Chimalis», y cogiéndole por la oreja le hizo prometer que nunca más robaría, ni usaría la pipa de su abuelo Árbol Grande, «Adoette», para fumar marihuana. Según ella, cada vez que lo hacía, los espíritus de sus antepasados se revolvían de vergüenza. Ni que decir tiene que «Chimalis» nunca más la volvió a usar. Mi abuela es tremenda.

—Sí, debe de serlo... —rió Elsa.

En ese momento, sonó el móvil de Javier. Éste, disculpándose, se levantó para contestar mientras miraba a través de la ventana. Con fingida tranquilidad, Elsa le observó, y cuando el hombre cerró el móvil, le oyó maldecir y, tras mirarla, dijo:

—Lo siento, pero tengo que regresar al hospital.

Contrariada por aquello, aunque intentando que no se le notase, ella preguntó:

—¿Qué ocurre?

Mientras él recogía su chaqueta y se pasaba la mano por el pelo contestó:

—Ha habido una colisión en cadena y, por lo visto, están colapsadas las urgencias del hospital. —Sacando una tarjeta de su cartera, añadió—: Toma, Elsa. El otro día no te dejé una tarjeta mía. Si necesitas algo, me puedes localizar en estos teléfonos.

En ese momento se oyó la puerta de la calle.

—Buenas noches, muchachos —saludó la abuela, y Elsa guardó la tarjeta—. ¿Qué tal la cena?

Javier la miró con una sonrisa cautivadora y, para agrado de la mujer, señaló:

—Tengo que felicitarla. Es usted una maravillosa cocinera.

—Oh... gracias. —Y acercándose a él murmuró—: Pues verás cuando pruebes mis costillas guisadas.

Eso le hizo sonreír con agrado. Elsa intervino:

—Muy rico todo abuela, pero ya hablaremos tú y yo.

La mujer la miró con gesto de no entender nada. En ese momento, Javier dijo:

—Bueno, me quedaría con vosotras más tiempo, pero me tengo que ir.

—¿Tan pronto? —preguntó Estela, al pensar que se iba porque ella había llegado.

—Le han llamado del hospital. Ha habido un accidente y debe regresar —comunicó Elsa.

—Oh, Dios, qué horror —murmuró la mujer y, marchándose a toda prisa a su habitación, añadió—: Que tengas buena noche, hijo. Espero verte otro día por aquí. —Tras decir aquello, cerró la puerta de su cuarto.

Al ver aquello, ambos se miraron, sonrieron y Elsa suspiró.

—Verdaderamente, iba para actriz.

—Estoy seguro de que habría ganado muchos Oscar —bromeó él apoyado en la puerta mientras miraba a Elsa, que se había empeñado en levantarse para acompañarle hasta la puerta.

Cuanto más la contemplaba, más guapa y deseable la veía con aquel pijama de seda azul oscuro. Quería volver a verla, pero no quería agobiarla. Optó por no decir nada.

—Bueno, tengo que irme —bromeó él—. El deber me llama.

—Muchas gracias por las flores y por tu compañía.

Aquella encerrona por parte de su abuela había sido una de las mejores cosas que le había pasado en mucho tiempo. La compañía de Javier le agradaba, y mucho.

Sintiéndose como un tonto al verse allí parado, decidió ponerse en marcha y, mientras caminaba hacia el ascensor, Javier se volvió y dijo:

—No te olvides de ir al hospital dentro de tres días, por lo de tu tobillo.

Ella sintió deseos de que la besara como había hecho noches atrás pero, incapaz de decir nada, se limitó a apoyarse en su muleta, mientras lo veía esperar el ascensor.

—Te espera una noche ajetreada, ¿verdad?

Él asintió y retirándose el pelo de la cara apuntó:

—Sí, será dura. Durante varias horas estaré metido en un caos que en muchas ocasiones acaba trágicamente para algunas personas. —Al ver que ella le miraba con el cejo fruncido, intentó sonreír y añadió—: Aunque también la sonrisa de un paciente o ver que has aliviado su dolor resulta reconfortante. En fin, será una noche larga.

En ese momento se abrieron las puertas del ascensor. Los dos se miraron, indecisos, y al final Javier se acercó a ella, depositó un suave beso en sus labios y, volviendo con rapidez hacia el ascensor, dijo:

—Me ha encantado estar contigo.

Las puertas del ascensor se cerraron y Elsa se quedó como una tonta apoyada en la muleta y en la puerta, mientras sentía aún el dulce beso de Javier. Un par de minutos después, cerró la puerta de su casa y sus ojos miraron hacia la mesa donde momentos antes Javier y ella habían cenado juntos, entre risas. Cerró los ojos y, tras luchar contra ella misma, sacó la tarjeta que éste le había dado y después de escribir «¿Cuándo volvemos a ver una película?» en el móvil, le mandó el mensaje. Dos segundos más tarde su móvil pitó y sonrió al leer: «Mañana, pero esta vez las palomitas las llevo yo.»

13

Al día siguiente, sobre las cuatro de la tarde, Javier, con cara de cansado, apareció en el apartamento de Elsa con una película bajo el brazo, *Family man*, de Nicolas Cage, y un cubo de palomitas. Al abrir la puerta y ver al joven allí, Estela se sorprendió pero, al percibir la sonrisa de su nieta, no lo dudó y se marchó con rapidez a casa de su hija Samantha, con el pretexto de ver a la pequeña Estela.

Javier, al ver marcharse a la mujer, miró a Elsa y al darse cuenta de que sonreía, no se lo pensó, soltó todo lo que tenía en las manos, se acercó a ella y la atrajo hacia sí para besarla. Primero lo hizo en la frente, luego en las mejillas y, finalmente, en la boca. Durante un rato permanecieron abrazados en medio del salón, hasta que Javier la cogió en brazos y la llevó hasta la cama, donde continuaron besándose. Elsa no quería pensar. Sólo quería disfrutar del momento. Ansiaba los besos y las caricias de Javier, como el sediento desea saciar su sed. Javier, agotado por la noche pasada pero ansioso por retozar en los brazos de Elsa, se dejó guiar por ella, que le quitó primero la camisa y luego le empezó a besar los pectorales hasta que él la atrajo hacia sí y le susurró al oído:

—Quiero que me desees tanto como yo a ti.

Al oír aquello, Elsa se excitó aún más y mirándole con pasión murmuró:

—Te deseo. Te deseo, Javier.

Al oír aquello, él sonrió y comenzó a besarla con tal pasión que Elsa sintió que le hervía la sangre. Javier la apretó contra su cuerpo y ella no dejó de besarle en el cuello. Las manos de él comenzaron un lento ascenso bajo el pijama en busca de sus pechos, hasta que los encontraron. Con delicadeza, el hombre los acarició hasta que sus suaves dedos se centraron en sus pezones. Elsa notó que su cuerpo se aceleraba al sentir aquel contacto, y se restregó contra su rígido miembro que, al sentir el roce, se tensó a punto de explotar. Desesperado y muy excitado, deseoso de entrar en ella, Javier la desnudó, mientras ella le desabrochaba la cremallera del pantalón y le acariciaba el miembro.

—Javier, Javier —gritó con voz entrecortada al sentir la húmeda y caliente boca de él succionando primero uno de sus pezones y luego el otro.

—Dime —susurró él mirándola con deseo.

—Me estás volviendo loca.

Javier sonrió y, asiéndola por las nalgas, se apretó contra ella para hacerle sentir la dureza de su deseo. Con voz entrecortada, añadió:

—Así me tienes tú a mí, preciosa.

—¡Oh, Dios! —gimió ella echándose hacia atrás mientras se apretaba más y más contra él. Aquel hombre sabía tocarla y sabía hacerlo bien. ¡Muy bien!

Al sentir cómo su mano tocaba sin ningún pudor su erección un gruñido de satisfacción surgió de la garganta de él. Con un rápido movimiento, la tumbó en la cama, quedando él encima. Sin apartar sus oscuros ojos de ella, Javier se quitó primero los pantalones y luego los calzoncillos, consciente de que ella le miraba y deseaba. Una vez desnudo, y con la respiración entrecortada, se inclinó sobre ella y la besó. En ese momento, Elsa sintió primero sobre su abdomen y luego sobre sus muslos la dureza sedosa y caliente que deseaba sentir dentro de ella. Pero Javier sacó la lengua y empezó a pasarla lentamente entre sus pechos, para seguir bajando hasta su vientre.

Elsa se estremecía de placer. Separó las piernas para

permitirle un acceso total. Cuando la lengua de Javier tocó con ligereza los labios de su sexo, ella gimió gustosa. Como un lobo hambriento, tomó con su cálida boca el clítoris de Elsa y jugó con él hasta que ella aceleró sus movimientos y jadeó extasiada de placer.

Abandonada a sus caricias, Elsa entrelazó sus dedos con el pelo de él para alzarlo y, cuando lo tuvo frente a ella, le miró con pasión y le besó. Le devoró la boca con tal morbo que éste pensó que iba a explotar. Incapaz de aguantar un segundo más, Javier se retiró y preguntó:

—¿Tienes preservativos?

Elsa, acalorada, negó con la cabeza. Llevaba tiempo sin preocuparse de esas cosas. No tenía relaciones, así que no compraba preservativos. Él, levantándose, cogió su cartera y tras sacar uno, se lo puso con maestría y rapidez ante la mirada obnubilada de ella.

—Eres preciosa —le susurró al oído. Ella, rezongona, sonrió al sentirle tan cerca.

Acoplándose de nuevo entre sus piernas, y sin necesidad de guiar su erección, se hundió lentamente en ella, hasta que Elsa volvió a gemir contra su boca, mientras el seguía besándola. Loco de deseo por la mujer que bajo él gemía y se retorcía bajo su tacto, comenzó a moverse dentro y fuera de ella, con movimientos cada vez más rápidos, más profundos, más certeros, mientras Elsa le clavaba las uñas en la espalda y jadeaba. Cuando Javier oyó el grito de placer en ella, percibió que iba a perder el control. Antes de soltar un sonido gutural y tumbarse sobre ella, se hundió hasta el fondo en su cuerpo, y se dejó llevar. Segundos después, Javier rodó hacia un lado de la cama y la tomó entre sus brazos para acercarla hacia sí. Elsa, consciente de que había sido el mejor encuentro sexual de su vida, se dejó abrazar y sonrió al oír:

—¿Crees que un «crío» como yo podría volver a repetir lo que hemos hecho?

Risueña, levantó la mirada y repuso:

—Si el «crío» me promete que será igual, sí.

Javier, aún sin aliento, asintió y, acercando su boca a la de ella, le susurró:

—Te prometo que cada vez será mejor.

Se volvieron a besar con pasión. Minutos después, aún en sus brazos, Elsa se convencía de lo que había hecho e, incluso, estaba deseosa por repetirlo. Consciente de lo que quería, le miró, y no pudo contener la risa al ver a Javier dormido. Despacio y con cuidado para no despertarle, se levantó de la cama y se vistió. Javier debía de estar agotado. Seguro que llevaba más de veinticuatro horas sin dormir.

Le miró con tranquilidad. Ante ella tenía a un hombre con un cuerpo fibroso que, más que un doctor, ahora que tenía el pelo suelto parecía un cantante de rock. Sin poder contenerse, le besó en los carnosos labios y, con cuidado, le retiró el pelo de la cara. Al ver lo sexy que estaba desnudo ante ella, suspiró. En ese momento sonó el teléfono. Lo cogió de la mesilla con rapidez, para que no se despertara, y salió cojeando de la habitación.

—Cariño, ¿cómo va todo? —Era su abuela.

«Ufff si yo te contara», pensó divertida. En cambio respondió:

—Bien, bien, muy bien.

—Escucha, cariño, estoy con Samantha y la niña en el hospital.

Al oír la palabra «hospital», Elsa se asustó.

—¿Qué ocurre?

—No es nada grave, cielo —dijo para tranquilizarla—. La pequeña lloraba mucho y nos acercamos con ella al médico.

Apoyándose en la pared preguntó, preocupada:

—¿Qué os han dicho? ¿La niña está bien?

—Tiene un poco de infección en la orina y se quedará ingresada esta noche, en observación. —Con pesar, su abuela añadió—: Yo te llamaba para preguntarte si te las podías apañar sin mí esta noche. Me gustaría quedarme con Samantha. Mañana, después de comer si todo va bien, Clarence me llevará a tu casa. ¿Te parece?

—Por supuesto, abuela. No te preocupes, ya has visto que puedo arreglármelas sola.

—Vaya, cariño, eso me deja más tranquila —sonrió la mujer.

Tras hablar con ella un rato, se despidió y colgó. Bajó el timbre del teléfono y abrió la puerta de su habitación para observar a Javier, que dormía con tranquilidad. El que su abuela no regresara aquella noche le permitiría estar a sus anchas, en su casa, con él. Con una sonrisa pícara, cerró la puerta y, cojeando, se dirigió al salón. Allí, tras acomodarse en el espacioso sillón, introdujo el DVD que éste había llevado, la película de Nicolas Cage, y, tras coger las palomitas, se recostó con una sonrisa. Disfrutó de la película mientras pensaba en Javier y en lo que dirían Shanna y el resto de sus amigas cuando les contara lo sucedido.

14

Aquel día de lluvia era uno de los peores que había vivido. Shanna estaba enfadada. Tenía ese fin de semana libre. Sin embargo, Brad, un buen amigo y reportero que tenía que cubrir una noticia en Seattle, había tenido un accidente doméstico y el Canal 43, para el que ambos trabajaban, le pidió el favor de que fuera ella quien cubriera la noticia, y eso a pesar de que ella estaba especializada en asuntos del corazón. A regañadientes, viajó a Seattle. Allí debía cubrir el parto de gemelos de la gorila *Jamila*, a la que hacía años el Canal 43 había apadrinado.

—¿Éste es el hotel que nos ha pagado el canal? —preguntó Shanna, incrédula, al comprobar el estado de decrepitud de aquel alojamiento.

Su compañero Luis, el cámara que la acompañaba, tras contemplar el edificio dijo:

—Quizá esté mejor por dentro.

Al oír aquello, resopló e intentó sonreír. Pero estaba enfadada, muy, muy enfadada. Ella tenía que estar con Marlon Shiper, su pareja, en Toronto, en la fiesta de un diseñador de ropa deportiva, en vez de encontrarse en aquel cochambroso lugar. A pesar de todo, y con desgana, siguió a su compañero al interior del hotel.

Desde que terminó la carrera de periodismo, Shanna nunca había dejado de trabajar. Sin embargo, desde hacía años prestaba sus servicios al Canal 43, un canal privado de Toronto. No le pagaban mal, pero en ocasiones como aquélla, estaba tentada de presentar su currículo a otras cadenas. Ya no soportaba los continuos viajes y la frivolidad de las noticias del corazón. Ahora lo que deseaba era cubrir noticias de importancia.

En ese momento le sonó el móvil. Era Marlon Shiper, su última conquista.

—Hola, cielo —respondió Shanna con voz sensual.

—¿Sigues pensando en no hacerme caso y seguir adelante con ese trabajo tuyo? —dijo el musculitos de Marlon.

Al oír la música de fondo y su ronca voz, Shanna se sintió fatal. Ella quería estar allí con él. Sin embargo dijo:

—Lo siento. No pude negarme.

Marlon era un jugador del equipo olímpico de waterpolo de Canadá. Un rubio musculoso con mucho éxito entre las féminas que, por alguna extraña razón, parecía querer algo con Shanna. Eso le gustó. Pero no se hacía ilusiones con él. Su fama de mujeriego le precedía.

—Te estás perdiendo una fiesta increíble, caramelito —rió éste al oír cómo ella resoplaba. Odiaba que la llamara así—. Aquí hay una marcha increíble.

—Aquí también —cabeceó Shanna al entrar en el hotel.

—Me apetecía mucho estar aquí contigo —dijo el hombre en un tono de voz que a Shanna le calentó la sangre. Si algo bueno tenía Marlon, además de su atractivo físico, era lo bien que se lo montaba en la cama.

—Hummm —suspiró ella mientras Luis hablaba con el del hotel.

Marlon, al oír aquel suspiro, sonrió y con su voz grave dijo:

—Me debes una compensación, por dejarme solo esta noche.

Apartándose del mostrador, Shanna dijo a media voz:

—Dentro de dos días prometo dártela.

—Eso suena muy bien —asintió Marlon mirando a una morenaza que pasaba ante él—. Bueno, caramelito, mañana hablamos. Y recuerda, te espero en tu casa y en tu cama.

—De acuerdo. —Y, entre susurros, añadió—: Sé bueno esta noche.

—Por supuesto —se despidió él.

Tras colgar, Shanna sonrió. Le gustaba que Marlon se quedara en su casa. Pero cuando volvió a la realidad y miró a su alrededor, todo le apareció patético. Si la recepción del hotel era así, no quería pensar en cómo serían las habitaciones. Sin embargo, estaba tan cansada que se conformaba con que las sábanas estuvieran limpias. Y se conformó.

A la mañana siguiente, cuando sonó el despertador a las nueve, se lavó la cara y, tras ponerse ropa cómoda, miró en un plano cómo llegar hasta el Woodland Park Zoo. Debía visitar a la gorila. También tenía que ir al Seattle Aquarium, donde aprovecharían para hacer un reportaje.

Tras meter en su mochila lo necesario para el día, bajó a recepción donde, poco después, apareció Luis con la cámara y con cara de sueño. Tras coger el coche, buscaron un sitio donde desayunar. Unas manzanas después, Shanna saltó de alegría al ver un letrero de Dunkin Donuts. Le volvían loca los donuts de aquella marca, por lo que decidieron desayunar allí.

Cuando entraban en el local, Shanna dijo a su compañero:

—Voy al servicio. Pídeme un café, no muy caliente, y corto de leche, con dos azucarillos y dos donuts, uno relleno de chocolate y otro de frambuesa.

Su compañero Luis, que seguía medio dormido, asintió. Sin embargo, cuando llegó la camarera pidió simplemente dos cafés y tres donuts, aunque a continuación un hombre que estaba sentado cerca de él le corrigió. Shanna, al salir del baño, iba secándose las manos con un pañuelo de papel. Cuando llegó a la mesa donde la esperaba Luis le observó sonreír.

—Vaya, ¡qué contento te veo! —dijo con sarcasmo.

En ese momento, apareció la camarera y Shanna sonrió al ver que traía todo lo que había pedido.

—¡Perfecto! —exclamó, ralamiéndose, al ver aquellos apetitosos donuts frente a ella.

—¿Todo bien? —preguntó su compañero.

—Oh, sí. —Y sonriendo, añadió—. No me lo puedo creer. Por primera vez has pedido algo tal y como yo te lo he dicho. Gracias por haberme escuchado esta mañana.

Éste, al oírla, sonrió y, levantando un dedo, señaló:

—Las gracias no me las tienes que dar a mí, se las tendrías que haber dado a un tipo que ya se ha marchado. Él fue quien le recordó a la camarera lo que habías pedido. —Shanna le escuchaba alucinada mientras él continuaba—. Por supuesto, ya le di las gracias y le ofrecí mi eterna gratitud. Me he salvado de oír tus lastimosos lamentos a estas horas de la mañana.

Shanna sonrió y se prometió a sí misma no ser tan gruñona con Luis. No obstante, tenía que reconocer que su compañero era desesperante. Era el despiste personificado, aunque como cámara resultaba excepcional.

Media hora más tarde aparcaban en la puerta del Woodland Park Zoo. Tras hablar con la directora del lugar, se dirigieron hacia donde estaba la gorila *Jamila* que, al verles llegar, dejó de comer para mirarles.

—Entonces, ¿para cuándo tienen programada la cesárea? —preguntó Shanna sin quitarle ojo a aquella enorme gorila negra.

—Todo está preparado para esta tarde a las seis. El veterinario y sus cuidadores así lo han decidido —contestó la directora del zoo.

—Muy bien —asintió Luis—. Aprovechemos para ir al acuario y hagamos unas tomas. Quizá no las terminemos todas, pero será bueno ir adelantando trabajo.

Tras pensar que era buena idea, cogieron de nuevo el coche y se dirigieron hacia el acuario de Seattle. Mientras Luis conducía, Shanna marco el número de teléfono de su casa. Quizá Marlon todavía estuviera allí. Sin embargo, al ver que no contestaban marcó el número de su móvil. Estaba desconectado. Una vez llegaron al acuario, Peter Lores, su director, les autorizó a utilizar el flash y las luces necesarias para poder grabar las imágenes.

El rodaje fue divertido. Parecía que los animales sabían que les estaban grabando y se comportaban como si quisieran colaborar. Cuando llegaron a los tanques de los tiburones, los buzos del acuario le propusieron que se sumergiera ella también en el tanque, junto a ellos. Shanna, con cara de horror, declinó el ofrecimiento e incluso se alejó del lugar.

—Señorita, deberían darle más miedo los que están fuera que los que están dentro —dijo una voz tras ella. Era alguien que la observaba desde hacía rato—. Métase, no le harán nada.

«Habló el listo», pensó volviéndose para descubrir de quién se trataba. Sin embargo, sólo vio una figura en la oscuridad, apoyada en la pared.

—¡Quién lo diría! ¡Qué horror de bichos! —murmuró Luis.

Sin poder ver quién era el tipo que le había hablado, pues la oscuridad en ciertas zonas del acuario era increíble, Shanna le respondió:

—No es miedo, es respeto. Pero gracias por los ánimos.

El hombre sonrió al oírla. Aquella risa hizo que Shanna volviera a mirar justo en el momento en que el hombre apoyado en la pared preguntaba:

—¿Siempre siente respeto por lo desconocido?

«A ti te lo voy a contar.» Sin responderle, le preguntó mirando a otra parte:

—¿Usted no?

—No —dijo el desconocido saliendo de las sombras.

Era un hombre de unos cuarenta años, pelo corto y gafas, que acercándose con sigilo hasta ella le dijo muy cerca del oído:

—A veces en la vida hay ciertas personas que me dan más miedo que lo desconocido, y una de ellas eres tú, Shanna Bradforte.

Shanna cerró los ojos y sintió que el estomago se le volvía del revés, pero volviéndose con rapidez preguntó sorprendida:

—¿George O'Neill? ¡Eres tú!

Pero antes de que éste pudiera decir nada, en un impulso irrefrenable, ella se tiró a su cuello, para, segundos después, separarse, avergonzada.

«Dios, qué bochorno. Menos mal que aquí todo está oscuro», pensó al apartarse de él, más colorada que un tomate.

—Por supuesto que soy yo —rió al ver su gesto—. ¿Qué haces aquí?

George había sido su amor de juventud, aquel que siempre la cuidaba como a una hermana, pero al que ella no quería precisamente como a un hermano. Llevaban sin verse cerca de nueve años, desde que él se mudó. Sin embargo, él sí la veía en ocasiones a ella por la televisión vía satelite.

—Trabajo para el Canal 43 —dijo recomponiéndose—. Estoy cubriendo varias noticias aquí en Seattle. Además, tenemos que hacer un reportaje sobre este acuario.

Su compañero, Luis, al sentirse ignorado, dijo tendiendo la mano:

—Luis González. —George le miró y saludó—. Soy su compañero, el cámara.

—Encantado, Luis —saludó éste. Luego, volviéndose hacia ella, añadió—: Yo trabajo aquí. ¿Queréis que os enseñe las instalaciones?

—¡Perfecto! —asintió Luis.

—¡Muy bien! —dijo George.

«Tú sí que estás muy bien, George», pensó Shanna, mientras éste la cogía del brazo de manera posesiva y comenzaba a andar con ella.

George O'Neill era un guía estupendo. Les fue describiendo la manera de vivir de cada una de las especies que allí vivían y hablándoles de ellas. Shanna aún no podía creerse que aquél fuera George, su adorado y tantas veces recordado George. La última ocasión en que le vio fue la noche anterior a su partida para Nueva York, dispuesto a trabajar en la empresa del padre de Linda, su odiosa novia. Esa mujer era la única que conseguía sacar lo peor de Shanna cada vez que veía cómo éste la besaba. La noche anterior a su marcha, ambos estuvieron sentados en un banco de un parque de su barrio, en Toronto. Shanna se sinceró diciéndole que le amaba y George no sabía dónde meterse. Pero Shanna era una niña de diecinueve años, y así la veía George. Y tras rogarle y suplicarle que como despedida le diera un beso en los labios, éste se lo dio. Después de eso, no se volvieron a ver más.

Mientras ella pensaba en sus cosas, George intentaba centrarse en contarles detalles del acuario, aunque se le hacía difícil. Tenía delante a una mujer que en su juventud había sido una amiga excelente y a la que, por extrañas circunstancias de la vida, nunca había olvidado. En Toronto eran vecinos, y fueron muchas las noches en que ella le contaba cosas de sus amigas de España, mientras él le hablaba del amor que sentía por Linda, ignorante de lo que sólo supo la noche antes de su marcha.

Después de mucho tiempo, el día que la reconoció en televisión tras más de seis años sin verse, se sorprendió muchísimo. La muchachita que él recordaba era toda una mujer. A partir de ese momento, George intentó ver, siempre que su trabajo se lo permitía, los programas del Canal 43. ¿Cuántas noches había pensado en ella? Y de pronto, allí la tenía.

George intentó hablarles de las diversas especies que vivían en aquellas instalaciones. Pájaros, mamíferos marinos, peces, invertebrados, y sonrió al ver la cara de ella cuando llegaron a la bóveda subacuática de 360 grados. Era realmente increíble. Todos sonrieron al contemplar a las curiosas nutrias de río y mar, y se quedaron sin palabras mientras observaban el pulpo gigante que allí moraba. Acabada la visita, terminaron en la tienda de regalos.

—Y esto es todo lo que os puedo enseñar —dijo George con una encantadora sonrisa.

—Impresionante —respondió Luis, mientras Shanna miraba a través de unos prismáticos de juguete. Pensó en comprarlos para las gemelas de Aída.

—Muchas gracias, George —asintió Shanna—. Nos has sido de mucha ayuda. Gracias a ti, mañana no tendremos que volver a grabar.

Sin poder disimular su decepción, éste repuso:

—¡Vaya! Si llego a saberlo no os lo enseño todo en un día —sonrió al ver cómo ella miraba los juguetes de la tienda y, sin poder evitarlo, preguntó—: ¿Son para tus hijos?

—¡Oh, no! No estoy casada. —Él sonrió—. Son para las hijas de Aída. La cherokee, ¿la recuerdas? —George, abriendo los ojos, asintió—. Tiene unas niñas guapísimas y muy ruidosas, pero adorables.

En ese momento, una muchacha del acuario se acercó hasta George y, tras darle algo para que firmara, éste miró el reloj y dijo:

—Escuchad, tengo dos horas libres. ¿Os apetece comer algo?

Luis, dejando la cámara en el suelo, asintió y dijo:

—Yo estoy muerto de hambre.

George miró a Shanna y, tras ver que ésta sonreía, la oyó decir:

—Me parece una idea excelente, George.

Caminaron hasta la cafetería del lugar y se sentaron a una mesa los tres. George y Shanna comenzaron a hablar de sus cosas. Aburrido por la conversación, Luis se levantó y se puso a hablar con la chica que había en el mostrador. Durante la comida, los viejos amigos se pusieron al día de sus vidas. George le contó que trabajaba como veterinario en varios sitios y ella se alegró al saber que era el veterinario que asistiría en el parto de la gorila *Jamila*.

George le contó que se había casado con Linda pero que, tras dos años de matrimonio, aquello que empezó por amor se convirtió en una pesadilla. Linda quería que él fuera un alto ejecutivo en la empresa de su padre. Sin embargo él siempre había querido ser veterinario y, tras años de discusiones y peleas, su relación terminó en divorcio. Después de aquello se trasladó a Seattle, donde trabajaba como veterinario e intentaba vivir la vida que él quería.

Shanna, sin entender la euforia que sentía por saber que la idiota de Linda ya no formaba parte de su vida, le contó que cuando terminó sus estudios de periodismo se independizó. George le preguntó por Marlene, su hermana, y Shanna le contó que era una adolescente divertida y alocada con la que hablaba mucho por teléfono. Le explicó que ella misma había estado a punto de casarse hacía seis años con un redactor, y sobre su vida laboral comentó que trabajaba para el Canal 43, pero que estaba pensando en buscar otras oportunidades en otras cadenas. George, haciéndola reír, le confesó lo sorprendido que se había quedado cuando la había visto por primera vez en televisión. Ella casi se puso colorada cuando le confesó que siempre que podía veía el programa donde ella salía.

En el transcurso de la conversación, ninguno de los dos comentó lo ocurrido la última noche que se habían visto. «Menos mal», pensó Shanna. Hubiera sido bochornoso recordar cómo ella le suplicó que la besara.

A las cuatro y cuarto se despidieron y quedaron en verse en el zoo. George tenía que atender varios asuntos. Una vez en el coche, Shanna miró su reloj y se sintió culpable al pensar que no había llamado todavía a Marlon. Sacó su móvil, marcó su número y le volvió a saltar el buzón de voz. Menos contrariada que por la mañana, cerró el teléfono y, con una sonrisita atontada, pensó en aquel inesperado reencuentro. ¡George O'Neill! Sonrió al pensar en él. ¡Qué pequeño era el mundo y qué bien estaba el chico!

15

Cuando Shanna llegó al zoo, a punto estuvo de caerse de culo al encontrarse con Phil Trevor, su ex.

«Pero... pero qué hace éste aquí», pensó al verle. Como siempre, Phil iba impecablemente vestido en tonos beige, bien peinado, y con los zapatos relucientes. Al mirarle, Shanna se imaginó las horas que habría invertido aquella noche en decidir qué ponerse. Aquella manía de él era algo que a ella durante su noviazgo la sacaba de sus casillas. Phil, al verla, sonrió y estirándose anduvo hacia ella para saludarla.

—Espero que el desayuno de esta mañana estuviera tal y como tú deseabas —dijo tras darle un beso en la mejilla.

Shanna, al escuchar aquello, miró a Luis y éste, al reconocerle, dijo:

—Anda, ¡pero si es el tipo del Dunkin Donuts! —Y volviéndose hacia una incómoda Shanna, añadió—: Éste es el tío que pidió tu desayuno a la camarera.

Phil, feliz por descubrir el desconcierto en los ojos de ella, la tomó de la cintura y caminó hacia la jaula del gorila.

—El mismo. —Y al ver que ella fruncía el ceño, dijo metiendo un zapato en el barro—. Veo que tus gustos no cambian y que los donuts siguen siendo tu debilidad, «cucuruchita».

«¡Lo odio! ¡Odio que me llame "cucuruchita"!», pensó, molesta por aquella familiaridad. Y al pararse ante la jaula de la gorila le miró. Sabía que aquel tipo de reportajes no eran los que él solía hacer así que preguntó:

—¿Qué narices estás haciendo aquí, Phil?

Con un nada fingido desprecio, el repeinado miró hacia la gorila, que les observaba y, mientras se ponía una mascarilla con olor a lavanda y le entregaba otra a ella, que ésta rechazó de un manotazo, dijo:

—Estaba en el campeonato de béisbol de los Mariners. Como esto quedaba cerca, me han pedido que cubra la noticia de estos asquerosos monos. Oh, Dios, cucuruchita, ponte la mascarilla. No creo que sea sano que aspiremos el pestilente hedor que desprende esa mona.

Cerró los ojos. No le soportaba. Era un tiquismiquis. Y apretando los dientes dijo cogiéndole de las solapas:

—Como vuelvas a llamarme cucuruchita, no respondo, Phil.

—De acuerdo, de acuerdo, cucu... Shanna —rió el hombre levantándose por unos segundos la mascarilla—. No te enfades, mujer. Bastante tenemos con aguantar a esta odiosa gorila y a sus sucias crías.

Sin entender aún qué hacía allí, ni por qué hablaba así de la pobre *Jamila*, refunfuñó, mientras Luis, el cámara, hacía ver que no escuchaba.

—De verdad, Phil. No sé qué te ha hecho esta pobre gorila para que tengas que hablar así de ella.

—¿Te parece poco cómo estoy poniendo de caca de animal mis bonitos zapatos? —Al oírle y ver cómo éste le enseñaba su zapato derecho, sonrió.

Le conocía muy bien y sabía que los animales, de cualquier especie y tamaño, y Phil debían permanecer cuanto más lejos mejor.

—Por cierto, Shanna —dijo el hombre mirándola—, estás más guapa que la última vez que te vi.

—Gracias, Phil. Eso es todo un cumplido viniendo de ti. —Suspiró mientras observaba cómo su ex se restregaba el zapato contra la acera y Luis hacía esfuerzos por no reírse.

Una vez el zapato estuvo algo más limpio, Phil centró de nuevo su atención en ella.

—¿Qué tal te va la vida? —Al preguntar aquello, perdió el equilibrio y metió el pie en un charco.

—Pues como a todos. Unos días bien y otros mejor. —Sonrió al ver su gesto de horror cuando comprobó que unas gotas negras habían manchado su caro y clarísimo traje beige.

—He oído que estás saliendo con Marlon, el jugador más polifacético del equipo olímpico de waterpolo.

«Y a ti qué te importa», pensó Shanna pero, sin querer entrar en su juego, respondió:

—Te han informado bien.

—¿Eres feliz?

—Mucho —respondió tras cruzar una mirada con su compañero Luis.

—Por lo que sé, ese tipo es un guaperas que se lleva a las nenas de calle.

Aquel malicioso comentario de Phil no le gustó. Shanna le miró entonces y, tras conseguir que su autocontrol le funcionara al cien por cien, con una sonrisa dijo:

—Marlon es un hombre muy sexy. Es normal que las mujeres babeen por él. Pero ahora está conmigo y no creo que tenga nada por lo que preocuparme.

Con una sonora carcajada, que no gustó a Shanna, él añadió, con un extraño brillo en los ojos:

—Vaya... vaya. Veo que la madurez ha relajado tus celos.

Molesta por aquel absurdo comentario se cuadró ante él y preguntó:

—¿A qué te refieres?

Pero alejándose de ella, al ver que sus maquilladoras llegaban, dijo con soberbia:

—Cómprate el *New York Times*, cucuruchita, y ya me lo dirás.

Cuando aquel tipo se alejó, Luis, el cámara, acercándose a ella espetó:

—Qué tío más impresentable.

Shanna marcó el teléfono de Marlon con la intención de comprar el *New York Times* en cuando pudiera. Seguía desconectado por lo que, tras cerrar su móvil y con gesto contrariado, respondió:

—Dímelo a mí. Anulé mi boda con él.

16

A las cinco y media, George llegó al zoo con dos compañeros que actuaron como asistentes en el parto. Junto a los cuidadores, sedaron a *Jamila.* Se le puso anestesia general y se le practicó una cesárea para extraer a sus dos crías. Fueron dos machos sanos que pesaron dos kilos y medio y dos kilos y trescientos gramos, respectivamente. Shanna desde su sitio miraba alucinada cómo George y sus compañeros trabajaban, mientras Luis grababa. Cuando George se acercó a ella con uno de los pequeños gorilas y se lo dejó coger en brazos se sintió feliz, mientras éste la miraba encantado. Aquello desagradó terriblemente a Phil, que desde su sitio declinó la oferta de George para coger a la otra cría.

Aquella noche, al regresar al hotel, lo primero que hizo Shanna nada más cerrar la puerta de su habitación fue llamar a Marlon. Tras el comentario de Phill, algo rondaba en su interior. Maldijo el momento en que volvió a saltar el buzón de voz. Molesta por no poder hablar con él, se metió en la ducha y cuando salió vio que tenía varias llamadas perdidas. Tres de Aída, dos de Rocío y dos de Elsa. Eso la mosqueó aún más. ¿Qué había salido en el *New York Times*?

El teléfono sonó. Era Rocío. Pero no lo descolgó sino que, directamente, lo apagó. Primero, necesitaba saber por qué Marlon no contestaba al teléfono. Cuando se disponía a salir en busca del dichoso periódico, sonó el teléfono de recepción. Era George. Se había informado de dónde se alojaba y quería invitarla a cenar. Ella aceptó. Con rapidez, cambió los vaqueros por un vestido de tirantes azul y blanco y unas sandalias, aunque se llevó la cazadora vaquera por si refrescaba. Como una tromba, bajó por las escaleras del hotel y, al ver a George, que estaba guapísimo con aquellos vaqueros y su camisa negra, dijo antes de que él pudiera hablar:

—¡Necesito un favor muy urgente!

—Dime.

—Quiero ir a algún sitio donde pueda comprar la prensa.

Sin entender el porqué de aquello, George se encogió de hombros y, acompañándola hasta su coche, le abrió la puerta y dijo:

—Eso es fácil. Te llevaré a un sitio muy pintoresco de Seattle, Pike Pine Market. Es un lugar donde encontrarás cualquier cosa. —Ella asintió y se sentó en el coche. Necesitaba desvelar lo que había ocurrido.

George, al sentarse frente al volante de su coche y ver los nudillos de las manos de Shanna, blancos como el techo de su casa, la miró extrañado y preguntó:

—¿Ocurre algo?

Ella le miró y, tras resoplar con un gesto que la hizo sonreír, susurró:

—Sí, ocurre algo, pero todavía no sé el qué.

El trayecto en coche no fue muy largo, y a pesar de la conversación que George intentaba mantener con ella, Shanna estaba demasiado callada. Tras aparcar el coche, George la cogió del codo y la llevó hasta un impresionante local, donde se podía comprar prensa extranjera o local. Ya de lejos, Shanna vio la portada del *New York Times*. Como una autómata, cogió el periódico en sus manos y leyó el titular: «Sexo, drogas y mujeres para los jugadores olímpicos de waterpolo.» En la foto se veía a

Marlon, Denis y Jack con tres mujeres en posturas no muy decorosas.

—¡Será cabrón! —gritó con el periódico en las manos.

Todo el mundo la miró, y eso hizo que George se fijara con más atención en el titular.

—¿Conoces a esos tipos? —preguntó George.

—¡Es Marlon! —contestó Shanna señalando la foto del periódico.

—¿Y quién es Marlon? —preguntó George observándola.

Con los ojos como platos, Shanna le miró y, tratando de no decir palabrotas, repuso:

—Hasta hace dos minutos, la persona que salía conmigo.

—¿Cómo? —dijo George y fijándose en la foto preguntó—: ¿Tú salías con este tipo?

Incrédulo, la miró. El individuo de la foto llevaba el pelo platino y un pendiente en la oreja, y su gesto de mala leche indicaba la clase de persona que era.

—Tú lo has dicho —suspiró soltando el periódico—. Salía.

Ahora lo entendía todo. Las llamadas de sus amigas, el teléfono desconectado de Marlon, y la lengua viperina de Phil. Desconcertada, resopló y se llevó las manos a la cabeza intentando razonar antes de hablar.

—Ven aquí. —George la agarró y la sacó de la tienda—. Vamos a cenar algo.

Mientras caminaba por aquel mercadillo cogida de la mano protectora de George, pensó que realmente Marlon y ella nunca habían sido pareja. De los tres meses que llevaban juntos, entre los viajes de él y los de ella, apenas se habían visto uno. Pero le dolió pensar en la traición. Había creído que Marlon sentía algo por ella. Por lo menos, así se lo hacía saber. George, sin detenerse a pensar y enfadado por ver a Shanna en aquel estado, la llevó a un restaurante tranquilo, donde unos músicos amenizaban la velada. Cuando ambos se sentaron, miró a George y dijo:

—No sé si podré cenar...

George la miró y, al verla tan descolocada, deseó besarla. Sin embargo, aquél no era el mejor momento. Se acercó a ella y le pasó la mano por su suave pelo:

—Oh, sí —afirmó con seguridad—. Por supuesto que podrás. Toma la carta, olvida lo ocurrido y decide qué quieres cenar.

Al sentir su mano en su cabello, a Shanna se le erizó todo el vello del cuerpo. Mirándole por el rabillo del ojo pensó en lo atractivo que estaba con aquellas gafas sin montura. Luego observó sus labios tentadores y sintió el deseo de besarlos:

«¡Oh, Dios! Pero ¿en qué estoy pensando? Me parezco a Celine, no acabo con un tipo y ya estoy imaginando cómo será besar a otro», se regañó a sí misma. Pero con George no lo podía evitar. Siempre le había atraído y volvía a comprobar que incluso pasados los años seguía sintiendo la misma atracción por él. Al ver que el hombre la miraba como si intuyera lo que pensaba, soltó un resoplido y dijo:

—Todavía no me lo puedo creer. Y encima en mi casa. ¡Qué poca vergüenza!

—¿En tu casa? —repitió George, escandalizado.

—Las fotos que han salido son del patio de mi casa —repitió ella, que tras mirar la carta y mientras encendía el móvil dijo—: Me apetece tomar cordero. ¿Tendrán cordero?

George la miró sorprendido. Shanna seguía haciendo lo mismo que cuando era jovencita. Su punto fuerte siempre había sido no dejar al descubierto sus sentimientos.

—No lo sé —respondió George—. Pídelo y a ver qué dice el camarero.

Dos minutos después, tras preguntar si había cordero

y recibir una respuesta positiva, mientras George hablaba con el camarero sonó el móvil de Shanna. Como si le quemara el trasero ésta se levantó de la silla al ver en la pantalla el nombre de Marlon. Disculpándose, se alejó unos metros de George, pero dio igual. Sus continuos movimientos con las manos y sus gritos al maldecir hicieron que todo el restaurante estuviera pendiente de ella. Le decía que no quería volver a verlo y que, en su ausencia, sacara sus trastos de su casa, porque si cuando ella regresara estaban allí, los iba a tirar al contenedor. Diez minutos después, tras soltar por su boca todo tipo de maldiciones, volvió a la mesa en la que un paciente George la esperaba.

—¿Mejor? —preguntó él.

Ella dio un trago a su bebida y asintió. El móvil sonó de nuevo. Era Elsa. Esta vez, sin levantarse de su asiento, lo cogió y sorprendiendo de nuevo a George y a todo el restaurante vociferó:

—¿Has visto al malnacido de Marlon en el *New York Times*? Por Dios, te juro que le mataría, le sacaría los higadillos y se los metería de nuevo en la boca.

Elsa, al notar lo furiosa que estaba su amiga, intentó calmarla. Diez minutos después, George comía mientras Shanna continuaba hablando.

—Elsa, cariño, prometo telefonearte mañana. Por favor, llama a Aída y a Rocío. Me han dejado un mensaje y no he podido hablar con ellas. Diles que estoy bien, ¿vale?

—Por supuesto, no te preocupes —asintió Elsa—. Ahora mismo las llamo. Sólo queríamos saber cómo estabas.

—Tranquila, estoy bien —repitió—, y en buena compañía. —Mientras miraba a George, que comía, y para evitar la curiosidad de su amiga preguntó—: ¿Y tú qué tal con el hermano de Pocahontas?

—De película —respondió Elsa antes de colgar—. Y oye, que no cuela. ¡Sé que estás con alguien! Ya hablaremos en otra ocasión, con más tranquilidad.

Tras despedirse de Elsa, Shanna cerró el móvil. Pero en ese momento volvió a sonar. Era Marlon.

—Apaga ese trasto y cena —ordenó George, muy serio.

Ella lo apagó encantada.

17

Tras la cena en la que Shanna apenas pudo comer, pero sí beber, George la llevó al barrio más antiguo de Seattle, Pionner Square. Él vivía allí, cosa que hizo que Shanna se pusiera tensa. Pionner Square era un barrio lleno de cafés, tiendas de pintura, antigüedades y galerías de arte. Tras pasear mirando escaparates decidieron sentarse a tomar un café, aunque Shanna prefirió una cerveza. Acomodados a una mesa redonda, George le contó que su casera le había explicado que aquel lugar fue un barrio de mala muerte durante una época, lleno de burdeles y de gente de mala calaña. Ella, de forma inexplicable para él, sonrió al escucharle. Lo que George no sabía era que ella se sentía feliz porque estaba encantada de estar con él.

Mientras le escuchaba, Shanna pensó en lo diferente que era aquel hombre en comparación con los demás con los que había estado. Por su trabajo conocía a mucha gente del mundo de la farándula y por la relación que mantuvo con su ex, especialista en deporte, y amiga de muchos deportistas, también se relacionaba con gente a la que le gustaba la fiesta. Sin embargo, George era todo lo contrario. Le gustaba la paz y la tranquilidad, y sólo con mirarle cualquiera podía darse cuenta de que las frivolidades eran lo que menos llamaba su atención.

Una hora después y tras la insistencia de Shanna, se fueron a un local de un amigo de George donde se tomaron varias cervezas. Con todo su autocontrol activado,

George se contuvo en más de una ocasión para no besar a Shanna. Ella no se podía imaginar, o eso creía él, las sensaciones que una mujer de treinta y dos años como ella podía causar en un hombre. Le gustaba verla reír, pero más aún le gustaba que ella se acercara a él para decirle algo al oído. Sentirla tan cerca y oler su perfume le habían embriagado de tal forma que estuvo tentado un par de veces de partirles la cara a dos tipos que la miraron cuando ella fue al servicio.

Desde la barra la miró bailar con su amigo Peter, el dueño del local. Mientras unos desconcertantes y extraños celos le carcomían, tuvo que contenerse para no saltar sobre ella cuando ésta, divertida o más bien algo achispada, se puso a imitar a Uma Thurman en *Pulp Fiction*, bailando para él. La velada se fue calentando. Y Shanna, que no paró de beber cerveza, también. Aquella muchacha parecía tener un imán para atraer a los hombres, cosa que a George comenzó a molestarle. No podía hablar tranquilamente con ella sin que alguno de sus amigotes se le acercara. Al final, cuando George no pudo más, la tomó de la mano de forma posesiva y la sacó del local, dispuesto a llevarla a su hotel. Una vez fuera, la soltó y comenzó a andar hacia el aparcamiento.

—¿Por qué nos vamos?

Molesto por lo amable que era ella con los demás hombres, la miró y dijo:

—Es tarde. Mañana tengo cosas que hacer.

Shanna, tocándose la cabeza, pensó: «Vaya colocón que llevó con tanta cerveza.» Mientras le seguía hacia el coche, miró su trasero y volvió a pensar: «Ufff, George, me gustas tanto que si tú quisieras pasaríamos una noche maravillosa.» En ese momento, la miró. Parecía como si hubiera estado escuchando lo que pensaba. Ella, sonrojándose, miró hacia otro lado. Sin embargo, cuando él dejó de mirarla sonrió.

George parecía molesto y su cejo fruncido le gustó. No era un hombre guapo, era más bien del montón. Pero ese aire intelectual, su flequillo ladeado y su desgarbado y espigado cuerpo siempre la habían atraído. Cuando llegaron al coche, Shanna en vez de meterse dentro se apoyó en él. Al ver que él se paraba frente a ella, dijo sin pensar:

—¿Recuerdas la noche que nos despedimos en Toronto? —George, sin pestañear, asintió—. Durante años pensé en ti. En tu boca, en tu beso y, justo cuando creía haberte olvidado, apareces de nuevo en mi vida.

—¿Y? —preguntó George levantando una ceja.

Shanna se debatía en su interior. Quería decir algo, pero no se atrevía. «Hazlo. Díselo», apremiaba su lado salvaje. Aunque, al mismo tiempo, su propia conciencia le suplicaba: «No seas tonta. Cállate y márchate.» Sin embargo, sin poder remediarlo sus labios hablaron por ella.

—Quiero que me beses otra vez.

Al oírla, George sintió un latigazo de deseo pero, apartando la vista de ella, dijo:

—No creo que sea buena idea.

Shanna ladeó la cabeza para mirarle. Él le devolvió la mirada. La deseaba, lo sabía. Se lo decían sus ojos suaves y sus labios tentadores. Y con una sonrisa seductora que le hizo temblar, ella le susurró:

—Mentiroso. Me deseas tanto como yo a ti.

—No quiero besarte, Shanna —murmuró apartándose de ella. Sabía que, si seguía un segundo más a su lado, la cogería entre sus brazos y la devoraría.

Excitada y deseándole con todas sus fuerzas, Shanna no se movió. Continuó apoyada en el coche mientras le veía moverse de un lado para otro. «¿Qué haría Celine en un caso así?», pensó dispuesta a conseguir su propósito. El simple hecho de cavilar qué haría su amiga la hizo sonreír. En ese momento, George se paró, la miró y para su sorpresa, fue hacia ella y la besó. Le tomó los labios y, con una morbosa exigencia que hizo a Shanna temblar, devoró su boca con un beso abrasador, asolador. Ella, al sentir cómo la apretaba contra él, soltó un suave gemido de placer, que retumbó en los oídos de George. Sin importarle dónde estaban, él la cogió de las muñecas y con un movimiento la posó sobre el coche. Ella, al verse de aquella guisa, se excitó aún más. Como un lobo hambriento, George bajó su mano hasta el trasero de ella y subiéndole la falda la metió debajo mientras ella, con un gemido, le invitaba a continuar. Sin embargo, él, consciente de que aquella mujer era Shanna y de que estaban en un aparcamiento, susurró:

—Debemos parar. Estás bebida y mañana te arrepentirás.

Shanna le miró y, loca de deseo por él, murmuró:

—No me arrepentiré, George —imploró contra sus labios—. Soy mayorcita y sé lo que hago. Te deseo y necesito que continúes, porque si no lo haces te juro que te odiaré el resto de mis días.

Aquello fue demasiado para George, que tras un ronco gruñido, la cogió por la cintura, la llevó hasta el capó del coche y la sentó. Ella sonrió al notar su excitación y agarrando el cinturón de él lo desabrochó. Mientras él, a través de su ropa, mordisqueaba su pezón. Shanna se movió y se subió el vestido. Invitándole a continuar, abrió los muslos y lo tentó. Incapaz de rechazarla, George posó sus manos en sus piernas y cuando éstas subieron hasta tocar su ropa interior ella se estremeció. Al posar su mano entre sus piernas, George comprobó lo húmeda y caliente que estaba.

—No, no pares, George.

—No, Shanna, no pararé, cariño —susurró bajándose la cremallera de su pantalón.

Con un temblor de excitación en la barbilla, Shanna le

miró. Y al ver la dura erección de él en su mano, se abrió los labios de su sexo y deslizándose hacia el borde del coche se ofreció a él. George, abandonando todos sus principios, posó la punta de su pene justo donde ella quería y sujetándola por las caderas la atrajo hacia sí para, de un fuerte y certero empellón, penetrarla. Ella explotó de placer. Enloquecida, le besó y gimió su nombre mientras se abría para él. George, sin importarle nada excepto que era Shanna a quien estaba poseyendo, la tomó con un deseo hasta el momento desconocido. Disfrutó cada segundo de ella, hasta que al oírla jadear y sacudirse, supo que se dejaba ir. En ese momento, sudoroso y embrutecido, George la tumbó sobre el capó, le levantó las piernas y, sujetándola de las caderas, bombeó una y otra vez, hasta que un sonido gutural salió de él y, agotado, cayó sobre ella.

Pasados unos minutos en los que los latidos de ambos se regularizaron, George se incorporó y, tras subirse los pantalones, se encontró con la mirada turbadora de Shanna. Sin pensar absolutamente nada, la besó con ternura.

—Menudo numerito hemos montado —sonrió Shanna bajándose del capó del coche.

George no respondió. Se limitó a sonreír, sin poder creer que hubieran hecho algo así.

—Shanna, creo... Creo que no es buena idea que entre nosotros vuelva a ocurrir esto —susurró George mientras la miraba—. Eres una buena amiga, y te quiero demasiado como para perder tu amistad.

Ella asintió. George tenía razón. Aquello era una locura. Y con la mejor de sus sonrisas y la cabeza fría, le miró y en un tono indiferente que le dejó impactado, ella contestó:

—Lo sé, George. Pero creo que ha sido inevitable. Siempre me he sentido atraída por ti. —Y clavando sus ojos en él murmuró—: Pero tranquilo, lo que acabamos de hacer no ha significado nada. Sólo ha sido sexo, nada más.

George intentó decir algo pero las palabras morían en su garganta. Shanna, deseosa de salir de aquella extraña situación, le cogió del brazo y como si no hubiera pasado nada dijo para su sorpresa:

—Vayamos a tomar algo. Tengo una sed que me muero.

Las dos horas siguientes las pasaron sentados en un local. Shanna intentó con todas sus fuerzas no pensar en cómo él la miraba. Asustada por la intensidad de sus ojos, se inventó una estrafalaria vida repleta de amantes y fiestas, mientras él, que no se creía nada, la escuchaba con gesto serio. Ninguno de los dos volvió a mencionar lo ocurrido. Eso no volvería a pasar. Sobre las cinco de la madrugada regresaron al aparcamiento, aunque esta vez lo suficientemente alejados el uno del otro. Cuando se montaron en el coche, George la miró y, tras pensárselo y con su gesto serio, dijo:

—Te llevaré a tu hotel.

—No.

—¿No? —preguntó sorprendido.

Shanna no quería alejarse de él. Sabía por su mirada y por las mentiras que le había contado que él no querría volver a verla nunca más. Y aprovechando aquellos últimos instantes en su compañía, le miró y murmuró con gesto desconcertante:

—Mira, George, necesito ir con urgencia al servicio y mi hotel está demasiado lejos. Llévame a tu casa, por favor, o las cataratas del Niágara, en comparación con lo que puede salir de mí, no serán nada.

George tuvo que sonreír. Al ver su cara de circunstancias arrancó el coche y en menos de cinco minutos se plantaron frente a su casa. Ya en la puerta, era tal la urgencia de ella por ir al servicio que a él se le caían las llaves por las prisas. Una vez dentro, George le indicó con rapidez dónde estaba el aseo y Shanna corrió hasta él. Un par de segundos después, George oyó un fuerte suspiro de alivio y volvió a sonreír.

En el cuarto de baño, Shanna se miró al espejo y pensó: «¿Qué has hecho, insensata?» Pero tras darse de cabezazos contra el alicatado azul de la pared, asumió que ya no había marcha atrás. Tras arreglarse el cabello y suspirar, abrió la puerta del baño y, al entrar en el salón, encontró a George mirando por la ventana. En ese momento, él se volvió y la observó. Durante unos segundos se miraron a los ojos, y cuando George le tendió la mano, ella fue hacia él sin dudarlo ni un segundo. Se abrazaron y, de manera inevitable, se besaron. Segundos después, George la cogió en brazos y la llevó a su cama. Allí, en la intimidad de su casa y de su habitación, le hizo pausadamente el amor.

A las dos de la tarde Shanna se despertó en la cama de George, con un terrible dolor de cabeza. Le vio dormido, boca abajo, a su lado y sonrió. «¡Qué mono es!», pensó. Pero acto seguido suspiró al darse cuenta del gran error cometido. Tras maldecir en silencio se levantó con sigilo, cogió su móvil, lo encendió, se metió en el baño y llamó a su compañero Luis, que con toda seguridad la estaría buscando. Al oír su voz, éste se tranquilizó y quedó con ella en el aeropuerto de Seattle, Tacoma, a las cinco de la tarde. A las seis salía un vuelo directo a Toronto.

A las dos y diez Shanna pensó en llamar a alguna de sus amigas. Necesitaba hablar con alguien y desahogarse. Al final decidió darse una ducha para aclararse las ideas. No quería pensar en lo ocurrido, aunque le resultaba inevitable. Su piel aún olía a George, y al recordar cómo él la miraba mientras le hacía el amor gimió como una tonta. Cuando se duchó, volvió a ponerse la ropa del día anterior. Tras salir de la ducha se sorprendió al ver a George sentado en la cama, con el pelo revuelto y gesto serio y pesaroso. Eso la asustó. Con la luz del día, todo se veía de manera diferente, y acercándose a él dijo:

—Gracias por haber dejado que durmiera en tu cama.

Él, con gesto adusto, asintió y levantándose para separarse de ella, pues sus instintos le gritaban que la tomara y la tumbara en la cama, murmuró:

—Aquí estará para cuando la necesites.

Al ver las arrugas de su frente, Shanna entendió que no estaba contento con lo ocurrido. Acercándose de nuevo a él dijo:

—Sobre lo de ayer... yo...

Pero él no la dejó terminar. Había asumido que él era uno de tantos y, encarándose a ella con voz dura, aclaró:

—Como dijiste ayer, lo ocurrido no ha sido nada. Sólo sexo.

Shanna asintió y sintió la frialdad en sus palabras. Le hubiera gustado gritarle que no era cierto, que todo lo que le había contado eran mentiras. Sin embargo, fue incapaz de hacerlo y calló. Media hora después, sin apenas dirigirle la palabra, la llevó hasta su hotel. Allí ella recogió su equipaje y desde ese lugar se dirigieron al aeropuerto en silencio.

—Allí está Luis —dijo Shanna al ver a su compañero, que levantaba los brazos.

—Perfecto —asintió él.

Bajándose del coche, George abrió el maletero y sacó el equipaje de Shanna. Sin apenas mirarla a los ojos, dijo:

—Que tengas un buen viaje, Shanna. Me ha encantado volver a verte. —Y mirándola con aspereza, concluyó—: Espero que seas muy feliz con la vida que has elegido.

—Perfecto —pudo murmurar ella con la lengua pegada al paladar.

George, contrariado por sus sentimientos y sin decir nada, se montó en su coche y se marchó. Una hora después, en el avión, Shanna miraba por la ventanilla mientras hacía grandes esfuerzos por no llorar. Luis se dio cuenta de cómo estaba, pero pensó que era por la noticia del jugador de waterpolo que había salido en el *New York Times*. La abrazó y, cuando las lágrimas de ella mancharon su camisa, la consoló.

18

Una semana después...

—¿Cómo que no vendrás? —preguntó Shanna enfadada, mientras hablaba por teléfono con su amiga y visionaba junto a Luis lo grabado en el acuario.

—Es que tengo mucho trabajo —protestó Celine desde Bruselas—. Te juro Shanna que me sale por las orejas —intentó bromear.

—Por las orejas es por donde te cogerá Aída como no acudas a la comunión de las gemelas. Mira, Tempanito —amenazó Shanna—, compóntelas como quieras pero te quiero aquí. ¡Me has oído! Aída no está pasando por un buen momento con Mick y creo que nos va a necesitar ese día a su lado. ¡Se lo habíamos prometido!

«Elsa tiene razón, Shanna está demasiado irascible», pensó Celine. Sin embargo, dijo:

—De acuerdo, hija. No te pongas así. No sé cómo lo haré, pero iré. Reorganizaré mi agenda y aprovecharé la comunión para ir a visitar a un cliente en California.

Algo más tranquila, y feliz por haber convencido a Celine, Shanna dijo:

—Ésa es mi chica. Por cierto, ¿vendrás sola? —preguntó.

—Sí.

—¿No hay nadie importante en tu vida, Tempanito?

—bromeó Shanna, intentando no pensar en sus propios problemas.

Celine sonreía cada vez que una de sus amigas la llamaba Tempanito. Pero al oír aquella pregunta, se sintió culpable por no haberle contado lo que le había pasado.

—No, nadie importante. —Y tras suspirar señaló—: Mira, Shanna, no me apetece aguantar a ningún tío. Me acuesto con Joel y así me va bien.

—¿Es bueno en la cama? —preguntó Shanna.

—Superior —bromeó Celine—. Oye, cambiando de tema, ¿qué me dices de lo de Elsa y el hermano de Pocahontas? ¡Qué fuerte después de tantos años!

Aquello le volvió a recordar a George, pero tras apartarlo de su mente sonrió y dijo:

—A mí me encanta esa relación —dijo Shanna al recordar a su amiga—. ¿Te acuerdas en la boda de Aída, cuando nos enteramos de que las flores que le regaló Javier se llamaban nomeolvides?

Ambas rieron.

—Claro que me acuerdo. ¡Qué momentazo! —recordó Celine—. Por eso, cuando me llamó Aída y me lo contó, me quedé pillada.

—¿Pillada? Así es como está Elsa, ¡pilladísima! Pero no me extraña, cuando veas al indio lo entenderás.

—Mujer, no le llames así —añadió riendo.

—Lo digo con cariño, ya verás cómo la trata. —Y al ver en la pantalla de su ordenador imágenes del acuario de Seattle, dulcificó la voz—. La verdad es que encontrar a alguien que te trate de esa manera es para estar pillada.

Tras encenderse un cigarrillo, Celine dijo:

—Hablé con Rocío hace un par de días. Me comentó lo del regalo para las niñas.

—Yo les hubiera comprado otra cosa, pero bueno, a ella le pareció buena idea regalarles las dos bicicletas de Barbie con sus complementos.

—A mí también me parece bien —asintió Celine—. Siempre y cuando a las niñas les gusten.

—Si de algo estoy segura es de que les gustarán. Rocío siempre acierta con los regalos, y con ella las niñas se vuelven locas.

Celine sonrió al pensar en su amiga. Rocío era la que menos había cambiado de todas. Seguía siendo ella, la andaluza simpática de siempre.

—Rocío tiene una manera de ser que se gana a todo el mundo. Será toda una madraza.

Aquello hizo reír a Shanna que dijo:

—Pues no sé cuándo. Sigue esperando la llegada de su superhéroe. Ese que según ella debe de estar muy ocupado.

—Por cierto, ¿qué tal tu reportaje en Seattle? —preguntó Celine tras aspirar una calada.

—Inquietante —susurró Shanna al ver una imagen de ella junto a George.

—Explícame el significado de «inquietante» —dijo Celine levantándose para mirar a la calle a través de los cristales de su despacho.

Intentando que su voz no se derrumbara, Shanna tomó aire y prosiguió:

—En un mismo día vi al idiota de Phil —Celine se carcajeó—, me enteré de que Marlon había organizado una orgía en mi casa y me reencontré con George O'Neill.

—Rocío me llamó para contarme lo de Marlon. ¡Olvídate de ese imbécil! En cuanto a Phil, prefiero omitir lo que siempre he pensado de semejante ser. Por cierto, oye, George... ¿Quién es George?

«¡Mierda!», pensó Shanna. Tras tragarse el nudo de emociones que se hacía en su garganta, preguntó:

—¿Te acuerdas de cuando vivía en Toronto con mamá?

—Sí —asintió Celine.

—Recuerdas ese amor imposible que...

—¿Tu vecino? —recordó Celine—, ése al que siempre has adorado a pesar de que no te hacía caso. No me digas que le has vuelto a ver. ¡Qué fuerte, por Dios! Y dónde vive, ¿en Seattle?

—Sí, mi vecino —asintió Shanna cerrando el ordenador. La imagen de George y ella sonriendo en el acuario la ponía melancólica—. Él es el veterinario del zoo y el acuario de Seattle, y... —Pero al ver llegar a Brooke Garsen, su jefa, dijo—: Oye Celine, te dejo. Ha llegado mi jefa. Ya hablaremos. Besos.

Tras aquello, ambas cortaron la comunicación.

19

Una vez colgó el teléfono, Celine sonrió y mientras apagaba su cigarrillo pensó en el hecho de que Shanna hubiese vuelto a ver a George O'Neill. Una vez apagado, se volvió a apoyar en la cristalera de su precioso despacho y recordó a Bernard. Nunca se separó de su mujer. No se había dado cuenta de que la engañaba hasta que una tarde recibió un mensaje en su móvil que la puso sobre aviso. Descubrió entonces que su amado Bernard se veía con Claudia, una compañera de ella, y eso la destrozó.

El fin de su historia con Bernard fue traumático. Y cuando creía que lo comenzaba a superar, una noche recibió una llamada de la policía. Al parecer, Bernard y una mujer habían sufrido un accidente de tráfico y los dos habían muerto. La policía llamó al teléfono móvil que encontraron en los papeles del coche. Ella fue la primera en enterarse y, en estado de shock y con una inmensa sangre fría, llamó al suegro de Bernard para que se ocupara de todo. Durante dos días no derramó ni una lágrima. No quería llorar. Pero cuando abrió la puerta de su casa y aparecieron sus cuatro amigas ante ella, se derrumbó.

Los años pasaron y Celine se dedicó a trabajar y ascender en Bruselas. En aquel tiempo tuvo una corta historia con un tipo, pero aquello no acabó bien. Decidió no contar nada a sus amigas. Las conocía y sabía que no pararían de preguntar. En su empresa se la conocía como la fiera de la publicidad. Siempre acertaba en sus campañas. Era fría, calculadora y eficiente, y nunca, ni por el más mínimo asomo, escapaba nada de su control. Vestía Armani, Prada, Versace, y pronto empezó a ser conocida en sociedad como un icono de la moda. Su apariencia física era impactante. Su pelo negro, corto y engominado se puso de moda, y con su mirada azul y gélida dejó helado a más de uno.

Sus amigas hacía años que la habían bautizado como Tempanito. Y aunque con ellas era cariñosa, con el resto del mundo se mostraba introvertida e insensible.

El sonido de un bolígrafo al caer al suelo la despertó. Con rapidez, Celine lo cogió y miró su reloj. Las diez de la mañana. Tras calcular mentalmente, suspiró al pensar en lo tarde que era en Toronto. Shanna seguiría trabajando. Tras sentarse en su bonita silla blanca de diseño, miró su agenda. A las diez y cuarto tenía una reunión a la que no le apetecía acudir. Pero tras calzarse sus carísimos zapatos de Prada, se levantó y, una vez cogió su carpeta negra, marchó hacia la sala de reuniones.

Aquel encuentro la agotó. Sus jefes la obligaban a aceptar de nuevo la campaña Depinie. Se trataba de una adinerada firma de vinos europeos y californianos. Celine no quería aceptar aquel trabajo, pero el dueño, Marco Depinie, sentado frente a ella, dijo que sólo firmaría el contrato si era ella la encargada de organizar la campaña y crear los catálogos para la subasta californiana. Al final, cansada de verle la cara a aquel tipo y deseosa de que la reunión terminara, Celine claudicó y se marchó. A las seis de la tarde, cuando salió de su despacho, se encontró en el ascensor con Joel González, un joven ejecutivo con el que Celine se veía de vez en cuando.

—¿Un día complicado? —preguntó éste, pavoneándose como siempre.

—Más bien difícil —contestó aún enfadada. Quería desaparecer de allí lo antes posible. No le apetecía cruzarse con el señor Depinie.

El ascensor no llegaba y Joel, soltando el maletín, se miró en el espejo para colocarse la corbata. Una vez terminó, se volvió hacia ella y preguntó:

—¿Te apetece una copa?

Con el rabillo del ojo, Celine oyó pasos, pero se relajó al ver que eran dos secretarias, y en tono bajo señaló:

—Estoy cansada, Joel —se disculpó—. Otro día.

En ese momento, las secretarias, tras saludarles, se quedaron esperando el ascensor con ellos mientras charlaban. Joel, acercándose a ella, dijo atrayendo la atención de todas:

—Por cierto, Celine, necesito que veas algo que tengo en mi despacho. ¿Me acompañas?

Clavando sus fríos ojos sobre él, preguntó:

—¿No puedes esperar a mañana, Joel?

Las secretarias los miraron y Joel, en plan encantador, repuso:

—La verdad es que sí. Pero me harías un gran favor si lo vieras ahora.

Al mirarle a los ojos y sentir el calor que desprendían, con una pequeña sonrisa asintió.

—De acuerdo, vayamos —dijo Celine.

Con paso seguro, Celine comenzó a andar hacia el despacho de Joel, que la seguía mientras observaba la manera tan sexy de andar que tenía. Al torcer la esquina, Celine contuvo el aliento. Sus jefes, junto a Marco Depinie, pasaron a su lado. Depinie la saludó con una sonrisa falsa, la misma que ella le devolvió. Al llegar al despacho de Joel, que no se había percatado de la mirada que habían cruzado Celine y aquel hombre, éste dio un paso más largo que ella, cogió el pomo de la puerta y con galantería la abrió, para luego cerrarla tras él. Una vez solos, y tras dejar ella su maletín en el suelo, Celine se volvió hacia él.

—Joel, te agradecería que fueras rápido. Estoy cansada y quiero irme a casa.

Tras echar el pestillo del despacho y soltar el maletín, él respondió:

—De acuerdo, seré rápido.

Alargando su mano agarró la de ella y la atrajo hacia sí. La respiración de ambos se cortó durante unos segundos, hasta que ella sonrió.

—Joel, esto es justo lo que hoy NO necesito.

Pero él no la escuchó. La besó. Le mordió los labios y la arrinconó contra la pared.

—No estoy de acuerdo. Creo que esto es lo que necesitas para relajarte —rió mientras le desabrochaba los botones de la camisa. Ella se dejó.

Cuando quedó expuesta ante él en sujetador, le susurró:

—Quítatelo.

Sin pestañear, ella se lo quitó y Joel se lanzó a succionar y mordisquear sus pechos. En décimas de segundo consiguió que los pezones de Celine se pusieran tan duros como su propia erección. Con los ojos cerrados, Celine disfrutó de aquello, mientras imaginaba que era la boca caliente de otro y no la de Joel, la que le mordía y exigía. Sintió cómo le subía la falda y oyó su exclamación cuando se topó con unas ligas en lugar de medias y un tentador tanga de raso violeta.

—Me encanta ver que te has puesto el tanga que te regalé —susurró el hombre al mirarlo.

Ella asintió. Sin abrir los ojos, se dejó tumbar encima de la mesa del despacho y que él le abriera las piernas para jugar con ella a placer. Primero fue su boca la que la inspeccionó, la chupó y le mordisqueó el clítoris. Celine tuvo que morderse los labios para no chillar de placer. Después le introdujo un dedo, luego dos, tres y, cuando ella creyó que iba a explotar, le miró pero no le vio a él. Sus ojos veían a otro, hasta que Joel habló y su fantasía acabó.

—Joel, ¡para! —exigió ella. Él paró.

Con gesto extraño, Celine se incorporó de la mesa, cerró las piernas y se levantó. Aquel juego era algo que llevaban practicando desde hacía meses. Y lo que había sacado en claro era que lo necesitaba y le gustaba, aunque a veces los recuerdos la torturasen sin piedad. Joel la miró agacharse para recoger su camisa. Ambos sabían que su relación se basaba en el sexo, nada más. Pero él cada día sentía que quería más. Sus encuentros en cualquier lugar eran salvajes e inesperados. Todo formaba parte de su juego. Mientras Celine se vestía, sin decir nada, Joel se acercó a ella y, tras besarla en el pelo, murmuró:

—Sigo queriendo tomar algo contigo.

Ella le miró. Y con un sentimiento que se hallaba entre la culpa y la satisfacción, dijo:

—Y yo sigo queriendo irme a casa.

Joel no apartó su mirada. Celine había vuelto a meterse en su cascarón particular.

—Entonces, invítame allí —pidió esperanzado.

—Otro día.

—¡Celine! —exclamó el hombre para llamar su atención—. No sé qué te pasa con los hombres, pero todos no somos iguales. Quizá nos parezcamos, pero no somos iguales. —Y para hacerla sonreír, añadió—: Incluso un tío como yo está dispuesto a hacer por ti lo que sea.

Al oír aquello, le besó y, separándose de él, contestó mirándole con sus fríos ojos azules, algo nublados por los recuerdos:

—Te creo, Joel. Pero tengo claro que no quiero nada con personas de tu sexo.

—¿Vas a hacerte lesbiana, entonces? —bromeó haciéndola sonreír.

Abrochándose el último botón de su camisa, se carcajeó antes de decir:

—Quizá me lo tenga que plantear. Nunca se sabe.

Besándola de nuevo, él insistió.

—Sólo una copa y te prometo que luego me iré.

Sus miradas se encontraron y, tras tomar su maletín y quitar el pestillo de seguridad de la puerta para que saliera, ella dijo:

—De acuerdo. Sólo una y luego te vas.

Durante el viaje a la casa de Celine, cada uno condujo su coche. Celine llevaba un precioso BMW Z4 color rojo y Joel, un Audi TT biplaza negro. Cuando llegaron al Cosmopolitan y entraron en el espectacular apartamento de ella, tomaron una primera copa y luego una segunda mientras charlaban y Joel notaba cómo ella se iba relajando.

—Tengo dos entradas para el Théatre Royal de la Monnaie, el día 24. Representan *Madama Butterfly*.

Celine le miró y, tras exhalar el humo de su cigarro, preguntó:

—¿Es una invitación?

—En toda regla —asintió él, haciéndola sonreír. Tras besarla en el cuello y pasarle la mano por la mejilla prosiguió—: Mira, te propongo un fin de semana diferente. Mañana mi hermano expone sus pinturas en la galería San Humberto. ¿Te apetece venir conmigo a verlas?

—Tenía pensado ir a visitar el Centro Nacional del Cómic.

—¿El museo del Tebeo? —Ella asintió—. Estupendo. Mañana nos levantamos, vamos a la galería San Humberto, visitamos el museo, y más tarde te invito a comer en Fleur. —Celine sonrió—. Te aseguro que allí saborearás unos exquisitos *Fricadellex burxellisex*, o lo que es lo mismo, unos filetes a la plancha con endibias.

Al sentirse mejor, alejada del ambiente de la oficina, Celine suspiró. Joel era un tipo sexy y encantador. Además, pasar aquel fin semana acompañada le iría muy bien.

—Mmmmm —gimió ella—. Me estás convenciendo.

Joel sonrió al sentir que la coraza de ella volvía a desaparecer.

—¡Genial! —asintió él—. Y para que sea un sábado completo, por la noche te vienes conmigo a ver *Madama Butterfly*. Dime que sí.

Celine se levantó y, sentándose encima de él, le besó. Cuando pudo despegar sus labios de los de él dijo al notar cómo su cuerpo reaccionaba:

—De acuerdo. Me has convencido. Y ahora, terminemos lo que habíamos empezado en el despacho.

20

Aquella mañana Rocío caminaba tranquilamente por los pasillos de KLK, una empresa dedicada a crear programas informáticos de distribución mundial. En los últimos años, una compañía española se había convertido en el cliente que más programas le compraba, por lo que habían decidido contratar a varios profesores de español. De esta manera, sus ejecutivos no tendrían problema a la hora de viajar o resolver cualquier asunto con sus clientes españoles.

Una de las profesoras contratadas fue Rocío. Tras terminar sus estudios de arte dramático, y viendo que triunfar en aquel mundo era más que difícil, optó por comenzar a dar clases de español en Nueva York. Un día recibió la oferta de aquella empresa, que no rechazó. Era un trabajo que no le desagradaba, pero estaba harta de ejecutivos. Y tras sufrir varias decepciones con algunos de ellos, decidió no volver a mezclar trabajo y placer.

—Buenos días, profesora —saludó Oliver Bastek.

Oliver era un hombre de unos cuarenta y tantos años, bajito y nada atractivo, que se mostraba muy amable con Rocío.

—Buenos días, Oliver —respondió dedicándole una agradable sonrisa, algo que él agradeció. Las chicas guapas como Rocío no le solían prestar atención—. ¿Cómo te encuentras hoy?

—Cansado. Anoche estuvimos con la niña en urgencias hasta bien tarde —respondió él.

Rocío se quedó parada al recibir la noticia. Conocía a la familia de Oliver y les tenía aprecio.

—¿Qué le ha pasado a Julia?

—Cosas de bebés. —Y, riéndose, Oliver aclaró—: Tenía gases y la pobre lo estaba pasando fatal.

—¡Ay, mi niña! —sonrió Rocío con dulzura.

—Pero no te preocupes, ya está bien.

—Buenos días, señorita Fernández —saludó Arthur, otro ejecutivo que, sin mirarles, entró en el aula.

Rocío se acercó a Oliver y le hizo sonreír cuando le susurró:

—Este hombre debe de desayunar zumo de limón. Siempre tiene cara de asco.

Una vez dentro del aula, Oliver se sentó en su sitio y la clase comenzó. El nivel que tenían los alumnos de aquella clase era bastante alto. Rocío llevaba con aquel grupo cuatro años, y ya les conocía a todos. También conocía sus habituales miraditas lascivas.

Debido a eso, procuraba ir vestida de forma discreta, tapada casi hasta las orejas. Ya había vivido la fase en la que la gran mayoría de ellos había intentado llevársela a la cama. Y todavía sonreía cuando le preguntaban si era mexicana. Sin duda, su melena oscura, sus ojos negros y aquel aire latino que a ella tanto le gustaba hacía que lo pareciera. Cuando terminó la clase, Oliver esperó hasta que Rocío recogió sus papeles y salió con ella.

—Valeria me ha preguntado si querrías venir este fin de semana a casa. Su madre llega de Sicilia y vendrán algunos familiares, entre los que estará Vitorio —comentó con una sonrisa. Sabía que Vitorio y Rocío se llevaban muy bien, incluso habían ido juntos un par de veces al cine.

Rocío le escuchó y, con una sonrisa, asintió.

—¡Genial! Dile a Valeria que allí estaré.

Sin decir nada más, se marchó. Mientras, risueña, se puso a pensar en el primo de Valeria. Vitorio. Tanto Oliver como su mujer estaban empeñados en que entre ellos hubiera algo, pero lo que no sabían era que Vitorio era gay. Ella nunca lo reveló, pero lo sabía desde la primera noche que el joven la acompañó a casa, pues él se lo contó.

Una vez acabaron sus clases, Rocío se acercó hasta un centro comercial. Tenía que comprar leche, fruta fresca y flores. Antes de abandonar el lugar, entró en una tienda de bebés y compró algo para Julia, el precioso bebé de nueve meses de Oliver y Valeria.

A dos manzanas del centro comercial, en Manhattan, estaba su apartamento. No era excesivamente grande, pero tenía dos habitaciones y resultaba muy acogedor. Tras soltar las bolsas en la cocina, oyó el teléfono y tras descolgar, comprobó que era Aída.

—Hola, cariño, ¿cómo estás? —La voz cariñosa de su amiga la reconfortó.

—Pues acabo de llegar de comprar y pensaba darme un baño relajante.

Mientras oía a sus gemelas pelearse, Aída dijo:

—Eso necesito yo. ¡Un baño relajante!

Al oír los gritos de las niñas, Rocío la entendió y comentó:

—Vaya jaleo que tienes, parecen doscientas en vez de dos.

—¡Joder, Mick! —chilló Aída, molesta por los gritos—. Saca a las niñas al jardín, que estoy hablando con Rocío por teléfono. Desde luego, qué poquita colaboración, Dios mío. ¡Qué asco de hombres! Te juro, Rocío, que si alguna vez me separo de este... este individuo, nunca más volveré a convivir con otro tío. ¡Son todos iguales!

Consciente de los problemas que atravesaba su amiga con su marido, Rocío intentó calmarla.

—Oye, Pocahontas, tranquilízate —bromeó al notar la tensión en su voz.

—Estoy que me subo por las paredes —protestó Aída

tocándose el pelo—. Me canso de esperar, de creer que algo va a cambiar para que luego todo siga igual o peor.

Rocío se sentó en su sillón. Sabía que aquella conversación iba para rato. Cogió el mando de la tele y comenzó a cambiar de canal.

—Vamos a ver, *miarma.* ¿Qué ha pasado hoy?

—Hoy no ha pasado nada —protestó Aída con la voz rota.

—Vale. Pues, entonces dime, ¿qué te pasa?

—Pues me pasa..., me pasa lo que me tenía que pasar —gimió desesperada—. Que... que... que estoy embarazada otra vez.

Rocío apagó el televisor de un manotazo.

—¿Qué? —gritó sorprendida la andaluza—. Pero ¿cómo ha podido pasar eso?

Sin embargo, Aída ya era un mar de lágrimas y balbuceando susurró:

—Solamente lo hicimos una vez el mes pasado. Una sola noche en que me pilló con la moral baja y fíjate —dijo dejando de llorar—. ¡Soy más fértil que una coneja! —De nuevo, volvió a llorar—. Oh, Dios, ¿por qué me tiene que pasar esto?

Rocío intentó pensar con rapidez, pero era imposible, por lo que con todo el cariño que pudo le indicó:

—Tranquila, cielo. Venga, no llores más que se te van a secar la pupilas. —Y armándose de valor preguntó—: ¿Lo sabe Mick?

—Se lo dije anoche y el muy tonto está encantado —contestó hipando—. No lo entiendo. No sé qué quiere. Pero lo que sí tengo claro es que a mí no me ama y ya no aguanto más. Por fin he tomado una decisión.

—¿Qué vas a hacer? —susurró Rocío.

—Anoche Mick y yo estuvimos hablando hasta tarde. No queremos más hijos. Con las niñas y el bebé ya tenemos bastante, pero...

Aquel «pero» a Rocío le sonó mal. Como una flecha, preguntó:

—¿Has pensado abortar? —Era lo más lógico en su situación.

—Pasó por mi mente esa posibilidad. Pero —volvió a llorar—, cuando miré las caritas de Julia y Susan, me di cuenta de que no podía. No puedo.

Aquello era una locura, quiso gritar Rocío. Sin embargo, quiso ser juiciosa e intentó entender la situación de su amiga mientras la escuchaba.

—No puedo, no puedo —sollozó Aída—. Pienso que un bebé como mis niños está creciendo dentro de mí, y no puedo hacerlo. Y te juro, Rocío, que no lo entiendo. Yo estoy a favor del aborto, pero ahora que soy yo la que tengo que tomar la decisión, ni quiero ni puedo hacerlo.

—Lo que hagas estará bien —contestó tranquilizándola—. Si tú quieres a ese bebé, adelante. Pero piénsalo. ¿Lo saben las chicas?

—Elsa y Javier sí. A Shanna pensaba llamarla más tarde, y a la Tempanito le he dejado un mensaje en el contestador. —Y con un suspiro, añadió—: Ahora voy a llamar a casa para decírselo a mis padres.

«Ufff... que Dios te pille confesada, *miarma*», pensó Rocío.

—¿Les contarás también que quieres separarte de Mick?

—No. De momento sólo les diré lo del bebé.

—Tu madre se volverá loca de alegría —resopló al pensar en Cecilia—. Ya le gustaría a mi madre que yo la llamara para decirle algo semejante.

—No me extraña —sonrió limpiándose las lagrimas—. Aquí la única que se ocupa de repoblar el mundo soy yo. Vosotras no tenéis hijos y yo... —dijo volviendo a llorar— ya casi tengo cuatro.

Rocío intentó no sonreír. Sin embargo, la situación resultaba surrealista.

—Venga, Pocahontas, no llores, tonta. Ya verás qué bebé tan precioso vas a tener —bromeó Rocío.

—Eso no lo dudo, me salen muy guapos, ¿verdad?

—Guapísimos —asintió Rocío con cariño.

En ese momento se oyó el llanto de un bebé y Aída dijo con rapidez:

—Rocío, cariño, te dejo. El enano está llorando y no puedo soportarlo. Ya hablamos en otro momento. —Y colgó.

Aquella noche, mientras Rocío cenaba una tortilla de patatas, pensó en la tranquilidad de su apartamento en comparación con el ruido que había en casa de su amiga. Allí sólo vivían ella y *Lola*, una gata callejera que tan pronto aparecía como desaparecía. Sonó el teléfono. Era su madre, que la informó de que iba a ser tía. La noticia la alegró, pero cuando su madre comenzó con el interrogatorio acerca de su vida privada, Rocío la cortó y colgó. Tras hablar con ella más de una hora, llamó a Elsa para desahogarse. Pero su amiga no estaba. Dejó un mensaje en el contestador, se tumbó en la cama y se durmió.

El sábado por la tarde fue a casa de Oliver y su mujer. Allí pasó una agradable velada con la familia italiana de Valeria. Bailó con Vitorio, con Daniel, otro primo, y comió muchísima pasta. Le encantaba aquella familia. Era muy parecida a la suya. Bulliciosa, alegre y cariñosa. Sobre las doce de la noche, Vitorio la acompañó a casa y ella le invitó a subir. Entonces le contó que iba a ser tía y el joven sonrió al enterarse de lo mucho que su madre la agobiaba por no tener novio. Vitorio, con una gran sonrisa, le contó la cantidad de veces que la suya le había preparado citas a ciegas que siempre acababan fatal. Tras dos horas de distendida charla, Vitorio se marchó y ella, tras beberse un vaso de leche, se metió en la cama y se durmió, hasta que sonó el teléfono. Eran las diez de la mañana.

—¿Te he despertado? —preguntó Elsa.

—Pues sí. —Se estiró Rocío—. Pero no importa, ya es hora de levantarse.

—Te llamo para saber si tienes controlado lo de las bicis de las niñas.

«*Ozú, siquilla*, qué *pesaíta* eres», pensó ella pero respondió:

—¡Que sí! Mañana, de camino al trabajo, pararé en la juguetería y encargaré que se las manden para la comunión.

—¡Genial! —aplaudió Elsa—. Bueno, ¿y tú cómo estás?

—Ufff... *miarma*, estoy cansada. Ayer me quedé en casa de Oliver y Valeria de fiesta hasta tarde y tengo el cuerpo *cortao*.

—Oí tu mensaje en el contestador. ¿Qué ocurre?

Aquella pregunta la despertó y gritando dijo:

—¡Voy a ser tía! Por fin Miguel se ha decidido. —Y con voz pesarosa, añadió—: Imagínate mi madre.

—Ufff... Me lo imagino —suspiró Elsa.

—¡Virgencita! Se me abren las carnes cada vez que me acuerdo de la charla que me dio.

Sin poder evitar una carcajada, Elsa le contestó:

—No te preocupes, ya sabes que no eres la única. Mi madre y mi abuela me tienen frita con eso. Me imagino que Candela te dirá las mismas tonterías que me dicen a mí.

—¡Anda, ¿cómo lo sabes?! —exclamó divertida. Sabía que su madre y Barbara hablaban del asunto—. Me dijo que no entendía cómo ninguna de nosotras se había casado. Según ellas, somos monísimas pero trabajamos demasiado.

—Ah, sí —rió Elsa y continuó—: Te diría que los años son los años y que se nos pasará el arroz...

—Y que el ciclo biológico para tener hijos también caduca...

—¿Te dice eso? —rió Elsa.

—Eso y cosas peores. Incluso un día me preguntó si era lesbiana. —Rió al recordarlo—. Según ella, en Estados Unidos hay demasiado vicio y perversión.

—Tu madre es la pera —comentó Elsa—. La mía se ha acostumbrado a que sus tres hijos seamos un poco desastre. Nico y Marta llevan siete años casados y no les veo yo muy por la labor de tener hijos. Bea está en Londres y no creo que piense en niños, y yo no tengo intenciones ni de casarme.

—Tampoco hace falta estar casada para tener hijos —apostilló Rocío.

—Ya lo sé, mujer. Tan antigua no soy.

—Oye, ¿y con el hermano de Pocahontas qué?

—Bien.

Al notar un titubeo en su voz, Rocío volvió a preguntar:

—¿Sólo bien?

Elsa asintió.

—Sólo bien.

—Mira, guapa —respondió Rocío incorporándose de la cama—. Haz el favor de soltar lo que tienes dentro y no hagas que investigue. Estoy demasiado dormida para eso.

Deseando hacerlo, Elsa dijo de carrerilla:

—Javier me ha invitado a ir con él a Oklahoma.

—¿Y cuál es el problema?

—Quiere que vayamos al Pow Pow que anualmente celebran varias tribus norteamericanas.

Muerta de risa, Rocío preguntó:

—*Ozú, miarma*, qué cosa más rara. Pero ¿qué es un Pow Pow?

—Según me ha explicado Javier, es un festival de ceremonias que tiene lugar una vez al año. Se reúnen miembros de las tribus indias que se encuentran viviendo en otros lugares.

—¡Qué pasada! ¿Puedo ir yo?

—Pues no lo sé —dudó Elsa.

—Es una broma, mujer. Seguro que danzaréis alrededor del fuego y fumaréis la pipa de la paz.

—No digas tonterías —rió Elsa al oír aquello.

—Pues a mí me parece algo curioso y digno de ver. ¿Por qué no quieres ir?

Con desesperación Elsa se recogió el pelo con un pasador rojo y dijo:

—Estará su bisabuela y eso me pone nerviosa.

—¿La mítica Sanuye? —preguntó Rocío abriendo los ojos como platos.

—La misma, pero me da pánico conocerla. Y aunque Pocahontas y Javier me han dicho que es encantadora, para mí es una responsabilidad.

—¡*Ozú*, qué interesante! Cada vez me apetece más ir. Durante años había oído hablar de aquella mítica mujer india, de su sabiduría y de sus visiones. No entendía que Elsa, que tenía la oportunidad de conocerla, no quisiera hacerlo.

—Vamos a ver, *siquilla*. Déjate de tonterías. Si realmente te gusta Javier, debes ir, conocer a Sanuye y pasártelo bien. Por cierto, ¿qué te parece lo de Pocahontas?

—Me tiene muy preocupada —susurró Elsa—. Hablo todos los días con ella. Sé que lo está pasando mal y me da miedo que le dé un arrebato y haga una tontería.

—¿Qué te parece lo del bebé?

—¿Sinceramente?

—Sinceramente —asintió Rocío.

—Yo creo que en las circunstancias en las que se encuentra no es lo mejor. Sin embargo, es ella quien debe decidir.

—Más o menos eso le dije yo.

Tras un silencio entre las dos, Elsa preguntó:

—¿De verdad nos acompañarías al Pow Pow?

—Por supuesto. Cosas así no se ven todos los días.

—Se lo diré a Javier. Quizá si tú vienes me resulta más fácil a mí.

—¡Gallina! —se mofó Rocío. Ambas rieron—. Por cierto, el viernes es cuando tienes la boda hindú, ¿verdad?

—Sí, la boda de Lahita y Kamal. Fíjate que hasta hemos tenido que alquilar un caballo blanco.

—Vaya, ¡qué fuerte! Siempre pensé que sólo se utilizaban caballos en Andalucía. En especial para casarse en la capilla de mi virgen, la virgen del Rocío.

—Pues no, guapa, no. El caballo es parte de la tradición. El novio tiene que llegar montado a lomos de un caballo blanco, junto a un pequeño de la familia.

—¡Qué pasada! —susurró Rocío—. La verdad es que deberías escribir un libro contando las diferentes maneras de casarse que existen en el mundo.

—Creo que no sería capaz —bromeó Elsa, mientras veía cómo su perro la miraba. Quería salir a la calle—. Oye, te dejo. Parece que *Spidercan* necesita salir con urgencia. Te llamaré y te diré algo del Pow Pow.

—De acuerdo, un beso y no te agobies.

Tras cortar la comunicación, Rocío se tumbó de nuevo en la cama. Debía levantarse, pero estaba demasiado cansada. Además, no tenía nada que hacer, así que decidió dormir.

21

En Los Ángeles, Elsa, colgó el teléfono y cogió las llaves del apartamento, la correa de *Spidercan* y salió a la calle. Fue hasta un parque y sonrió al ver correr al can a sus anchas. Miró su móvil. Ninguna llamada perdida de Javier. Con una gran sonrisa en los labios se sentó en un banco del parque y pensó en él. Desde que había aparecido en su vida, todo le parecía más bonito y estaba más contenta.

Javier era encantador, además de que la cuidaba y la mimaba. Él quería hacerle la vida más fácil y nunca se quejaba por nada. «Demasiado bonito para que dure», pensó Elsa.

Tras aquel pensamiento fugaz, frunció el cejo y se regañó a sí misma. ¿Por qué se empeñaba en buscar fallos donde no los había? ¿Qué más podía pedir? Tras llamar a *Spidercan* con un silbido, le cogió con la correa y se fue para casa.

En ese momento, en el restaurante que había frente al hospital donde trabajaba Javier, éste hablaba con su ex. Parecía enfadado.

—Belén, fuiste tú quien decidió dejarme. Y ahora no quiero que me llames ni me persigas. Lo nuestro se acabó. Así lo decidiste.

Pero aquella mujer latina, bonita, castaña, de largas piernas y ojos de gata, se negaba a aceptar lo que él afirmaba.

—Cariño —dijo mientras se acercaba a él—, dame una última oportunidad.

Javier gritó con desesperación, atrayendo las miradas de la gente que allí había.

—¡Por Dios, escúchame! —exclamó separándose de ella—. No habrá más oportunidades. Lo nuestro se acabó. Olvídate de mí y déjame vivir en paz.

Dicho aquello, Javier pagó la cuenta y se marchó sin siquiera mirarla. Necesitaba respirar. Se sentía agobiado. Necesitaba contarle aquella intromisión de Belén a Elsa, aunque no sabía cómo. Belén, enfadada por aquel desplante, le contempló alejarse. No pensaba claudicar, por lo que su mente comenzó a planear su siguiente ataque. Horas después un Javier más tranquilo, ya en el hospital, decidió no comentar nada a Elsa. Belén era historia. Era algo archivado y olvidado.

El miércoles Tony y Elsa viajaron hasta Phoenix. Allí se celebraba la boda de Lahita y Kamal. Con su preciado cuaderno en las manos, Elsa dijo en el hotel mientras cenaba un sándwich de pollo:

—Veamos, a las cinco se reunirán todas las mujeres para celebrar el Sangeet en la casa de Lahita.

—¿El Sangeet es el momento en que las mujeres le cantan canciones a la novia para fastidiarla? —preguntó Tony divertido.

—Sí —sonrió ella—. Mientras yo estoy con Lahita, tú irás al Bratma del novio, y no pienso aceptar un no como respuesta.

Tony arrugó la nariz y asintió. El Bratma era una celebración con los familiares del novio en la que a éste se le manchaba con una pasta pegajosa. Luego todos bailaban alrededor de él hasta que el novio también lo hacía.

—Recuerda —añadió Elsa—, a las nueve y media tenemos reservadas en Scortes veinte mesas para cenar.

—Qué fastuosas son estas bodas a veces, ¿verdad?

Elsa asintió. Tras beber de su vaso de Coca-Cola añadió:

—Para los hindúes el matrimonio es una gran fiesta.

Por eso suelen ser bodas vistosas y ricas. La unión de dos personas representa la *samskara*, la confianza sagrada. Ellos creen en el absoluto poder del Dios Brahman y...

Con cara de guasa, Tony la interrumpió:

—Ufff... reina, ¡déjalo! Yo si me salgo de Buda o Dios no me entero. Me voy a dormir.

Al día siguiente, Tony y Elsa se levantaron muy temprano. Tenían que ocuparse de multitud de preparativos para la boda, que iba a durar dos días. Cuando Elsa llegó a casa de Lahita, lo primero que hizo fue preocuparse de que se encendieran todas las luces, incluso unos farolillos que había en la entrada. Aquello era una tradición e indicaba que se iba a celebrar una boda. Elsa y Tony se ocuparon de que tanto el Sangeet como el Bratma fueran un éxito. Luego, a las nueve y media de la noche, los novios celebrarían una fiesta occidental con unos amigos. Cuando concluyeron los preparativos, regresaron a su hotel y cayeron destrozados.

La mañana de la boda empezaron a trabajar muy temprano. A primera hora llegó Nirmal, la abuela de Lahita, con unas primas y le regalaron unos brazaletes de marfil para darle suerte en su matrimonio, además de alguna que otra joya. A las diez llegó Nika, que comenzó a preparar polvo de henna, té, aceites y jugo de limón. La henna la utilizaría para pintar las manos y los pies de la novia. Nirmal, la abuela, le explicó a Elsa que según la leyenda, cuanto más oscura se ponía aquella mezcla en las manos y pies, más te querría tu futuro esposo. Sin tiempo que perder, comenzaron a peinar el pelo castaño de Lahita y a pintarle el tan conocido lunar rojo entre los ojos, signo de que se casaba. El sari que Elsa consiguió para la novia dejó boquiabiertos a todos. Era de color rojo intenso con finos bordados, a juego con un velo igualmente rojo que le cubría la cara. Las mujeres comenzaron a enjoyar a la novia para que tuviera la imagen de la diosa de la abundancia. A las cuatro llegó el caballo blanco que habían buscado para la ocasión. Un feliz novio se montó junto a un sobrino, como mandaba la tradición. Luego le cubrieron la cabeza con una especie de gorro, para que no viera nada. A partir de ese momento, comenzó una peregrinación desde la casa de Kamal hasta la de Lahita.

Cuando empezó la ceremonia, la novia esperaba con los ojos mirando al suelo y no los levantó hasta que ambos estuvieron sentados. Una vez en el pequeño altar que Elsa había mandado construir en una enorme habitación, Lahita y Kamal se intercambiaron flores y se ataron unos amuletos en las manos. Baúl, un amigo del novio, encendió un pequeño fuego que ardería junto a los novios durante la ceremonia. Concluidas las canciones y oraciones, Elsa avisó a Brenda y Moushe, primas de la novia, para que unieran con un gran lazo a los novios. Tras aquello, Lahita y Kamal dieron siete vueltas alrededor del fuego ceremonial para simbolizar que juntos resolverían los problemas. Tras recitar unos textos sagrados, Kamal aplicó un polvo rojizo sobre el cabello de Lahita. Eso indicaba a todo el mundo que ya era su mujer. Al bajar del altar les cubrió una inmensa lluvia de arroz. La fiesta se celebró en unos salones cercanos y hubo diversión hasta bien entrada la noche. Elsa, mientras bailaba con Kamal, vio la felicidad en los ojos de la abuela de Lahita. Aquello le hizo pensar en Javier. En ese momento, decidió asistir al Pow Pow. Conocería a Sanuye.

22

«Por Dios, pero ¿qué estoy haciendo?», pensó Elsa, que todavía no podía creer que estuviera montada en ese avión con Javier, volando hacia el aeropuerto internacional de Tulsa. Junto a ellos una sonriente Aída viajaba con sus niños. Cuando llegaran a su destino debían esperar a Rocío, que volaba desde Nueva York. Mientras Elsa miraba por la ventanilla del avión, Javier la observaba tocándole con suavidad la mano. En ese momento, Elsa le miró y se quedó casi sin respiración al encontrarse con sus maravillosos ojos negros.

—¿Pasa algo? —preguntó con una sonrisa.

Javier suspiró y tras sonreír, la besó y le susurró al oído haciéndola vibrar:

—Sólo admiraba lo guapa que eres, cielo.

Elsa se puso roja como un tomate al oír aquello y ver que sus sobrinas no dejaban de mirarlos y cuchichear. Llevaba cuatro meses y medio con él, pero no se acostumbraba a la dulzura de aquel hombre. Él, al ver la cara de ella, dijo con una sonrisa:

—Ven aquí. —Y tomándola con delicadeza de la barbilla, le susurró—: Este viaje es muy especial para mí. Todo va a salir bien.

Elsa asintió e intentando sonreír respondió:

—¿Le dijiste a tu bisabuela que llevarías compañía?

—Por supuesto. Y como dijo ella, estará encantada de que su casa durante unos días se llene de luz, juventud y alegría —dijo él sonriente.

—Sanuye es muy especial para ti, ¿verdad?

Javier asintió y la besó. En ese momento se oyó a la azafata pedir que se abrocharan los cinturones. Iban a aterrizar. Las niñas, junto a Aída, al escuchar aquello, comenzaron a aplaudir. Con puntualidad llegaron a Tulsa.

Tras tomarse algo en la cafetería, sonrieron al ver llegar a Rocío corriendo hacia las niñas.

—¡Tía Rocío! —gritó Julia al verla correr hacia ellas.

—¡Tía Rocío! —chilló Susan yendo a su encuentro—. Mamá, mamá, la tía ya está aquí.

Cuando las niñas llegaron a la altura de Rocío, ésta se detuvo y antes de que se abalanzaran sobre su cuello gritó:

—Un momento, *siquillas*. ¿Seguro que vosotras sois mis sobrinas? —Las niñas asintieron encantadas—. Entonces, si sois mis sobrinas, ¿a qué esperáis para besarme locamente?

Y dicho aquello, las niñas se abalanzaron sobre ella, mientras ésta las besaba y les mordisqueaba el cuello con amor, al tiempo que Javier, Aída con el pequeño Mick y Elsa les miraban. Media hora después, tras repartir abrazos a diestro y siniestro, Javier fue con sus sobrinas a alquilar un monovolumen. Así podrían ir todos juntos. Rocío, tras guiñar el ojo a Aída, dijo:

—Te veo estupenda, Elsa.

—Será porque mi hermano la trata muy bien.

Elsa sonrió mientras sus amigas seguían cotilleando.

—*Ozú, siquilla*, una cosa es verle en foto y otra en persona. —Y con gesto pícaro susurró—: Elsa, *miarma*, ¡qué bien te lo tienes que estar pasando! Ufff... Virgencita... ¡Qué cuerpo tiene!

—Tenemos buenos genes, ¿acaso lo dudas?

—No, yo no dudo nada, Pocahontas. Con un hermano así, qué iba yo a dudar.

—¡Vaya dos arpías! —apostilló Elsa.

—*Miarma*, ¿no tendrás otro hermano para que me apañe el cuerpo, de arriba abajo? ¡Di que sí! ¡Di que sí!

Elsa y Aída rieron a carcajadas al escucharla, mientras Rocío continuaba:

—¡Virgencita! Qué pedazo de tiarrón. —Y mirándolas dijo—: Ya veréis la cara que pone Celine cuando venga para la comunión de las niñas. Sacará todas sus armas de mujer fatal, se encenderá un cigarro y... —Al ver las caras de sus amigas tosió y dijo—: Pero qué hago yo hablando de la loba de Celine. ¡Yo quiero un tío así para mí!

—Vale, te buscaré un novio —dijo Aída.

—Disculpa, chata —aclaró haciendo reír a Elsa—. Yo no quiero novio. Me conformo con que me apañe el cuerpo un apache durante el fin de semana.

Aída soltó un resoplido.

—¡Ni se te ocurra decir eso delante de Sanuye! —remachó.

—¿Por qué? ¿Los indios no se apañan el cuerpo?

Elsa, incapaz de seguir riendo de pie, se sentó. Rocío era graciosa como ella sola.

—No me refiero a eso —señaló Aída intentando no reírse.

—Pues o te explicas, Pocahontas, o no entiendo nada —dijo Rocío.

—No vuelvas a hablar de ¡apaches! Mi bisabuela era una hoppi. Aunque cuando se casó con mi bisabuelo Awi Ni'ta, pasó a ser una cherokee. No lo olvides. ¡No hables de apaches!

Sorprendida por aquello, Rocío asintió y preguntó:

—Pero vamos a ver, *siquilla*, ¿no son indios los cherokees y los apaches?

Elsa, que se había cultivado leyendo sobre tribus los últimos días, contestó:

—Indios son. Pero Sanuye, Pocahontas y Javier son de la tribu cherokee, y aquí cada tribu lleva su linaje y su historia con gran honor.

—Por cierto, chicas, ¡ni se os ocurra llamarme Pocahontas! —Sus amigas sonrieron—. Aquí mi nombre es Amitola y el de Javier, Amadahy. Y en lo que se refiere a los apaches, al padre de mi bisabuela le mató un apache. Por lo tanto, date un puntito en la boca, ¿vale?

—¡Virgencita! —exclamó Rocío impresionada.

Tras beber un poco de Coca-Cola, Rocío se fijó en que Aída estaba ojerosa y preguntó antes de que Javier regresara:

—¿Y con Mick qué pasa?

—Pues pasan muchas cosas —suspiró ella con gesto serio—, pero tranquilas, por mi parte está todo superado.

En ese momento, llegó un grupo de ejecutivos a la cafetería. Al ver a las tres mujeres solas, empezaron a piropearlas. Elsa y Rocío, para las que aquel acoso era usual, hicieron como si no oyeran nada, pero Aída, que acostumbrada a su papel de madre de familia no estaba habituada a eso, se puso contenta, lo que desató las risas de sus amigas. Aída necesitaba sentirse guapa y mujer.

23

El corto viaje hasta la casa de la bisabuela Sanuye en las afueras de Tulsa estuvo lleno de sorpresas. El pequeño Mick vomitó encima de los pantalones de Rocío, que a punto estuvo de hacer lo mismo al oler lo que a su sobrino le había salido por la boca. Tuvieron que parar para limpiarse todos, momento en el que pasó una gran manada de reses guiadas por vaqueros. Todos quedaron impresionados, en especial las niñas, que sólo habían visto animales en el zoológico. Javier abrazó a Elsa. Estaba feliz. Adoraba aquella tierra y nunca había faltado al Pow Pow anual de Tulsa. Sabía cuánto significaba para Sanuye su presencia. Para ella aquello era parte de su raza, de su historia y de su vida. Tiempo atrás acudía allí muchos fines de semana para despejarse de su trabajo en el hospital, del ruido de la ciudad y de los antiguos problemas con su ex, Belén. Javier había volado hasta Tulsa para estar con Sanuye, que con su voz y su tranquilidad le daba paz y sosiego.

Mientras Javier conducía les iba explicando que Oklahoma era una ciudad moderna y sin grandes atascos. Les habló del Penn Square Mall, el barrio más elegante y lujoso de la localidad, y Rocío, divertida, comentó que si Celine viviera en Oklahoma, sin duda alguna lo elegiría. Eso hizo reír a todo el mundo. Cuando llegaban a un conjunto de casas de madera, Javier tocó el claxon del minibús. Con rapidez, apareció una mujer que, levantando, la mano les saludó.

Cuando él detuvo el minibús, bajó de un salto y, tras cuatro zancadas, llegó hasta donde estaba la mujer. Ambos se abrazaron y se dijeron algo que nadie entendió. Aída, al igual que su hermano, corrió para abrazar a la anciana, que mesándole el cabello y agarrándole la cara lloró emocionada. Llevaban unos seis años sin verse. La última vez que Aída acudió a un Pow Pow, las gemelas tenían dos años y ahora tenían ocho. Julia y Susan, sus pequeñas, no se separaron de la bisabuela en cuanto ésta les sonrió.

—Abuela, te presento a Elsa y Rocío —dijo Javier señalándolas.

La mujer clavó su mirada en ellas y sonrió.

—Encantada —susurró Elsa a la mujer de rostro ajado.

Rocío, ilusionada por estar allí, le dio dos besos con rapidez y dijo:

—Muchísimas gracias por invitarnos. Tiene usted una casa preciosa.

—Sois bien recibidas en mi hogar. Los amigos de mi familia son mis amigos —respondió Sanuye con una encantadora sonrisa. Al ver cómo su nieto miraba a Elsa, se fijó en ella y comprendió que aquella muchacha era la responsable de robarle horas de sueño a Javier.

Entraron en la casa de madera, donde había cuatro habitaciones. Aída y los niños ocuparon una, Rocío y Elsa otra, Javier una tercera y Sanuye la suya.

—¡Qué pasada, Elsa! —comentó Rocío mientras sacaba algunas ropas de la maleta para colgarlas en el pequeño armario—. ¡Hemos conocido a Sanuye! ¿Has visto su cara? Es una india como las que hemos visto toda la vida en las películas de John Wayne. ¿Y su pelo? —continuó excitada—. ¡Qué trenzas tan largas!

—¡Cierra el pico! —la reprendió Elsa nerviosa—. Te va a oír.

Un par de horas después, varios vecinos de Sanuye se acercaron hasta la casa para dar la bienvenida a los familiares de su vecina. A partir de aquel momento, Aída pasó a ser Amitola, y Javier, Amadahy.

Amadahy era muy conocido en aquella pequeña comunidad. Nunca había faltado a los Pow Pow y solía participar con sus amigos. Uno de ellos era Chimalis, un profesor de sociología que vivía en Tulsa, que al verle le abrazó. Llevaban unos meses sin verse.

—Gracias por asistir al Pow Pow —susurró Sanuye a Elsa.

—Gracias a usted por invitarnos —respondió ella mirándola con afecto.

—Amadahy —dijo Sanuye mirando a su nieto, que reía con unos hombres— es un chico muy querido en estas tierras, al igual que Chimalis, Abeytu o Sush. A todos les gusta participar en los Pow Pow. Para ellos y para los más ancianos de la tribu representa el pasado de su cultura.

—Javier —murmuró Elsa, pero luego corrigió—, Amadahy me ha contado muchas cosas sobre las tradiciones y la vida de las tribus, y tengo que reconocer que cuando habla de ello se le iluminan los ojos.

La anciana sonrió y volvió a mirar con orgullo a su guapo nieto.

—Amadahy es uno de los nuestros. Sólo hay que mirarle para darse cuenta de que el tiempo ha pasado, muchas lunas y muchos soles han nacido y muerto en estos años, pero el espíritu de mi marido Awi Ni'ta está vivo en él. —Elsa sonrió al escucharla y vio cómo la anciana miraba a Aída—. Mi nieta es una estupenda mujer india. Sus genes le hicieron formar pronto una gran familia, pero su madre, la joven Cecilia, nunca le permitió pasar noches de luna aquí conmigo. Siempre temió que los indios —rió al decir esta palabra— le hiciéramos algo.

—No disculpo a Cecilia —comentó Elsa mirándola—. Pero tiene usted que comprender que las costumbres que se viven en España nada tienen que ver con las que ustedes tienen aquí.

—Aquí hubiera aprendido cosas que vuestra civilización nunca le hubiera podido enseñar. Mira a Amadahy —dijo señalándole con el dedo, mientras éste hablaba muy serio con Chimalis—. Él ha sabido asimilar ambas civilizaciones. Estoy orgullosa de él y cuando le miro veo en él a mi padre y a mi amado marido. Su sangre es india y sus ojos de águila son de cherokee. Sus manos para cuidar a los enfermos son las de un magnífico chamán.

—Abuela Sanuye, ¿dónde están los caballos? —gritaron las pequeñas Susan y Julia. Con una maravillosa sonrisa en los labios, aquella pequeña mujer las cogió de las manos y se las llevó.

Elsa siguió con la mirada a aquella extraña mujer. No entendía qué había querido decir. ¿Acaso le había insinuado que no estaba feliz porque su bisnieto cruzara su sangre con otra extranjera, otra española, como antes lo había hecho su nieto con Cecilia?

Al atardecer comenzaron a oírse toques de tambor. Sobre las seis de la tarde aparecieron los abuelos de Aída y Javier, Patrick y Aiyana, junto a unos amigos. Sanuye, al ver a su hija Aiyana, la abrazó mientras Javier llevaba las maletas hasta la casa que había junto a la de su bisabuela. La casa de Patrick y Aiyana.

Al anochecer, todos se vistieron para acercarse hasta el Pow Pow. Las niñas, encantadas de ser el centro de atención de tanta gente, sonreían divertidas por vestirse con aquellos atuendos indios, aunque sus trenzas rubias delataban su mestizaje. La familia unida asistió a las danzas infantiles, a los cantos que unos ancianos alzaban al son de toques de tambor. Era una canción triste en la que recordaban a los espíritus perdidos en muchas de aquellas absurdas luchas por sus derechos. Sanuye les explicó que el tambor había sido un medio de comunicación entre tribus. Dependiendo de sus toques y de la duración de los mismos, el mensaje variaba.

Durante aquel grato paseo, los abuelos Aiyana y Patrick se fueron a charlar con unos amigos. Chimalis y su mujer, que paseaban con sus hijas de dos y cuatro años, comenzaron a jugar con las niñas de Aída. Tras presentar a Shauna, la mujer de Chimalis, las mujeres comenzaron a hablar. Javier, un poco apartado del grupo, habló durante un rato con Chimalis. Estaba serio cuando lo hacía, pensó Elsa, pero al reunirse de nuevo con ellas, la sonrisa volvió a su cara. Más tarde se sentaron en una gran pradera donde se podía observar todo lo que ocurría alrededor. Sanuye saludaba a amigos que sólo veía una vez al año. Aída, junto al bebé que dormía en su cochecito, hablaba con unas antiguas amigas, mientras Rocío bailaba con las gemelas pasándolo estupendamente.

—¿Ves a aquel hombre? —le susurró Javier al oído—. Representa al hombre de piedra. Según una leyenda, para los cherokees existía un hombre con el cuerpo recubierto de piedra. Se comentaba que aquel mágico ser podía cambiar su imagen a voluntad y que viajaba por las aldeas vestido de anciana.

—¿Qué está representando aquel grupo? —preguntó Elsa tras escucharle.

—La ceremonia de la bebida negra.

Al ver la cara de sorpresa de aquélla al oír su respuesta, prosiguió:

—Es un ritual de purificación que solían llevar a cabo tribus como los cherokees, los choctaw, etcétera, con una bebida que se hacía con una especie de acebo. Aunque Sush me comentó una vez —dijo riendo— que si consumías grandes cantidades de ese líquido podías tener alucinaciones y vómitos.

Al mirarle y verle tan guapo allí, sentado con ella, Elsa preguntó:

—¿Sush es otro de tus amigos?

Él, con un cariñoso movimiento, le besó el cuello haciéndola reír.

—Sí. Luego, cuando acaben las danzas, te los presentaré. Ahora están participando.

Ésta asintió y, acercándose más a él, preguntó al ver a dos hombres en un altar muy quieros y serios:

—Aquellos dos hombres de allí, ¿qué hacen?

Javier miró y sin apartarse de ella respondió:

—Son los jefes de la paz y la guerra. —Al ver que ella le miraba sorprendida, explicó—: Había cinco tribus civilizadas, los cherokees, los chockaw, los creek, los seminolas y los chicasaw, y antes de que me preguntes, no, no eran de los que arrancaban cabelleras.

Con un gesto divertido que le hizo reír a él, preguntó:

—¿Y por qué no llevan plumas?

Javier no pudo contener la risa.

Acercándo de nuevo su boca al cuello de Elsa, le susurró haciendo que se le pusiera la piel de gallina:

—Porque no todos los indios han llevado plumas ni han vivido en tipis. Las películas que habéis visto son las que os han metido todos esos tópicos en la cabeza. Aunque algo bueno tuvieron esos tópicos para los vendedores ambulantes. Como recuerdo turístico, los plumajes y los tipis son lo que más se vende.

Agotada por la marcha que las gemelas tenían, Rocío se sentó junto a ellos en ese momento y preguntó:

—¿Qué es un tipi?

—Los tipis son las típicas tiendas de indios que solías ver en las películas. ¿Ves aquellas de allí? —Rocío asintió—. Están realizadas con tres palos largos de madera, recubiertos por varias piezas de piel de búfalo. Solían medir unos cuatro metros de alto por cuatro de diámetro. Los que se hacen hoy en día suelen ser de varillas metálicas y lona, nada que ver con los de antes.

Rocío, mirando lo que Javier le señalaba, dijo:

—¡Qué grandes! En las películas parecían más pequeños.

—En las películas todo o casi todo es mentira —rió Elsa al oír a su amiga.

—Dentro de un tipi podían caber hasta quince personas —señaló Javier—. Y por supuesto, para entrar existían normas.

—¿Normas? —preguntó Elsa con curiosidad.

Javier asintió y prosiguió:

—La primera, y muy importante, había que ser invitado. Una vez dentro tenías que esperar a que el dueño te indicara dónde te debías sentar. Las mujeres se situaban en la parte izquierda y los hombres en la derecha. El fondo del tipi siempre estaba reservado para el dueño y el invitado de honor. Es el lugar más caliente de la tienda.

Rocío, pendiente de las palabras de Javier, preguntó con una sonrisa en los labios:

—¿Por qué en todas las pelis de indios siempre fumaban la famosa «pipa de la paz» en círculo?

Él volvió a sonreír y contestó:

—La pipa de la paz es una parte importante de la vida de los indios. Todo el que fuera a fumar debía estar sentado sobre la tierra y en círculo. Incluso para fumar de la pipa existen normas.

—Por Dios, esto tiene más normas que hacer un gazpacho andaluz —rió Rocío arrancando las sonrisas de todos.

—Por norma, dentro de un tipi, el anfitrión es quien enciende la pipa. Tras fumar, se pasa de mano en mano hacia la izquierda, hasta que llega a la puerta y vuelve. Normalmente, en las películas siempre se fumaba la pipa en ceremonias o tratados entre tribus. Pero lo más curioso de todo es que cuando el anfitrión comienza a limpiar la pipa, todo el mundo debe irse a casa.

—*Ozú* —rió Rocío—. ¡Qué manera de largar al personal!

—¿Qué se echa dentro de la pipa? —preguntó Elsa divertida.

—Aparte de tabaco bendito, corteza roja de sauce, gayuba e incluso varios tipos de hierbas.

De nuevo, Rocío se carcajeó y haciéndoles reír soltó:

—Vaya, vaya con tus antepasados. ¡Menudos cuelgues que se debían de pillar con tanta hierba! Oye, estoy pensando en comprar una pipa para mi padre. ¿De qué estaban hechas? —preguntó.

—Las verdaderas son de piedra roja o negra. Para que tire, el cañón suele ser de fresno, y se decoran con cintas que representan los cuatro puntos cardinales. Piensa que fumar en pipa era todo un ritual. El humo que desprendía estaba cargado de espiritualidad. Recuérdame que cuando lleguemos a casa de Sanuye te enseñe la pipa y el tomahawk que guarda de nuestros antepasados.

—¿Tomahawk? —preguntaron Rocío y Elsa mirándole.

—Así se denomina al hacha que utilizaban. —Y haciéndolas reír añadió—: La famosa hacha de guerra.

—¿Con la que cortaban las cabelleras? —río Rocío.

Javier ante aquella pregunta, aclaró con rapidez:

—Los cherokees eran un pueblo muy civilizado y nunca hicieron esa barbaridad de arrancar cabelleras como reflejan las películas del Oeste. Quizá otras tribus lo hicieran, pero te puedo asegurar que los cherokees no.

En ese momento aparecieron Sush, Chimalis y más amigos de Javier. Le obligaron a ir con ellos hasta una gran hoguera, alrededor de la cual había muchos hombres danzando.

—¡Míralos cómo hacen el indio! —bromeó Rocío. Elsa se carcajeó al oírla—. ¿Te imaginas a Celine aquí?

—No, imposible —rió Elsa—. ¿Sabes a quién le encantaría todo esto? A nuestra Shanna. Creo que de aquí obtendría un buen reportaje.

—Propónselo otro año —comentó Rocío—. Por cierto, qué pequeño es el mundo. Mira que encontrarse con su antiguo vecino en Seattle.

—Sí, eso me contó —asintió Elsa sin apartar su mirada de Javier—. En esta vida nunca se sabe con quién te volverás a encontrar.

Ambas permanecieron calladas cinco minutos, hasta que Rocío dijo:

—Fíjate, en España se bailan sevillanas y aquí danzan alrededor del fuego. ¡Qué cosas, maja! ¿Te imaginas a mi madre aquí?

—Mujer, es su cultura. Danzar alrededor del fuego es para ellos algo sagrado que les puede ayudar a conectar con el Gran Espíritu. —Luego, sonriendo, añadió—: Y no, no me puedo imaginar a Candela aquí.

—Estarás encantada con todo lo que estás aprendiendo —sonrió su amiga—. Con lo que te gusta a ti todo este tipo de cosas.

Elsa sonrió. Era cierto que le encantaba aprender sobre diferentes culturas, y aquélla en particular tenía que reconocer que le estaba apasionando. En ese momento, las niñas llegaron corriendo y, tras coger a Rocío de la mano, se la llevaron de nuevo a bailar.

—Veo que sabes bastante sobre nuestras costumbres —dijo Sanuye sentándose al lado de Elsa.

Sorprendida por la mujer, Elsa la miró y sonrió.

—Lo poco que sé me lo ha enseñado Javier, perdón, Amadahy.

La anciana, tras acariciar con cariño su melena, asintió y dijo:

—Té está enseñando muy bien.

Años atrás, su nieto había acudido al Pow Pow con aquella insufrible mujer, Belén. Nunca se había ocupado de enseñarle nada, sobre todo porque ella tampoco tenía ninguna intención de aprender.

—¿Puedo hacerle una pregunta? —dijo Elsa mirándola a los ojos. Sanuye asintió—. Antes, cuando me habló de la madre de Amadahy, ¿quiso decirme que no aprueba nuestra relación?

La anciana cogiendo a Elsa de las manos, cosa que no pasó desapercibida a Javier, que las miraba desde una prudente lejanía, le susurró:

—Si has entendido eso es que me he explicado muy mal, hija. Yo sólo quería que entendieras que me gustaría que mi cultura perdurara a través de mi Amadahy. No estoy en contra de vuestro amor. Cuando hay amor entre dos personas nada ni nadie puede opinar. Solamente quería decirte que me gustaría que respetaras algunas costumbres y tradiciones, y que me dolería que sintieras vergüenza al conocerlas.

—Pero si yo estoy encantada con todo lo que estoy viendo y viviendo aquí —comentó Elsa sonriendo cariñosamente a Sanuye.

Javier continuaba observándolas. Le gustaba verlas hablar, algo que Belén, su ex, nunca había intentado hacer con su abuela. Al escucharla y ver la alegría en su mirada, la anciana sonrió y añadió:

—Lo intuyo, hija. Sin embargo, sufrí mucho cuando vi cómo mi nieto, el padre de Amadahy, Chilaili, se despegaba de nuestras costumbres. No pude hacer nada porque lo hizo por amor hacia su mujer, la joven Cecilia.

Elsa, al recordar a Anthony, el padre de Javier, dijo con una bonita sonrisa:

—Yo creo que Chilaili sigue adorando muchas de sus costumbres.

La anciana asintió y con gesto triste preguntó:

—Entonces, ¿por qué no viene nunca a un Pow Pow? ¿Acaso los años le han hecho avergonzarse de sus orígenes?

—No, Sanuye —dijo Elsa intentando entender a aquella mujer—. No es eso. Creo que la distancia le ha hecho olvidar su cultura, pero nunca avergonzarse.

—¿Qué ocurre aquí? —preguntó Aída que en ese momento se sentaba bebiendo una Coca-Cola que ofreció a Elsa y que ésta aceptó.

—Estamos hablando de vuestras costumbres —comentó Elsa con rapidez.

—¡Abuela! —rió Aída mirándo a aquella mujer—. Tengo que reconocer que todo esto me encanta. Te prometo venir más a menudo a verte. —La mujer aplaudió—. Les acabo de contar a los abuelos lo de Mick y me han dicho que puedo contar con ellos. Creo que a los niños les vendrá estupendamente el contacto con la naturaleza, y a mí aún mejor el estar contigo durante un tiempo. Así que, cuando las niñas terminen el colegio, prepárate porque aquí me tendrás con todos los enanos.

—¡Amitola! —susurró la anciana encantada con aquellas noticias—. Te quiero, hija mía. Me honra oír esas palabras de tu boca.

En ese momento, las miradas de Sanuye y Elsa se encontraron. La felicidad corría con fuerza por las venas de la anciana. Era una felicidad que había tardado en llegar pero que, finalmente, había encontrado el camino y por fin estaba llenando la casa. Aquella noche, cuando regresaron, Aída, sentándose en los escalones de entrada con su hermano y sus amigas, comentó lo que pensaba hacer con su vida. En primer lugar, iba a ser valiente y se iba a separar; y en segundo lugar, iba a vivir. Tras escuchar a Aída, Elsa y Javier se fueron a dar un paseo. Necesitaban algún momento de soledad para poder besarse y tener un poco de intimidad.

Javier llevó a Elsa hasta un pequeño río cercano a la casa. La animó a darse un baño con él. Al principio, ésta se negó. Le daba vergüenza que alguien pudiera verles.

Sin embargo, el deseo pudo al final con ella y, además de meterse en el agua y jugar junto a él, hicieron el amor con dulzura y pasión en la orilla. Los besos de Javier la volvían loca. La pasión que desataba en ella era increíble. Su mirada la hacía vibrar como nunca nadie lo había hecho. Ésa era la razón por la que nunca podía decirle que no a nada, y menos aquella noche, con aquella luna y en aquel lugar.

Volvieron de madrugada, cuando pensaban que nadie les vería ni oiría. Pero se equivocaron. Unos ojos sabios y envejecidos por el tiempo les observaban y sonreían al ver la felicidad de aquella pareja. Era una felicidad tan verdadera y tan maravillosa como la que en su momento Sanuye y Awi Ni'ta disfrutaron en aquellas tierras y en aquel río, con aquella luna y bajo aquellas mismas estrellas, que aquella noche lucían de forma maravillosa para su nieto y su amor.

24

A la mañana siguiente, Sanuye y Rocío se levantaron muy pronto.

—¿Sabes, muchachita, que levantarse cuando el día despierta te bendice para toda la jornada?—comentó Sanuye observando los colores azulados y rojos del cielo.

—Más que por bendición, es una costumbre. No suelo dormir mucho —respondió Rocío—. ¡Qué bonito amanecer! Nunca había visto nada igual.

—Los amaneceres aquí en Oklahoma son maravillosos. ¿Ves aquellas nubes enrojecidas encima de las montañas? —preguntó la anciana—. Mi madre me contaba de pequeña que aquellas nubecillas eran los ancestros de la familia, que acudían para contemplar junto a nosotros el amanecer y así nos bendecían.

—Qué cosas más curiosas me cuentas, Sanuye —susurró Rocío con cariño.

La mujer, divertida por cómo hablaba aquella muchacha, preguntó tras admirar su corto cabello oscuro y sus profundos ojos negros.

—¿En serio que no tienes ningún familiar indio?

Rocío sonrió mientras gesticulaba.

—Ya sé que soy muy morena pero eso se lo debo a la familia de mi padre —comentó entre risas—. En España no todos son rubios como la madre de Javier, Cecilia. Los españoles solemos ser de piel morena, y más en una familia como la mía en que todos somos andaluces.

—¿Los andaluces son una tribu?

—Más o menos —respondió Rocío con una sonrisa.

—¿Es bonita España?

—Maravillosa. —Suspiró la muchacha al acordarse de su familia, de los olores de su casa los sábados, cuando su madre hacía la comida—. España es un lugar estupendo para vivir. No descarto que algún día regrese allí. Aquí en Estados Unidos no me ata nada ni nadie.

—Toma esto —dijo Sanuye dándole un café solo en un pequeño vaso.

—Vaya, lo siento. Yo lo prefiero con leche —dijo mirándola.

La mujer la miró a los ojos.

—Da tres tragos. Es para intentar aclarar tu futuro —dijo.

Aquello le pareció divertido, por lo que Rocío decidió hacerle caso. Dio tres sorbos.

—*Ozú*... No me diga que sabe usted leer los posos del café como mi tía Eulalia —preguntó ésta devolviéndoselo.

La mujer asintió, y tomando la taza dijo:

—Veo que tienes una familia muy numerosa, pero te falta afecto en tu corazón.

—*Ozú*... Lleva usted toda la razón —bromeó Rocío—. Aunque, sinceramente, vivo muy bien y muy tranquila en mi situación. La que se preocupa es mi madre. ¡Oh, Dios, mi madre! Yo, en cambio, estoy muy tranquila. No busco nada y si alguna vez aparece mi superhéroe, pues me encontrará.

—Veo algo caliente —dijo la anciana cerrando los ojos, y abriéndolos para clavarlos en ella, indicó—: Un amor. Un amor valiente. Un amor que aparecerá con el fuego y que te hará muy dichosa.

—¡Perfecto! —siguió la broma Rocío—. Eso quiere decir que quizá esta noche puede que encuentre al hombre de mis sueños en alguna de las hogueras. Vaya... ¡Qué bien!

Sanuye sonrió al escuchar a aquella alocada muchacha. Al ver que se reía se levantó y continuó preparando el desayuno. Poco a poco todos fueron haciendo lo mismo. Rocío les contó lo que la anciana le había relatado: que veía un amor valiente, un amor que aparecería con el fuego. A todas les pareció muy divertido.

Por la tarde comenzaron de nuevo las danzas. Asistieron ensimismadas a una tradicional llamada la «danza de la gamuza», en la que las mujeres, con sus tradicionales vestidos de flecos confeccionados en gamuza, bailaban lentamente al compás de la música. Luego vieron a otro grupo representar la «danza de los hombres», que vestidos para la ocasión con pieles o plumas recreaban la estampa de una cacería. Aunque la más espectacular de todas fue la «danza de la fantasía de los hombres». En ella se percibía la fiereza de sus movimientos, que parecían salvajes. Sin embargo, lo más espectacular de todo fue cómo acabó aquella envolvente pieza, en la que todo era calor. Terminó con un último golpe de tambor que provocó que todos los participantes se quedaran quietos como estatuas.

—Ufff... ¡Por Dios! Me estoy dando cuenta de que me gustan los hombres con el pelo largo y no corto y engominado, como los ejecutivos que estoy acostumbrada a tratar —señaló Rocío tras mirar a varios.

Elsa sonrió y miró el bonito pelo de Javier, que le llegaba por los hombros.

—Hoy en día el llevar el pelo largo es para nosotros un símbolo de orgullo indio —comentó Javier mientras la miraba.

—¿En serio? Pues yo siempre había pensado que era algo *hippie*, incluso moderno —comentó Rocío.

Javier, tras ver como Elsa le miraba, la besó en los labios con rapidez y añadió:

—Puede que lo sea para mucha gente, pero para mí y para los integrantes de la comunidad el significado es el orgullo indio.

—Muy indio me estás saliendo tú, ¿ehhh? —bromeó Elsa besándole en los labios, mientras le pasaba la mano por el cabello haciéndole sonreír.

—Hola, Javier —dijo la voz de una mujer a sus espaldas.

Rocío y Elsa se volvieron para mirar a aquella enigmática morena, que ataviada con ropa india, estaba tras ellos.

—¿Qué haces tú aquí? —preguntó Javier, incrédulo. ¿Qué hacía Belén, su ex, allí?

—He venido al Pow Pow —dijo ella acercándosele para darle un beso que Javier no agradeció—. Creo que ésta es una fiesta abierta a todo el mundo.

—Por supuesto —asintió él con una mirada dura.

Tras observar durante un segundo a Elsa, y pedirle con la mirada que no se moviera, cogió del brazo a Belén y se la llevó aparte.

—¿Quién será esa víbora? —preguntó Rocío.

Elsa no lo sabía. Sólo se movió cuando su amiga la tomó del brazo. Al poco se detuvo al ver que aquella mujer intentaba abrazar a Javier. Sin embargo éste se deshizo con brusquedad de su abrazo.

—Es su ex, Belén. Y la verdad, no sé qué hace aquí —dijo Aída acercándose a ellas junto a su bisabuela. Habían dejado a los niños en la guardería del Pow Pow.

—Lo único que nos traerá esa terrible mujer serán problemas —dijo la anciana, y cogiendo a Elsa y a Rocío del brazo dijo—: Vayamos a ver los quioscos. Allí podremos encontrar algo de comida.

Elsa no se quería mover, pero ninguna le permitió seguir observando a Javier mientras discutía con aquella atractiva mujer. Sin protestar, se dirigió hacia los remolques que ofrecían todo tipo de recuerdos y comida. Rocío compró unas cuentas de colores y una pipa de la paz para su padre. Mientras, Elsa seguía observando con disimulo a Javier, que en ese momento estaba solo, apoyado sobre un árbol y muy pensativo. Elsa, escapando del control de las mujeres, fue hasta él.

—¿Estás bien? —le preguntó.

Al verla, intentó sonreír. Sabía que Elsa necesitaba una explicación.

—Sí, cariño —dijo mirándola a los ojos—. Era Belén. No sé por qué tiene que aparecer ahora por aquí. Odiaba venir al Pow Pow. Por lo visto, ha roto con el tío con el que estaba y, de pronto, se ha dado cuenta de lo mucho que me quiere —dijo escupiendo las palabras mientras con sus ojos escudriñaba a su ex, que había ido allí con un grupo de amigos.

Elsa quiso salir corriendo al escuchar aquello, pero, respirando primero, preguntó al ver cómo él no le quitaba ojo a la atractiva morena vestida de india.

—¿Qué piensas hacer?

—¿Cómo? —preguntó él, desconcertado—. ¿Por qué dices eso?

Clavando sus ojos verdes en él, apostilló:

—Quizá porque te noto indeciso.

Javier dejó que el enfado se reflejara en su cara.

—¡No digas tonterías, por favor, Elsa! —gruñó.

—No estoy diciendo tonterías. Te miro y veo que no sabes qué hacer. ¿Sientes algo por ella todavía?

—Elsa, por favor. No me agobies tú también —dijo levantando la voz más de la cuenta.

No podía creerse lo que acababa de oír.

—¡A mí no me chilles! —gritó ella con los ojos encendidos en llamas, sin darse cuenta de que sus amigas y Sanuye, que les observaban, parecían no creerse lo que veían.

Javier la miró y maldijo el desconcierto que veía crecer

por momentos en los ojos de Elsa. Intentó cogerla del brazo pero ella se deshizo de él con rapidez.

—Discúlpame si te he gritado, cariño. —Dando un paso hacia ella, le susurró—: Perdóname, por favor.

Elsa y Javier se miraron unos segundos y, sin necesidad de decir nada más, se abrazaron y besaron. Belén, no muy lejos de allí, les observaba con odio.

25

Aquella noche, tras asistir a la fiesta general, se sentaron a hablar todos juntos alrededor del gran fuego que se mantenía vivo durante aquellos tres días. Ante aquel fuego, Sanuye les relató a Rocío, Elsa y su nieta Amitola cómo había conocido al gran amor de su vida, Awi Ni'ta. Un apache mató a su padre cuando ella tenía siete años y, con lágrimas en los ojos y en su corazón, contó cómo su madre, Arateva, «Pájaro Hermoso», intentó salir adelante con la ayuda de algunas personas de la tribu. Pero aquel año hubo unas fiebres que acabaron con la vida de gran parte de su pueblo, incluida su madre. Sanuye se quedó sola. Durante años estuvo con los hopi, su tribu, hasta que un día apareció un guerrero indio llamado Awi Ni'ta, que traía junto a él a Ankti, «Danza Repetida», al que había salvado de entre las garras de un oso negro. Ankti era el hijo del jefe de la tribu hopi y nombró a Awi Ni'ta nuevo hijo de la tribu.

Una tarde en la que Sanuye lavaba en las orillas del río, Awi Ni'ta fue hasta él para darse un baño. Sin darse cuenta de que la joven estaba allí, se desnudó y se metió dentro del agua. Al oír el chapoteo, Sanuye se asustó pensando que podía ser un lobo o algo peor, un oso negro. Pero lo que no esperaba era ver en todo su esplendor a aquel guerrero del que se enamoró desde el primer momento en que le vio. Awi Ni'ta se encontró con los ojos verdes de aquella india, al salir del agua y, a partir de aquel momento, no se separó de ella. Cuando decidió regresar con su pueblo cherokee, pidió permiso al gran jefe hopi para desposar a Sanuye, cosa que éste le concedió. Sanuye y Awi Ni'ta se amaban locamente y, tras la boda, ambos se encaminaron hacia Oklahoma, donde estaba el resto de la familia de Awi Ni'ta. Ésta recibió a Sanuye con gran cariño, respeto y devoción.

Pasaron juntos muchas lunas y, en una de ellas, fueron bendecidos con el nacimiento de Aiyana. Durante años intentaron tener más hijos pero, tras dos abortos, la bendición de ser padres no volvió a llamar a su puerta. Aiyana fue la niña de sus ojos. Era una preciosa mezcla entre hopi y cherokee, de ojos negros, igualitos a los de su padre, y melena negra y abundante, idéntica a la de su madre. Durante años, Aiyana creció feliz, pero en la adolescencia se enamoró del hijo del médico de la ciudad de Oklahoma.

Patrick, cuyo padre pasaba consulta por las muchas reservas que había por aquella zona, se enamoró de Aiyana y, tras varios años de noviazgo, pidió la mano de su hija a Awi Ni'ta y Sanuye. Al ver el amor que existía entre aquellos jóvenes, los padres aceptaron. Tras algunos años de matrimonio, Patrick y su hija les dieron la grata noticia de que iban a ser abuelos. Chilaili, «Pájaro de Nieve», nació una noche de frío invierno y fue bautizado como Anthony Chilaili. Él era el padre de Aída y Javier.

Los años pasaron y una noche de verano Awi Ni'ta murió a los sesenta y cinco años mientras dormía tranquilamente en su cama. Por aquel entonces, Aiyana y Patrick ayudaron en todo lo que pudieron a Sanuye, pero quien más la ayudó fue su pequeño nieto, que había heredado los ojos y el carácter impetuoso de su abuelo. Durante el relato de Sanuye, todos estuvieron pendientes de cómo aquella anciana les contaba su historia, y repararon en la manera en que aún le brillaban los ojos cuando hablaba de su amado Awi Ni'ta.

A las dos de la madrugada, los mayores como Sanuye y los más pequeños se marcharon a dormir. En aquella enorme pradera, quedaron sólo los más jóvenes. Las hogueras ardían, la gente bailaba, y los indios más puros invocaban en sus danzas a la lluvia, al viento o a los búfalos. Multitud de parejas desaparecían en el bosque cercano. Según se decía, el Pow Pow, además de ser una fiesta ritual de las comunidades indias, era una reunión de cortejo en la que cada año se formaban muchas parejas.

Mientras todos bromeaban alrededor de la gran fogata, llegaron hasta ellos Chimalis y su mujer embarazada. Aída y Shauna se pusieron a hablar de sus respectivos embarazos. Poco después, se les unieron otros amigos de Javier: Abedabun, «Visión del Día», de la familia de los cheyennes, A tsa', «Águila Dorada», un navajo, otros que eran pies negros, delaware, sioux, miwok, etcétera, además de otras amistades que durante años habían ido conociendo en los Pow Pow.

De pronto, Javier vio pasar a Belén con su grupo. No se le escapó cómo su amigo Chimalis, al verla, escapaba del grupo, con todo el disimulo del mundo, y, tras llegar hasta Belén, la tomaba por la cintura para escabullirse entre los árboles poco después. No sólo él se había dado cuenta de aquello. Elsa y Rocío también. En cambio, Shauna y Aída no, porque estaban enfrascadas en su conversación. La cara de Javier al contemplar la escena se fue transformando y Elsa se dio cuenta. Y también se percató de que él no podía dejar de mirar hacia el lugar donde momentos antes Belén y Chimalis habían desaparecido.

—¿Ocurre algo? —preguntó Elsa como si tal cosa.

—Nada, cariño —dijo el hombre levantándose. No podía soportar más aquella situación—. Necesito ir un momento al servicio que está detrás del árbol —dijo bromeando mientras andaba hacia los árboles.

Cuando desapareció entre la vegetación, Elsa se levantó y Rocío, cogiéndola del brazo, preguntó:

—¿Dónde se supone que vas?

—En seguida vuelvo —respondió Elsa intentando zafarse de su mano.

—Voy contigo —afirmó Rocío levantándose.

—No —dijo Elsa, muy seria.

—Pues entonces, *siquilla*, tú no vas. ¿O acaso crees que no sé por qué quieres ir allí —dijo mirándola a los ojos.

—¿Pasa algo? —preguntó Aída, que dejó de hablar con Shauna para mirarlas.

Elsa y Rocío se miraron y, antes de que Elsa pudiera decir nada, Rocío comentó:

—Vamos a hacer un pis. —Eso provocó la risa en las otras dos.

Juntas comenzaron a andar hacia los árboles. Elsa sentía que el corazón se le iba a salir por la boca. ¿Qué estaba haciendo?

—Sinceramente, Elsa, no sé qué narices hacemos aquí —la regañó Rocío.

—Yo no te he dicho que vinieras. Tú te has empeñado.

El ruido de la fiesta se alejaba poco a poco según se internaban en el bosque. Se encontraron por el camino a parejas, haciendo el amor sin el menor recato. De pronto, oyeron unas voces. Una era la de Javier. Corrieron hacia el lugar de donde provenía, y le vieron discutir con Chimalis, que se estaba subiendo los pantalones, mientras Belén se arreglaba el vestido. Elsa y Rocío miraban la escena semiescondidas tras unos grandes árboles.

—Creo que estamos haciendo muy mal, Elsa —protestó Rocío.

—Me da igual —susurró ésta casi sin aliento—. Quiero saber qué pasa.

Tras una discusión entre Chimalis y Javier, el primero se fue y desapareció entre los árboles. Javier se quedó entonces a solas con Belén. Elsa intentó escuchar, pero no podía oír lo que decían. Mientras tanto, Javier, mirando con asco a Belén, le decía:

—¿Cómo puedes haber caído tan bajo? Deja en paz a Chimalis. ¿Acaso quieres también hacer pedazos su vida y su corazón? —gritó Javier—. Es feliz con su mujer. Aléjate de él y de esta comunidad.

—Intento llamar tu atención, mi amor —respondió Belén arreglándose la ropa—. Estoy desesperada. Te llamo y no me coges el teléfono. Quiero pedirte perdón por todo. Escúchame.

—Yo no tengo que perdonarte. Fue tu decisión —dijo con dureza Javier tras escuchar lo que ésta argumentaba—. La última vez que nos vimos creo que te dejé muy claro que no quería saber nada más de ti. Te he pedido las últimas veces que nos hemos visto que me dejes en paz, que se acabó. ¿Cómo te lo tengo que decir?

—Dame una última oportunidad —pidió la mujer acercándose a él con una mirada provocativa—. Sé que me echas de menos. —Y acercando su boca a la de él, cosa que alertó a Elsa y a Rocío que no podían oír nada pero sí ver lo que sucedía, prosiguió—: No creo que nadie te haga el amor como yo.

Javier se apartó de su lado. Le daba asco que aquella mujer a la que había querido y amado se comportara de una manera tan sucia con él y con Chimalis.

—¡Déjame en paz y olvídame! —gritó él—. Sólo te lo voy a decir una vez más: olvídate de mí, de mis amigos y de mi familia.

Pero Belén no se dio por vencida y, acercándose a él cómo una gata en celo, posó sus ardientes labios sobre los del hombre, al tiempo que le abrazaba con fuerza. En ese momento, Elsa dejó de mirar. El corazón se le salía del pecho. Comenzó a correr seguida por Rocío, que, al llamarla, alertó a Javier. Éste empujó a Belén para quitársela de encima. Al mirar hacia su derecha, vio a Elsa, seguida por Rocío. Entonces, volviéndose hacia Belén, dijo:

—No quiero volver a verte en mi vida. ¡Me has entendido! —gritó, y tras decir aquello, salió corriendo como un rayo, dejando a Belén allí sola llorando. La mujer sabía que había perdido a Javier por su culpa y que no le volvería a recuperar.

—¡Por favor, espera, Elsa! —gritaba Rocío—. ¿Quieres parar? ¡No puedo correr con estos tacones!

Pero Elsa seguía huyendo a través de aquel bosque. Llevaba los ojos anegados en lágrimas. No sabía hacia dónde corría. Sólo veía, una y otra vez, cómo aquella mujer besaba a Javier y éste no hacía nada por apartarse.

—¡No puedo más, *siquilla*! —gimió Rocío, agotada, mientras gritaba—: Que sepas que me he parado.

En ese momento, oyó cómo alguien venía tras ellas. Era Javier. Rocío, mirándole, le gritó con rabia:

—¡Así te partas una pierna, pedazo de sinvergüenza!

Pero Javier no se detuvo y siguió corriendo tras Elsa. Cuando la alcanzó, la cogió por el brazo y ambos perdieron el equilibrio y cayeron rodando por el suelo. Javier se levantó rápidamente y fue hasta donde ella permanecía tumbada.

—Elsa, cariño, ¿te has hecho daño?

Al verle frente a ella, le miró con odio y le dijo:

—No me vuelvas a tocar en tu vida —gritó señalándole con el dedo de manera agresiva.

—Espera un momento —empezó a decir él en el instante en que llegaba Rocío, que se mantuvo al margen de aquella conversación—. Creo que el culpable he sido yo por no explicarte lo que pasaba. Ella quería volver y...

—Ahora no me interesa saberlo. ¿Por qué no me habías dicho que te has estado viendo con ella? —le dijo dándole un manotazo en el momento en que intentaba ayudarla—. ¡He dicho que no me toques!

—Te lo explicaré. Dame un segundo y te lo explicaré todo —susurró tomando aire. Estaba agotado por la carrera.

—¡Tómate la vida entera! —gritó Elsa comenzando a andar hacia la hoguera donde la gente continuaba bailando.

Al verla tan enfada, Javier fue tras ella. Necesitaba hablarle.

—¿Quieres hacer el favor de dejarme?

—No.

—¡Por Dios, Elsa, ¿quieres parar?! —gritó Javier perdiendo los nervios.

Volviéndose hacia él, con el gesto serio le gritó:

—Te dije esta tarde que a mí no me gritaras nunca.

Desesperado, resopló. Aquella noche mágica parecía que no iba a tener buen fin.

—Pues escúchame, Elsa, por favor.

—No. No quiero escucharte —dijo ella con lágrimas en los ojos—. Dijimos que nos lo contaríamos todo y tú no has cumplido el trato.

Consciente de que ella tenía razón, Javier maldijo el hecho y ella comenzó a andar de nuevo. Se alejaba de él. No quería escucharle.

—¡Elsa! —gritó él. Sin embargo ella no se detuvo.

Rocío, al ver la desesperación de aquel hombre, intentó no ser negativa. Seguro que aquello tenía una explicación y acercándose a él dijo:

—Javier, creo que es mejor que, de momento, la dejes respirar.

—Pero no puedo dejarla marchar así.

Ella le entendía, pero conocía a su amiga.

—Deja que se tranquilice. Sé que ahora no entrará en razón.

Mirándola fijamente a los ojos, preguntó:

—¿Me escuchará más tarde?

—No lo sé, Javier —comentó ésta mirándole—. Sinceramente, no lo sé.

Lo que había empezado como una gran fiesta llena de música, alegría, luz y color, se había convertido en una pesadilla para Elsa. Al llegar a la casa de Sanuye, le negó la entrada a su habitación. Javier, afligido, no durmió en toda la noche. Pero a la mañana siguiente fue aún peor. Elsa no quiso hablarle, cosa que no pasó desapercibida a Sanuye, que sin comentar nada les despidió desde la puerta de su casa esperando que pronto la alegría, la juventud y el amor volvieran a visitarla. Mientras el coche se alejaba, Sanuye miró a las nubes y pidió a su marido Awi Ni'ta y a sus antepasados que hicieran todo lo posible para que los problemas de su nieta Amitola se solucionaran y los corazones de su nieto Amadahy y su compañera Elsa se volvieran a encontrar.

26

El viaje de regreso a Los Ángeles fue un desastre. En el aeropuerto, Aída y Rocío intentaron hacer razonar a Elsa, pero fue imposible. Cuando ella no quería escuchar, se volvía intratable. Tras despedirse de Rocío, que volaba a Nueva York, Elsa esperó la salida de su vuelo junto a las gemelas, sin mirar a Javier que, ceñudo, no le quitaba el ojo de encima. En el avión, Elsa no quiso sentarse con él. Éste aceptó, pues no quería montar un numerito. Pero al llegar a Los Ángeles, tras coger su maleta, Elsa se marchó y, aunque Javier la pilló a tiempo antes de que se subiera a un taxi, ella se negó a compartirlo con él. Finalmente, vio cómo el vehículo donde iba la mujer de su vida se alejaba sin poder hacer nada para remediarlo. Con tristeza, Aída le abrazó por la cintura y, junto a los niños, ambos se montaron en otro taxi que los llevaría hasta la casa de Javier.

Muchas fueron las llamadas que Javier hizo a Elsa al cabo del día. Sin embargo, ella o no le cogía el teléfono o lo apagaba. Aída, desolada, intentó hablar con su amiga, pero Elsa no le daba opción: en cuanto mencionaba a Javier, colgaba el teléfono. Rocío, Celine y Shanna hablaban con ella todos los días, pero Elsa se mantenía hermética. No había manera de hacer que razonara.

Pasaron dos meses. Elsa, igual que hizo años antes cuando sufrió el desengaño de Peter, se centró en su trabajo. Javier no pudo hacer nada por cambiar la situación.

Tony, su compañero, la conocía bien, por lo que procuró preguntar poco. Simplemente se mantuvo a su lado.

—Tengo los billetes de avión para mañana. Salimos a las nueve para Honolulu —dijo Tony enseñándole los pasajes—. Llévate un par de bañadores. Quizá tengamos algún momento para darnos un bañito.

—De acuerdo —sonrió Elsa—. ¿Quedamos a las ocho en el aeropuerto?

Tony asintió. Elsa, tras despedirse de él, se marchó. Aquella noche, al pasar por su casa y recoger a *Spidercan*, se fue a la de su tía Samantha. Ella cuidaría del perro los días que estuviera en Honolulu.

—Haz el favor de llamar a la abuela —la reprendió Samantha—. Me dijo que estaba preocupada por si no comías.

Elsa suspiró, mientras su tía le cambiaba el pañal a la pequeña Estela.

—¿Siempre ha sido tan obsesiva por la comida? —preguntó.

—Sí, cariño. Siempre ha sido tremendamente pesada con ese asunto —respondió ésta dándole a la niña—. Oye, sobrina, estás muy guapa con un bebé en brazos.

—Esta niña tan linda le quedaría bien en brazos a cualquiera —murmuró con cariño besando a la pequeña.

Samantha, que sabía por Tony que su sobrina no pasaba por un buen momento, preguntó:

—Elsa, ¿estás bien?

Mirándola comprendió que su compañero se había ido de la lengua.

—No te preocupes. Si superé lo de Peter, y fueron dos años, superaré lo de Javier, que sólo ha durado cinco meses.

—Sabes que me tienes para lo que quieras, ¿verdad, cariño?

—Sí, tía. Sé que te tengo para lo que necesite. —Y dejando a la pequeña en brazos de su madre, se despidió—:

Ahora me tengo que ir. Mañana salgo a las nueve para Honolulu.

Por la mañana, Tony y Elsa se encontraron en el aeropuerto. Tras un largo viaje, sobre las siete de la tarde llegaban al lujoso hotel Aloha Honolulu. Tras dejar las maletas, se reunieron en la habitación de Elsa, donde hablaron de la organización de la boda de Steven y Mariah. Aquellos novios querían una ceremonia tropical. Agotados por el largo día, se despidieron y se fueron a dormir.

Al día siguiente fueron hasta el lugar donde se celebraría la boda. El hotel elegido contaba con una playa privada, por lo que se centraron en decorarla para la fiesta nocturna. Para aquella boda Elsa, con la aprobación de los novios, había enviado las invitaciones metidas en unas botellas de cristal. En ellas se pedía a los asistentes que acudieran con ropa fresca y tropical. Por eso las mujeres fueron con vistosos vestidos de colores y los hombres con camisas ligeras y pantalones tobilleros.

A las cinco de la tarde aparecieron los novios. Él iba ataviado con un traje de lino beige y ella con un vestido desmontable de organdí. Ambos se encontraron debajo del arco decorado con flores tropicales, como la buganvilla, el pájaro de paraíso y las musas. Y mirándose a los ojos, se juraron amor eterno frente a un hermoso mar azulado y en calma. Tras la ceremonia, aparecieron camareros con camisas hawaianas, faldas y flores en el pelo, ofreciendo a los acalorados comensales cócteles frescos decorados con sombrillas, pájaros de colores o frutas tropicales.

—¿Les pasamos ya al salón para cenar? —preguntó Tony a Elsa a través del móvil, mientras ésta daba los últimos toques a las mesas.

—Dame cinco minutos y les haces entrar —dijo ella mientras colocaba fabulosas peceras, con peces multicolores en vez de flores como centros de mesa.

Cinco minutos después los invitados se divertían al ver que tenían que meter las manos en dos grandes cubos llenos de hielo escarchado y sacar un número. Aquella cifra les indicaría la mesa en la que se debían sentar. En el menú se sirvió gran variedad de marisco y pescado, pero lo que más gustó fue una enorme barbacoa, en la que cada uno se acercaba para coger la carne o el pescado que le apeteciera. Y para finalizar, se sirvió una sorprendente tarta de distintos colores, con limones, naranjas, cocos y piñas heladas. Sonó la música y todos salieron a la playa privada del hotel. Aplaudieron al encontrarse con unas enormes velas blancas decorando la playa, mientras la música tropical hacía las delicias de los invitados. Los camareros ofrecieron de nuevo ceciliaritas, mai tai, piña colada, etcétera, hasta las cuatro de la madrugada, momento en que se marchó el último de los invitados. Y por fin, Elsa y Tony pudieron retirarse al hotel, donde cayeron agotados. Al día siguiente, regresaron a Los Ángeles.

27

Una mañana, Shanna corría por los pasillos del Canal 43. Buscaba a Luis y Fredy, sus cámaras, para salir a cubrir en directo la noticia del terremoto que había sacudido Toronto. Según las últimas noticias, la zona más afectada era el barrio griego. Se habían desplomado varios edificios y los bomberos estaban sacando a las víctimas. Mientras cruzaban la calle más larga del mundo, Yongue Street, Shanna pensaba en George O'Neill. Dos días atrás la había llamado para ver qué tal estaba. Aunque él hizo el intento de hablar sobre lo ocurrido, ella no le dejó. No quería volver a arriesgarse en el amor. Le daba pánico fracasar de nuevo, y más con George. «Lo mejor es olvidarse de lo ocurrido», pensó mientras parte de su corazón le decía que corriera tras él.

—¡Mirad, es allí! —dijo Luis de pronto señalando hacia un gran revuelo de gente y una gran humareda.

—Aparca por aquí —comentó ella cogiendo el micrófono.

Una vez aparcaron se acercaron todo lo que pudieron hasta el lugar del incidente y, tras entrevistar a varias personas, se mantuvieron allí a la espera de saber si los bomberos sacaban o no a algún superviviente. Entonces, se volvió a notar otro pequeño movimiento de tierra. Shanna estaba asustada, pero intentó mantener la calma. Se habían derrumbado tres edificios de seis plantas. En los bajos de aquellos inmuebles había un supermercado, una guardería y una peluquería. La tarde se hizo eterna y, según pasaban las horas, se volvió desesperante, pues veían trabajar a los bomberos sin descanso, pero lo único que conseguían rescatar eran cadáveres.

Con los nervios a flor de piel, Luis grabó a un bombero mientras lloraba desconsolado llevando el cadáver de un bebé de apenas un año morado y asfixiado. Shanna, aterrorizada por un nuevo temblor, miraba a su alrededor. Todo se movía y los edificios parecía que iban a caerse sobre ellos. La gente, asustada, corría de un lado para otro, mientras los bomberos, sin amilanarse ni un segundo, continuaban bajo los cascotes.

Aquella noche fue terrible para la ciudad de Toronto. Hubo más de dieciséis réplicas del terremoto y, tras catorce horas de grabación en directo, Luis recibió una llamada del Canal 43 que les indicaba que dejaran de cubrir la noticia. Con los ojos llenos de lágrimas, Shanna se despidió de algunas madres que aún esperaban que aparecieran sus hijos. Muerta de tristeza, caminaba hacia el coche junto a Luis y Fredy. De pronto, se empezaron a oír gritos. Eran los bomberos. Pedían luces. Creían haber encontrado a alguien con vida. Todos corrieron nerviosos y se arremolinaron al lado del cordón policial. De pronto, varios bomberos, ennegrecidos por el polvo, consiguieron sacar con vida a varios niños de corta edad, además de dos mujeres y un anciano. Todos comenzaron a aplaudir y a llorar.

Cuando Shanna se sentó en el coche del canal, miró su móvil. Tenía más de cuarenta llamadas perdidas. De sus amigas, de su madre y de George. Sin embargo, estaba tan cansada que decidió que las devolvería más tarde.

Cuando llegaron a los estudios del canal, les felicitaron por el trabajo realizado. Tras soltar los equipos, Shanna cogió su bolso y se marchó en dirección a su coche. Antes de llegar, sonó el teléfono. Era Elsa.

—Por Dios, Shanna, dime que estás bien —pidió una preocupada Elsa al borde del infarto.

Pero Shanna estaba mal. Había pasado mucho miedo y necesitaba cariño con urgencia.

—Sí, estoy bien, aunque... agotada —susurró emocionada al oír la voz de su amiga—. Ha sido horrible, Elsa. La tierra se movía y... He visto niños muertos y gente...

—No llores, cariño. Tú estás bien. Por favor, no llores —dijo con afecto Elsa intentando no llorar ella también.

—Sí, pero esa gente... Ellos...

—Shanna, los bomberos han hecho todo lo que han podido por ellos. En las noticias han dicho que Toronto hoy ha sido un caos. No pienses más en eso, por favor.

—Ya lo sé. —Tragó saliva—. Pero ha sido muy duro ver a todas aquellas personas sin vida, Elsa. Los niños y... —No pudo continuar. Se le quebró la voz.

—Siento no poder estar allí contigo —susurró Elsa con sinceridad.

Reponiéndose al disgusto, Shanna se montó en el coche. Estaba agotada, y pensar en llegar a su casa y estar sola era lo que menos le apetecía.

—No te preocupes. Estoy bien —murmuró apoyando su cabeza en el volante—. Estas cosas ocurren y no se puede hacer nada. A veces la vida es muy injusta. Lo que ha pasado hoy en Toronto es un ejemplo, y no es el único.

Elsa, mirando hacia el vacío, asintió con los ojos llenos de lágrimas.

—Sí, cariño, tienes razón.

Tras unos segundos de silencio, Shanna susurró:

—Sé que no es el momento de decirte esto, pero creo que deberías hablar con Javier.

—Prefiero no pensar en eso, Shanna —susurró apenada. No había ni un solo día que no pensara en él—. Ya sabes que no me gustan las mentiras.

—¿Y quién dice que Javier te mintió?

—Yo —afirmó con rotundidad Elsa.

—¿En qué te basas para pensar eso? ¿Le has dado la oportunidad de explicarse?

Elsa, tras resoplar, dijo:

—Una vez hicimos un pacto para ser sinceros. Le expliqué que cuando me enteré de que Peter me engañaba con otra, me sentí dolida, humillada y decepcionada. Y te recuerdo que vosotras me tuvisteis que ayudar a salir de la enorme depresión que aquello me provocó. —Tras oír a Shanna suspirar, siguió—: Él me ha decepcionado, Shanna, y no quiero volver a sufrir.

Metiendo la llave en el contacto, Shanna arrancó el coche.

—Pero Javier te quiere, Elsa. —Y tras un gemido dijo—: Hoy, en medio de tanto horror, me he dado cuenta de que la vida es para vivirla y disfrutarla, y si es con alguien que te quiere a tu lado, mejor.

Elsa sabía que su amiga tenía razón. Pero era demasiado terca para dar su brazo a torcer. Durante unos segundos, ambas permanecieron calladas hasta que Elsa, cambiando de tema, dijo:

—Creo que te han llamado las chicas.

—Lo sé. Más tarde o mañana las llamaré. —Limpiándose las lágrimas de los ojos, añadió antes de despedirse—: Ahora sólo quiero irme a casa, darme un baño caliente y meterme en la cama.

—De acuerdo, cielo, descansa. Mañana hablamos —dijo Elsa antes de colgar.

Con horror, Shanna condujo hasta su casa viendo la devastación que el terremoto había ocasionado en la ciudad. Pisos derrumbados, gente sentada en las aceras llorando... Aquello era un caos. Era horrible.

Cuando llegó a su edificio vio que estaba intacto. Tras indicarle el portero que podía meter el coche en su plaza de aparcamiento, pero que no cogiera el ascensor, aparcó y, cuando se disponía a subir andando por las escaleras, una voz tras ella la llamó.

—¡Shanna!

Volviéndose rápidamente, su corazón comenzó a latir desbocado. Era George, ¡su George! Sin pensárselo dos veces, corrió hacia él para abrazarlo, mientras las lágrimas le corrían por las mejillas al sentirse junto a él.

—Gracias por venir —susurraba abrazada a él—. Gracias por venir.

George, incapaz de contestar, aspiró su perfume y suspiró. Había sido horroroso no poder contactar con ella durante aquellas terribles horas y, sintiendo la necesidad de buscarla, no se lo pensó, cogió el primer vuelo que iba hacia Toronto y allí se presentó. Ahora que la tenía entre sus brazos y sabía que estaba bien, por fin había podido tranquilizarse. Tras besarla como llevaba meses deseando volver a hacer, dijo:

—Cariño, ¿quieres casarte conmigo? —Al ver la cara de ella, le susurró—. No estoy dispuesto a aceptar un no como respuesta.

—¿Qué has dicho, George? —preguntó sin saber si había oído bien.

Él, sonriendo al ver cómo ella le miraba, prosiguió:

—Lo he pensado mucho y lo que siento por ti me hace perder el control de todo. No me centro en mi trabajo, no dejo de pensar en ti, estoy mal, te necesito, Shanna, y me gustaría —dijo poniéndole un anillo que sacó de su bolsillo— que me hicieras el honor de ser mi mujer.

—Yo...

Shanna no se lo podía creer. Con la boca seca, miró el anillo. No era capaz de apartar su mirada de aquella joya.

—Lo compré en el aeropuerto —dijo George—. Si no te gusta, no pasa nada, cielo, se puede cambiar. Te compraré el que tú quieras pero...

Shanna le besó. No sabía si reír o llorar y, tras separarse de él, susurró, mientras le acariciaba aquel bonito pelo tan alborotado:

—Me encanta el anillo, cariño, y por supuesto que quiero ser la señora O'Neill.

28

Siete días después...

—¡Dios mío, *miarma*! Todavía no me creo que estemos en Las Vegas —dijo Rocío cogiendo a Aída por el brazo. Ya se le notaba su embarazo, estaba de siete meses.

—El hotel es el Marriot Las Vegas —informó Elsa mientras buscaba un taxi a la salida del aeropuerto—. Dejad de hacer el tonto y cojamos el taxi. Sois peores que las crías de quince años.

Celine, retirándose el pelo de la cara mientras encendía un nuevo cigarrillo, preguntó:

—La señorita Rotenmeyer. ¿Lleva mucho tiempo así?

—Desde que volvimos de Oklahoma, hace ya cinco meses. Pero estos dos últimos están siendo tremendos —respondió Rocío bajito para que Elsa no la oyera.

Sin embargo, Elsa, a la que no se le escapaba una, dijo tras parar un taxi:

—Dejad de cotillear y coged las maletas, ¿o acaso pensáis que también os las voy a meter yo en el taxi?

—No, cariño, no —respondió Aída que, acercándose a Celine, murmuró—: Mi pobre hermano está destrozado. Pero nada, a Elsa parece darle todo igual.

—La mía puedes cargarla si te hace ilusión —se mofó Celine mirando a Elsa.

Rocío, al ver el gesto de Elsa y la guasa de Celine, señaló con una sonrisa en la boca:

—No digas tonterías, *siquilla.* —Al ver que Celine sonreía, añadió—: Haz el favor de coger tu jodida maleta de Loewe y no metas cizaña, que el horno no está para bollos.

—Vamos a ver, pandilla de petardas —dijo Elsa—, ¿vais a estar conmigo normales o me vais a seguir tratando como a un ser tonto durante todo este viaje? —Todas la miraron.

Aquel comentario levantó una carcajada general. Era la primera vez que se reían desde la noche anterior, cuando todas se habían encontrado en Los Ángeles.

Una semana antes, Shanna les había llamado una por una para decirles que necesitaba tenerlas a su lado el sábado siguiente en Las Vegas. ¡Se iba a casar! Elsa, que se encontraba en Sacramento preparando la boda de Nick y Shasha, se quedó sin habla cuando su amiga la telefoneó para darle la noticia y pedirle ayuda para preparar su boda en siete días.

Celine, al oír aquello, primero la insultó, cosa normal en ella, pero, finalmente y al darse cuenta de la alegría de Shanna, se rindió y prometió dejarlo todo para asistir a la ceremonia. Sin embargo, no pudo resistir el decirle que estaba loca antes de colgar. Cuando Aída recibió la llamada de Shanna lo primero que hizo fue llorar de felicidad y lo segundo reprenderla por casarse como una cabaretera, en Las Vegas. Aquello no iba a ser una boda en condiciones. En cambio, cuando Rocío se enteró, empezó por partirse de risa pensando que era todo broma. Luego comentó que ella quería ir vestida como Dolly Parton y, por último, exigió que el padrino fuera Elvis Presley. Cuando colgó, sin creérselo todavía, llamó a Aída, que se lo confirmó. Rocío alucinó.

Elsa, encargándose personalmente de todo, había reservado una gran habitación en el hotel Marriot. Al entrar en la espaciosa estancia, Rocío silbó al ver un enorme salón con varios sillones y un bar acristalado. Desde ese salón se accedía a dos habitaciones en las que se distribuyeron Celine y Rocío en una y Elsa y Aída en la otra. Sobre las ocho de la tarde y con retraso aparecieron los flamantes novios. Shanna estaba feliz y George no abandonó su sonrisa ni un momento. Cenaron juntos y George se ganó la simpatía de las chicas. Shanna no cabía en sí de gozo. Tras algunas copas de más, los novios finalmente se marcharon.

—¡Virgencita! —murmuró Rocío al ver alejarse a Shanna con su novio—. Qué ansiosos están por darle al meneíto.

—Ufff... —suspiró Aída abriendo su móvil—. Ya terminará hasta el moño de él cuando la vea planchar o cocinar, o recoger la casa, y se le insinúe con cara de bobo. ¡Hombres!

—Mmmmm, ¿en serio? —rió Celine.

—¡Ya te digo! —Volvió a hacerlas reír Aída—. Mi ex, al que espero que su madre aguante para el resto de sus días, se ponía pesado, pesado, pesado.

—¿Por qué todas las mujeres casadas decís eso? —preguntó Rocío—. Mi prima Edel cuenta lo mismo de José, su marido. Según ella, lo único que quiere es meneíto a todas horas.

—Mira que sois criticonas —rió Elsa al ver que Aída hablaba por teléfono. Sabía que era Javier quien estaba al otro lado. Él y su compañero de casa, Carlos, se habían quedado con los niños. Aída, tras hablar con su hermano, colgó y se acercó hasta las chicas.

—¡Todo controlado, chicas! Niño dormido y niñas viendo una película. Sólo espero que Javier sepa seleccionar lo que mis hijas ven en la televisión a estas horas.

Y dicho aquello, salieron del restaurante y se perdieron por las calles iluminadas de Las Vegas hasta que decidieron ir a jugar al casino.

—¡Virgen del suspiro! —exclamó Rocío haciéndolas reír—. ¿Hemos ganado trescientos dólares?

—Para ser más exactos, trescientos veintiocho dólares —puntualizó Elsa.

Celine estaba agotada. En dos días había viajado desde Bruselas a Nueva York, donde se encontró con Rocío, y desde allí hasta Los Ángeles, donde las esperaban Elsa y Aída para ir a Las Vegas.

—Yo no quiero ser aguafiestas, pero me caigo de sueño. Si no os importa, me voy para el hotel.

—¡Estás mayor, Tempanito! —gritó Rocío—. ¿Cómo puedes decir que estás cansada cuando te rodean tanta luz y sonido?

Aída, que estaba como loca jugando a las tragaperras, gritó:

—¡Vamos a aquella máquina, Rocío! Oh, Dios, ¿ésa es una foto de Mel Gibson?

Celine y Elsa se miraron con complicidad. Sus amigas corrían como chiquillas entre las máquinas.

—Chicas, me voy con Celine para el hotel. Tened cuidado.

Con tranquilidad, ambas caminaron por las calles de Las Vegas mientras Celine le preguntaba a Elsa por su último trabajo en Sacramento. Con una sonrisa, Elsa le comentó con curiosidad la boda judía de Nick y Shasha. Por lo visto, sus padres habían redactado un precontrato matrimonial llamado *Tnaim* años atrás. Éste sólo se podía romper por causas mayores, ya que anular un compromiso era considerado un deshonor para la familia. Entre bromas, Elsa le explicó lo difícil que fue decidir la fecha de la boda, pues tenían que tener en cuenta que una celebración así nunca se podía llevar a cabo cuando comenzaba el *shabat* (día de descanso), ni el *Yom Kipur* (día de perdón), ni el *Passover* (cuando los judíos salieron de Egipto), etcétera.

—¿Qué es una *jupa*? —preguntó Celine interesada mientras caminaban juntas.

—Es como un palio de tela sujeto por cuatro lados. Según la cultura judía simboliza el techo y el inicio de un nuevo hogar. Y una de las cosas más curiosas fue el baño que la novia se tuvo que dar el día antes de la boda, el *mikve*, que consiste en que se moje siete veces en las aguas rituales para que Dios la santifique ofreciéndole luz, salud y prosperidad.

—Oh, qué tierno —se mofó Celine mientras encendía un cigarro.

—Pues lo creas o no, fue una bonita ceremonia. El rabino leyó la *Ketuba*, que es un pacto matrimonial escrito en arameo. La tía de Nick nos comentó que aquel escrito hablaba sobre las obligaciones de los novios: debían ser fieles, ayudarse en todo lo que necesitasen, etcétera.

—Ufff... no me creo nada —rió Celine.

Elsa prosiguió tras darle un puñetazo.

—Créetelo, porque tras aceptar las obligaciones bebieron de la copa de vino que el rabino les ofreció y después firmaron tapados con el *talit*. Así se convirtieron en una sola persona. —Al ver la cara de su amiga, Elsa explicó—. El *talit* es el chal de rezos, que la familia de Shasha había regalado al novio. Es una costumbre de hace siglos, según nos explicó la abuela de Nick.

—Otros dos pringados que con su firma la han cagado —rió Celine con su irónica manera de hablar.

—Mira que eres bruja y mala —señaló Elsa sonriendo.

Celine, divertida por lo que Elsa le contaba, la animó a continuar:

—Sigue, sigue, que en el fondo me excita lo que me estás contando.

—¡Serás guarra! —gritó Elsa—. A ver... por dónde iba. ¡Ah, sí! Tras firmar la *Ketuba*, Nick le colocó un anillo precioso de Tiffany que, por cierto, cuando lo encargamos tuvimos que decir que tenía que ser de oro, liso y sin ningún dibujo para que la buena suerte fluyera con soltura.

—¡Tiffany! —gritó sorprendida Celine—. ¡Míralos qué pijos!

—Les gusta lo bueno —sonrió Elsa al recordarlos—. Pero lo que más me emocionó de la boda fue cuando Nick le puso el anillo a Shasha en el dedo y mirándola a los ojos con cara de cordero degollado dijo algo como: «Por este anillo te consagras como mi mujer por la ley de Moisés y las tradiciones de Israel.»

—Vaya, ¡qué emocionante! —comentó Celine mirándola, sin entender qué era lo que la había emocionado tanto.

Elsa, con una mirada soñadora, siguió hablando.

—La tía de Nick nos comentó en la fiesta que aquellas palabras eran una tradición del siglo VII. Bueno, a lo que iba, Nick pisó con fuerza una copa de cristal hasta romperla en mil pedazos y todos gritaron: «Mazal Tov».

—¿Y eso qué es?

—¡«Buena suerte»! —aclaró Elsa—. Luego Tony y yo nos encargamos de acompañar a los invitados hasta el salón, donde se bendijo una hogaza de pan llamada *challah*, y a partir de ahí la gente bailó, comió y se divirtió.

—Caramba, cuánta tradición. Sinceramente, Elsa, de las bodas que me has contado he decidido que o me caso con un esquimal o no abandono la soltería.

Aquello las hizo carcajearse a ambas.

—Pero es todo muy frío —rió Elsa—. No celebran boda. Sólo llegan a un acuerdo e incluso hay matrimonios de prueba. Y lo que me parece fatal es eso de que si tu marido tiene hermanos menores, cuando él no esté en casa o se vaya de caza, la obligación de los cuñados es cumplir con la esposa.

—¡Maravilloso! Fíjate qué cantidad de cosas buenas. Si te va mal, le mandas con su madre. Además, se pueden tener amantes. ¡Yo sería una buena esposa esquimal!

—Ja, ja, ja —volvió a reír Elsa—. Sí, es cierto: los amantes pueden ser fijos o esporádicos y en sus relaciones son muy liberales.

—Definitivamente, me casaré con un esquimal. Son mi tipo —añadió Celine mirándola fijamente—. Las relaciones matrimoniales son libres y lo mejor de todo es que entre los amigos se intercambian las parejas y, al revés que en el resto del mundo, eso refuerza la amistad entre ellos.

—¡Pero qué promiscua eres!

Tras un rato de risas, Celine susurró a su amiga una vez llegaron al hotel:

—A veces envidio tu trabajo. Parece todo tan fácil.

—Pues no lo es —comentó Elsa llamando al ascensor—. Es una tarea en la que debes tenerlo todo controlado. Si algo falla, estropeas el día más importante de las personas que depositan en ti toda su confianza. Es muy estresante, aunque te aseguro que también altamente gratificante.

—Ya lo sé, tonta. En el fondo es muy parecido al mío. Tienes que escuchar lo que ellos quieren para conseguir ofrecerles lo que buscan. La publicidad es eso.

—En cierto modo, tienes razón —dijo mientras subían en el ascensor.

—¿Dónde se va a celebrar la boda de Shanna?

—En la pequeña Capilla Blanca —sonrió Elsa—. Está saliendo de Las Vegas y, para mi gusto, es una de las más bonitas que existen en este loco lugar.

Una vez entraron en la habitación, Celine se sentó en el espacioso sillón y dijo:

—No me creo aún que estemos aquí para que una de nosotras se case, ¡en Las Vegas!

—Te puedo asegurar —rió Elsa quitándose los zapatos— que cuando Shanna me llamó la semana pasada para decirme que necesitaba que organizase su boda en esta ciudad no podía creérmelo. Es más, le pregunté si quería una boda temática junto a Elvis Presley.

—¿Qué es esa horterada?

—Si quieres casarte en el puente de la nave *Enterprise*, hay que ir al hotel Las Vegas Hilton y solicitarlo. El hotel Excalibur te organiza una boda medieval, que hasta cierto punto incluso me puede parecer curiosa. En el hotel Treasure Island, te organizan una boda pirata y...

—¡Pero qué me estás contando!

—Oh, sí, Celine —dijo Elsa muerta de risa—. Aquí la boda estrella es llegar montada en una Harley Davidson a la capilla y caminar los metros hasta tu colorido novio acompañada del brazo de un Elvis Presley con grandes patillas de quita y pon.

—¡Dios mío! ¿Shanna no habrá sido capaz de elegir una boda así?

—¡Antes la mato! —Y apoyando su cabeza en el sillón, Elsa susurró—: El sitio elegido es bonito y agradable, ya lo verás.

Celine, mirando a su amiga, preguntó con curiosidad:

—Elsa, ¿por qué no le das a Javier una nueva oportunidad?

Tras suspirar, ésta respondió:

—No me apetece hablar mucho sobre ese tema.

Levantándose, Celine se sentó junto a su amiga y dijo:

—Nunca te apetece hablar. Mira, recuerdo que cuando teníamos veinte años y te rompió el corazón un imbécil llamado Edward, lo pasaste fatal pero no dijiste nada a nadie, nunca, y eso no es bueno, amiga. Años más tarde Peter, el iluminado de las finanzas, te lo volvió a romper y volviste a hacer lo mismo. ¡Pero eso ha cambiado, mona! —Al escucharla, Elsa sintió ganas de reír—. Cuando yo estuve mal y necesité llorar la traición de Bernard, ahí os tuve a todas vosotras. Con esto te quiero decir que nos hables, que nos cuentes cómo te sientes, que te quejes o que llores, pero que hagas algo.

Elsa, sin poder aguantar más, comenzó a reírse de manera descontrolada, hasta dejarla perpleja.

—Gracias, Celine. Gracias por ser como eres. Eres la única capaz de decirme lo que no quiero oír y hacerme reír.

—Anda, pues mira qué bien —se mofó Celine—. Escucha, Aída no quiere decirte nada porque Javier, ese macizón, es su hermano y tú eres muy importante para ella. Le da miedo tu mala leche, y entre eso y lo mal que lo está pasando por lo de Mick, la mujer opta por no hablar.

—¿Lo dices en serio? —preguntó acercándose al bar para poner dos copas.

—Totalmente en serio. Shanna, con la locura de vida que lleva últimamente, me dijo que no podía pensar en otra cosa que no fuera su historia, cosa que comprendo, y Rocío me aseguró que no está dispuesta a discutir contigo por hablar del asunto. Por lo tanto, sólo quedo yo para decir lo que pienso y escuchar lo que quieras contarme.

—¿Y qué pretendes que te diga?

Cogiendo la copa que su amiga le tendía, Celine respondió:

—Pues lo que piensas, lo que sientes. Cómo odias a Javier, cómo te odias a ti por negarte a hacer las paces. Necesito saberlo todo y, en especial, por qué no quieres hablar con él y que me aclares por qué ordenaste a los vigilantes de tu casa que lo echaran. ¡Eso es terrible, Elsa!

Recordar aquello aún le dolía. Sabía que se había pasado pero, en aquel momento, necesitaba hacerlo.

—Sinceramente, no sé por qué lo hice. Te prometo que, en ocasiones, desearía coger el teléfono y pedirle perdón por aquello. Me avergüenzo de haber llegado a ese extremo.

—¿Y por qué no lo haces?

—Mi orgullo me lo impide —se sinceró Elsa—. Todavía pienso que me mintió en referencia a su ex, Belén.

Celine, escuchándola, susurró al ver su gesto de tristeza:

—Yo creo que no te mintió. Sólo omitió decírtelo.

—Para que los cimientos de una pareja no se derrumben, no deben existir mentiras ni omisiones —respondió Elsa.

—Tienes razón —asintió Celine—. Pero sé por Aída que Javier le había dicho a esa guarra que le dejara vivir en paz. En cambio, ella, para llamar su atención, se enrolló con ese amigo indio, Achili o Chilili o como narices se llame.

—Chimalis —aclaró Elsa con una sonrisa—. Se llama Chimalis.

—¡Ese mismo! —asintió Celine—. Por eso Javier se enfadó. No porque sintiera nada por ella, sino porque vio el juego sucio de la zorra esa, a la que le daba igual romper vuestra relación o el matrimonio de ese tal Chipirrin.

—Chimalis —repitió Elsa, pensativa.

—Eso, Chimalis.

—Me siento tan avergonzada —susurró Elsa al recordar el día en que Javier llamaba a su puerta y ella avisó a los de seguridad para que le echaran del edificio—. Hice mal. De aquello hace ahora dos meses y diecisiete días. Ése fue el último día que supe algo de Javier.

—Normal, Elsa. Ponte en su lugar. Si eso me lo haces a mí, y eso que no soy india, te arranco la piel a tiras. Él lo ha intentado todo. ¿Qué más quieres?

—No lo sé —respondió mirándola a los ojos.

—¿Tú le quieres?

—Muchísimo —afirmó sorprendiendo a Celine. Elsa era una persona que antes de decir algo solía pensárselo varias veces, pero no fue así en esta ocasión.

—Entonces, maldita sea, ¿por qué no haces nada por recuperarlo?

—Es complicado de entender, Celine. Además, sé por la pequeña Julia que Javier está con otra chica.

Al escuchar aquello, Celine miró al cielo. Julia, la hija de Aída, era una pequeña lianta como su madre.

—¿Que esa pequeña terrorista te ha dicho eso?

—Sí, hace un mes. Julia me dijo que su tío Javier tenía una amiga muy simpática y que la semana anterior habían ido a tomar un helado con ellos.

—Pero si esa enana es una mentirosa compulsiva —gruñó Celine al escucharla—. ¿Le has preguntado algo a Aída?

—No hizo falta. Otra noche, mientras les poníamos los pijamas a las niñas, Julia volvió a hacer ese mismo comentario cuando se habló de Javier. Ya no me hizo falta preguntar. La mirada esquiva de Aída me confirmó lo que yo necesitaba saber.

Sorprendida por la noticia, pues Aída no le había dicho nada, suspiró.

—¿Y tú estás bien, cielo?

—Estoy hecha fosfatina —respondió con tristeza— y dolida. No le ha costado nada reemplazarme por otra.

—Seguro que esa chica no es nada para Javier y...

—Ni lo sé, ni quiero saberlo —cortó Elsa bebiendo de su copa—. Ahora estoy centrada en mi trabajo y te puedo asegurar que tengo un montón de proyectos y que Javier no está entre ellos.

—Creo que te equivocas. Deberías prestarle más atención a tu corazón. Parece mentira que te pases media vida organizando bodas y seas incapaz de organizar la tuya.

—Nunca ha entrado en mis planes casarme, y lo sabes.

Celine, encendiéndose un cigarrillo, hizo reír a Elsa cuando dijo:

—Vamos a ver, petardilla. Sé que pensamos igual, pero ese indio macizón te quiere y si no te olvidó en diez años, no creo que lo haga en cinco meses.

En ese momento se oyó la puerta abrirse, y dos alocadas Rocío y Aída entraron partiéndose de risa.

—¡Chicas! —gritó Rocío—. ¡Hemos ganado un premio de tres mil dólares en una ruleta!

—Tenemos una conversación pendiente —susurró Celine mirando a Elsa.

Minutos después, las cuatro reían por lo que las recién llegadas contaban. Cuando se iban a dormir, Celine se volvió hacia sus amigas y saltó:

—Ya sabéis lo que se dice, afortunadas en el juego, desafortunadas en amores.

—Será hija de... —comenzó a decir Rocío. Pero, rápidamente, Aída le tapó la boca y todas comenzaron a reír.

29

A la mañana siguiente, Elsa, mientras todas dormían, se acercó hasta la oficina de licencias para matrimonios. Allí conocía a Claudia, una amiga cubana de la familia, que le proporcionó, como un favor especial y sin necesidad de que fueran Shanna y George en persona, una licencia para que sus amigos se pudieran casar. Después fue a la capilla y coordinó algunos detalles más.

Por la tarde, antes de salir del hotel para asistir a la ceremonia, las cinco amigas se reunieron en la habitación de Shanna, que lloraba de emoción al recibir la pulsera de oro que sus amigas le habían regalado. En la parte de atrás estaban grabadas las palabras «Siempre juntas». A las seis menos cuarto de la tarde todas estaban en la capilla. Mientras George y Shanna se besaban antes de la ceremonia, Elsa pasó al despacho donde entregó la licencia de matrimonio, los pasaportes de ambos y una copia del decreto final del divorcio de George, donde se podía ver la fecha y el lugar donde aquel documento había sido registrado.

La ceremonia fue más sencilla y bonita que muchas otras. Shanna estaba guapísima ataviada con aquel sencillo vestido de gasa blanco y el conjunto de pendientes y collar de oro blanco que su madre había diseñado especialmente para aquella ocasión. A la boda acudieron, además de las amigas, Roana Berson, la madre de Shanna, que estaba todavía un poco sorprendida por la rápida ceremonia y Henry y Thomas, sus hermanos, con sus respectivas parejas. Henry Bradforte, su padre, decidió declinar aquella invitación, pero Marlene, su hermana, cogió un avión y, previo consentimiento de ambos padres, voló para estar junto a su adorada hermana.

Por parte del novio, fueron los padres de George y dos parejas de amigos que viajaron desde Seattle. La ceremonia fue relativamente rápida. Media hora después, Shanna, del brazo de su marido George, reía mientras recibía los besos de los asistentes, mientras Elsa le explicaba a su ya marido que cuando llegaran a Seattle debería registrar el matrimonio entregando la copia del certificado que éste portaba en la mano. En un momento dado, Shanna tiró el ramo y nadie, a excepción de Rocío y Marlene, levantaron los brazos para cogerlo. Finalmente, fue Marlene quien se hizo con él.

Aquella noche cenaron en un bonito restaurante donde un caballero amenizaba la cena tocando al piano piezas que Elsa le había proporcionado. Era una especialista en cuidar hasta el más mínimo detalle en sus trabajos, y por supuesto en aquella boda tan especial, más todavía. Todas rieron cuando Celine comentó que George no llevaba corbata, por lo que el nudo no se le podía torcer, cosa que nadie entendió, a excepción de ellas. Durante la cena, Roana, la madre de Shanna, comentó que le encantaba Tom Jones y que le gustaría ir a verlo. Sabía que actuaba en una de las salas de fiestas que había en Las Vegas. Para sorprenderla, Elsa, tras hacer varias llamadas, consiguió pases para la actuación que éste tenía a las doce de la noche. La velada terminó con todos los invitados moviendo las caderas al ritmo de las canciones de Tom Jones.

El lunes, tras desayunar todos juntos, cada uno volvió a su hogar. La familia de Shanna voló hacia Toronto, a excepción de Marlene, que marchó hacia Francia. La de George, a Seattle. Los novios se fueron a Maui de luna de miel y las chicas, todas juntas, volaron hacia Los Ángeles. Una vez allí, Aída paró un taxi y se marchó a casa de Javier para recoger a sus hijos, mientras Elsa volvió a su trabajo.

Rocío, que se había pedido una semana de vacaciones, decidió acompañar a Celine. Aprovechando el viaje a Estados Unidos, tenía que visitar las instalaciones de las bodegas Depinie. Alquilaron un Audi TT, para gusto de Celine y locura de Rocío, y se encaminaron hacia el valle de Napa.

Tras horas de viaje, al llegar frente a una verja cerrada donde en un gran cartel se leía BODEGAS DEPINIE, Celine paró el coche. Después de hacer una llamada, la verja se abrió. Mientras continuaban el camino que les llevaba hacia la casa grande, observaron las hectáreas de terreno llenas de viñas. Con lentitud, llegaron hasta una gran edificación con enormes muros de piedra cubiertos en su mayoría por una hiedra frondosa y reluciente.

—¡Virgen de la Macarena! ¡Qué chocita! —exclamó Rocío mientras observaba la impresionante casa que ante ellas se levantaba.

Celine, quitándose sus glamurosas gafas de sol, susurró:

—Parece más pequeña que la de Francia.

—Pero ¿existen casas más grandes que ésta? —preguntó Rocío escandalizada—. ¡Dios mío, qué burrada! No quiero ni pensar lo que tienen que limpiar.

—Eso se lo puede responder mi ama de llaves —comentó una voz ronca tras ellas—. Angelita está a cargo de todo lo referente a la casa.

Al volverse, Rocío se encontró con un hombre alto, de pelo castaño, de unos cuarenta y cinco años, vestido con ropas claras y oculto bajo unas gafas de sol que, tendiendo la mano, dijo presentándose:

—Soy Marco Depinie. ¿Y usted es?

—Rocío —murmuró—. Rocío Fernández y...

—Tranquila, Rocío —susurró Celine y poniéndose delante de ella y tendiéndole la mano a aquel hombre a modo de saludo, dijo—: Señor Depinie, encantada de volver a verle. Sé que quizá le sorprenda esta visita, pero aproveché un asunto privado para visitar sus instalaciones en el valle de Napa.

Aquel hombre, tras asentir, tendió la mano a Celine y la saludó.

—Mi visita, le recuerdo, es con motivo del catálogo que pronto prepararemos para la subasta. —Celine intentaba controlar sus nervios ante el hecho de que él no dijera nada y volviéndose hacia Rocío, añadió—: Ella es una buena amiga que vive en Nueva York y amablemente ha querido acompañarme para que no viajase sola.

—Encantado de conocerla —comentó Marco mirando a una asustada morena, a la que se le había comido la lengua el gato—. Me alegro de que nos honre con su visita. —Luego, volviéndose hacia Celine, dijo tomándole la mano—: Encantado de volver a verla, Celine, y no se preocupe, ya sabía que usted pensaba visitarme. Su encantadora secretaria se puso en contacto con la mía, aunque tengo que reconocer que su llamada de hace diez minutos nos ha pillado por sorpresa. No habíamos hecho reserva en ningún hotel para facilitarle el alojamiento.

Celine, omitiendo mirar a aquel hombre, al que conocía desde hacía cuatro años, dijo:

—No se preocupe, señor Depinie. He visto varios hoteles cuando veníamos de camino y...

Pero él no la dejó continuar y cortándola, añadió:

—Por suerte, tengo una casa muy grande y Angelita —dijo mirando a Rocío para sonreírle, cosa que ésta agradeció— es una loca de la limpieza que siempre tiene las habitaciones listas por si se presenta algún invitado sorpresa. Por eso les pido a ambas que se queden en mi casa el tiempo que haga falta.

Escuchar aquello hizo a Celine maldecir en voz baja, mientras Rocío decía:

—Igualita que mi madre. Ella dice que la casa hay que

tenerla siempre limpia como una patena por si se presenta algún imprevisto.

—Son mujeres previsoras —añadió aquel hombre mirando a Rocío, que le devolvió la sonrisa.

En ese momento, un perro apareció corriendo y el hombre, volviéndose, gritó:

—Andrés, cierra la puerta de la casa. No quiero que ningún chucho entre.

—Señor Depinie, muchas gracias pero... —comenzó a decir Celine. En cambio, Marco, sin hacerle caso, se volvió y, llamando a unas señoras, hizo que avisaran a Angelita de que tendrían dos invitadas.

Eso hizo bufar a Celine. Mientras, Rocío la miraba con curiosidad. ¿Qué le pasaba?

—No se hable más. Son mis invitadas. Por favor, sigan a Angelita. Ella les indicará sus habitaciones y dónde pueden refrescarse si quieren. Cuando bajen de nuevo, no se preocupen, ya me avisarán —dijo señalando a una sonriente señora de pelo blanco que en ese momento asomaba por la puerta.

Aquel imponente hombre de casi dos metros, con un cuerpo esculpido por el trabajo y bronceado por el sol, se alejó hablando con un joven que fue a enseñarle unas uvas que llevaba en la mano. Rocío y Celine se quedaron sin saber qué decir.

—Señoritas —comentó Angelita tras ellas—. Si me siguen les diré dónde pueden refrescarse.

Ambas, tras mirarse, comenzaron a caminar siguiendo a aquella mujer que sonreía al ver sus caras de desconcierto, sobre todo la de Celine. Cuando llegaron ante unas grandes puertas pintadas en beige claro, la mujer se detuvo y, tras indicar que aquéllas serían sus habitaciones, comentó mirando a Celine:

—No se preocupe, señorita, perro ladrador poco mordedor.

Celine la miró y sonrió.

—¡Anda! Eso se dice mucho en España —comentó Rocío.

—Mi madre era de Burgos —aclaró la mujer.

—*Ozú*. ¡Qué pequeño es el mundo! —rió Rocío al oír aquello.

Tras aquel comentario, Angelita se marchó, no sin antes recordarles que pidieran cualquier cosa que necesitaran. Una vez dentro de la fabulosa y preciosa habitación, Celine se volvió hacia su amiga y preguntó:

—¿Has oído lo que ha dicho esa mujer?

—Sí, Tempanito. Y no me extraña que te lo dijera, tenías una cara de mala leche que no veas.

Celine, sin apenas escucharla, volvió a protestar:

—Pero ¿tú has visto cómo es ese hombre? Da igual lo que digas. Él hace y deshace a su gusto, sin contar con lo que piensen los demás.

—*Ozú*, Celine, ¡deja de ladrar! Estamos en un sitio magnífico, precioso.

—Me pone de los nervios. Siempre se sale con la suya.

Rocío, clavándole la mirada, preguntó:

—Pero ¿desde cuándo conoces a ese tipo?

—Desde hace cuatro años —explicó Celine mirando por la ventana—. La empresa para la que trabajo consiguió hacerse con su campaña de Navidad hace tiempo, y ahora es uno de nuestros clientes más importantes. Posee viñedos aquí, en Italia y en Francia. Nuestra firma, o mejor dicho ¡yo!, lleva todas sus campañas —gruñó al ver pasar a Marco bajo la ventana—. Él exigió que fuera yo quien me ocupara de todo lo relacionado con sus campañas.

—Qué maravilla, chica —comentó Rocío. Aquello era un buen reconocimiento a su trabajo.

—¿Maravilla? —gruñó Celine—. No le soporto. Es un chulo prepotente que se cree que todo lo que él diga está bien. No aguanto su aire de autosuficiencia. Es arrogante, estúpido y tiene muchísimas más cosas que prefiero no recordar.

—¡Dios mío! —susurró Rocío prestándole toda la atención—. Pero si es el hombre ideal para ti. —Pero, al ver su cara dijo con rapidez—: Era broma, era broma.

Encendiéndose un cigarro y con los nervios a flor de piel, Celine murmuró:

—Llevo retrasando este viaje meses. La última vez que estuve en su casa de Francia regresé a Bruselas con una úlcera en el estómago. Es que no lo soporto.

—Pues parece amable —susurró Rocío, sorprendida por la reacción de su amiga.

Sin apartar sus fríos ojos azules, Celine continuó mirando a Marco y dijo:

—Te doy dos horas a su lado, y luego me cuentas.

Aquella tarde, sobre las seis, Rocío y Celine bajaron y allí se encontraron con Pierre, que las invitó a visitar las bodegas Depinie. Se montaron en un jeep que las llevó hasta la bodega. En su interior, la luz era cenital mientras recorrían largos pasillos llenos de botellas hasta el techo. Pierre les explicó paso a paso cómo se elaboraba el vino en las bodegas Depinie.

30

Cuando llegaron a una sala donde había unas enormes cubas, el hombre les explicó que allí el vino se trasvasaba de unas cubas a otras para aclararlo. También les indicó que en esas instalaciones se elaboraban varios tipos de vinos: cabernet sauvignon, chardonnay, merlot, etcétera, todos almacenados en barricas de roble francés o americano. Al final de la visita, pasaron a una sala que ellos llamaban de cata, una estancia donde los clientes probaban los vinos que allí se elaboraban.

—¿Les han gustado las bodegas? —preguntó Marco, que en ese momento apareció y Celine, al verle, se tensó.

—Me han encantado —comentó muy campechana Rocío mirando a su amiga—. Son una maravilla. A mi madre le encantaría ver todo esto.

—Traiga a su madre la próxima vez que me visite —dijo Marco mirándola, y dirigiéndose hacia Celine, señaló sorprendiendo a Rocío—: Celine, no se te ocurra encenderte otro cigarro. Fumas demasiado.

—¡Por favor, qué pesado! —protestó ésta contrariada.

Rocío, sorprendida por el comentario y por el tuteo que había utilizado con su amiga, decidió quitarle importancia:

—Dudo que mi madre venga. Ella no se sube a un avión ni loca.

Al oírla, Marco sonrió y, dejando de mirar a Celine, que aún protestaba, dijo:

—Seguro que, si la invitara yo, vendría.

—Lo dudo —respondió Rocío mirando a Celine, que puso los ojos en blanco.

—No voy a apostar con usted. Perdería la apuesta —rió Marco mirando a Rocío, que comprobó que éste tenía unos ojos color avellana rasgados, muy bonitos.

—Lo dudo —insistió Rocío.

—No lo dude, perdería la apuesta —dijo acercándose a ella y, tras mirar a Pierre, añadió—: Si vienen conmigo las acompañaré a casa. Me consta que Angelita nos ha preparado una estupenda cena.

Aquella noche tomaron unas verduras al vapor riquísimas y un pato con mermelada de arándanos excelente. Acabada la cena pasaron a una confortable sala donde continuaron hablando con tranquilidad.

—¿En serio que es Codorníu? —preguntó Rocío.

—Sin duda alguna —afirmó Marco—. Si mal no recuerdo, en el año 1991 directivos de Codorníu crearon una gran bodega aquí, en Napa. Poseen bastantes hectáreas de viñedos en Estados Unidos. Mañana cuando salgamos les llevaré hasta donde empiezan sus tierras. Su viticultor, Brandon McKerrigan, es amigo mío, y estoy seguro de que les enseñará las bodegas.

—Aquí se llaman Codorníu Napa —aclaró Celine. Conocía la historia sobre aquella famosa firma del Penedés.

—Yo creía que sólo fabricaban en el Penedés sus vinos y cavas —comentó Rocío con una encantadora sonrisa.

—Durante sus primeros años aquí en Napa sólo elaboraron vinos espumosos, pero luego dieron un giro a su producción y hoy elaboran más tipos de vinos. De todas formas, entre Napa y Sonoma hay más de doscientas cincuenta bodegas. No crea que aquí somos los únicos que hacemos vino.

Marco, levantándose, se acercó hasta Celine, y rápidamente le quitó el pitillo que ésta iba a encender.

—¿No ves las campañas en la televisión? —Celine maldijo y éste, con gesto de guasa, murmuró—: Fumar mata.

—Si no le importa, señor Depinie, creo que puedo elegir cómo morir, ¿no cree? —maldijo sacando un nuevo cigarro para encenderlo.

Rocío, testigo de aquel juego extraño que se traían entre los dos, dijo al ver salir a Celine al jardín con una mala leche de aúpa.

—Por lo que veo, señor Depinie, usted entiende bastante sobre vinos, cavas y todo lo que sea el líquido espumoso.

—Lo primero que vamos a solucionar esta noche, querida amiga, es nuestra ridícula forma de hablar —dijo Marco mirando a Rocío—. Por favor, a partir de este momento, si no tienes inconveniente, preferiría que me llamaras Marco y me permitieras llamarte por ese nombre tan bonito que tienes, Rocío. Creo que sería más cómodo para todos.

—Ufff... encantada. Los formulismos no son lo mío —dijo sonriente.

—Sobre lo que decías antes —comentó Marco observando a Celine, que miraba hacia un rincón del jardín con curiosidad—, piensa que Depinie es una empresa familiar. El primer Depinie fue mi tatarabuelo, y así progresivamente hasta llegar a mí. En todos estos años ha sido una empresa que ha dado trabajo en Italia, Francia y aquí, en Estados Unidos. Cultivamos uvas para fabricar vino en la falda de la colina. Sólo aquí hay zinfatel, una variedad de uva que únicamente se puede encontrar en California. Con esa uva conseguimos un vino rojo agradable al paladar, y también el zinfatel blanco que ofrecen en casi todos los restaurantes de la zona. —Y observando a Celine, que seguía mirando hacia el jardín, preguntó—: Celine, ¿qué es lo que te mantiene tan atenta?

En ese momento, un perro se levantó de entre los matorrales y salió corriendo.

—¡Malditos perros! —protestó Marco al verlo—. No soporto a esos animales babeantes que ensucian todo lo que tocan con su saliva y sus pelos.

—Eso no es cierto —dijo Celine llevándole la contraria, algo normal entre ellos.

—El perro es un animal, y como tal, sucio y desagradable.

—Estás muy equivocado, Marco —señaló Rocío—. Parece mentira que vivas en el campo y no sepas que los perros no son los que lo ensucian todo.

Con gesto agrio y sin explicarles que en su familia había ocurrido una desgracia años atrás por culpa de un perro, gruñó:

—¡Nunca me han gustado esos bichos! Por más que intentamos que salgan de mis tierras, no lo conseguimos.

—Eres un exagerado con los animales —susurró Celine.

—¿Por qué crees que exagero? —preguntó él mirándola directamente a los ojos.

De pronto, Rocío al percatarse de la mirada desafiante en los ojos de su amiga y la sonrisa sensual en los labios de él lo entendió todo. «Estos dos han estado liados», pensó.

—En esta vida, señor Depinie, no hay que exagerar cuando uno no posee la información necesaria sobre ciertas cosas.

Con una sonrisa, Marco la miró de frente y susurró:

—Por fin veo a la Celine que conozco. Me gusta cuando hablas así y me encanta que no seas como los imbéciles de tu empresa, que sólo dicen lo que yo quiero oír. Eres la diseñadora de mi campaña porque me atrae tu empuje. Aunque lo que más me gusta de ti es que me haces pensar.

—Soy una profesional de la publicidad —susurró ésta con una pequeña sonrisa que no pudo evitar—. Ya te dije una vez que tú en lo tuyo serías un as, pero yo en lo mío soy la mejor.

Rocío, incrédula, les miraba consciente de que Celine tendría mucho que explicarle.

—No lo dudo —sonrió Marco con sensualidad, comiéndosela con los ojos—. Eso siempre me gustó de ti. Eres como yo. No te conformas con poco y siempre quieres ser la mejor, aunque lo mejor no sea un idiota llamado Joel.

Al escuchar aquello, Celine blasfemó y Rocío se encogió de hombros.

—¡Eres un maldito engreído! ¿Cómo se te ocurre hablar de Joel? Pero bueno, ¿quién te has creído que eres? Tú eres lo peor que he conocido en mi vida.

—Vaya, vaya. Aquí está de nuevo la Celine que conozco.

—¡Cierra el pico, Marco!

En ese momento, Celine se dio cuenta de que Rocío la miraba con una media sonrisa en los labios y maldijo en silencio. Su amiga se había dado cuenta de todo y no le apetecía dar explicaciones a nadie. Rápidamente, buscó una salida.

—Estoy cansada. Si no os importa, me retiro —dijo de pronto Celine, levantándose—. Rocío, quédate un rato más y no te preocupes por mí. Voy a caer rendida en la cama.

«Vaya manera de dejarme colgada, guapa», pensó Rocío.

—Ve a descansar, Celine —comentó Marco levantándose para besar la mano de ésta—. Hasta mañana. Rocío y yo daremos un paseo por el jardín.

Celine se dio la vuelta y, sin mirar atrás, se marchó. Desde la ventana, semiescondida tras las cortinas, vio a Rocío y Marco caminar mientras charlaban.

—No me gusta meterme donde no debo —comenzó a decir Rocío, que ya no podía aguantar más—. Pero aquí pasa algo y te lo voy a preguntar directamente. Entre Celine y tú hay algo más que trabajo, ¿verdad?

Marco sonrió y más relajado desde que Celine había desaparecido, contestó:

—Yo soy el que paga la publicidad y ella es quien la elabora.

—¡Venga ya, Marco! —exclamó Rocío dejando a éste sin saber qué decir—. Conozco a mi amiga. Bueno, da igual. Le preguntaré a ella.

—Pregúntale —sonrió éste— y luego me lo cuentas.

—Te juro que nunca la he visto así. Somos amigas desde hace casi veinte años y nunca, y cuando te digo nunca te lo digo en serio, la he visto tan fuera de sus casillas.

—Quizá ha dado con la horma de su zapato —añadió Marco mirándola. En ese momento, los ojos de Rocío brillaron.

—¡Virgencita, cuando se enteren las otras! ¡Esto es un bombazo! —rió mirándole—. ¿Y esta manera vuestra de ligar cuánto dura?

—Cuatro años —resopló al decirlo—. Nos conocimos cuando contraté la campaña de Navidad para la empresa hace cuatro años. En seguida me atrajo su manera de ser. No se conformaba con nada, y consiguió que aquella campaña fuera todo un éxito. Desde ese momento, exigí que Celine se encargara de todas las campañas de la empresa. —Rocío asintió. Eso le había contado Celine—. Cuando acabó la primera, la invité una noche a cenar, pero ella me rechazó, y así estuvimos hasta —rió al recordarlo— que lo conseguí.

—Es muy testaruda —sonrió Rocío—. Pero por lo poco que he visto he comprobado que tú tampoco te quedas corto, amigo.

Ambos rieron y Marco continuó:

—Por aquel entonces se estaba reponiendo de lo ocurrido con un tal Bernard.

—¡Oh, Dios! El gran error de su vida —comentó Rocío—. Pero no lo entiendo, Marco. ¿Qué pasó entre vosotros para que ella esté así contigo?

—Cuando la conocí hace cuatro años me estaba separando de mi mujer, Brianda. Se lo dije la primera noche que cenamos juntos en Bruselas. Quería que lo nuestro fuera especial y allí iniciamos una relación que duró unos once meses.

Rocío casi gritó al escuchar aquello. Nunca había oído el nombre de Marco y estaba segura de que el resto de sus amigas tampoco.

—¿Que has tenido una relación de casi un año con Celine y la muy... la muy... guarra no me lo ha contado?

Al ver la indignación de la muchacha, Marco sonrió y, sólo cuando Rocío dejó de blasfemar, continuó:

—La verdad es que fue uno de los mejores años de mi vida, aunque luego todo se torció tras un fin de semana que pasamos en mi casa de Francia.

—Mira, Marco, voy a ser indiscreta y voy a preguntar: ¿qué pasó?

—Estábamos en mi casa de Francia y llegó Brianda, mi ex, con unos amigos.

—Pero ¿no decías que estabas divorciado de ella?

—Y lo estaba, pero la relación entre Brianda y yo siempre fue buena. Celine lo sabía, pero aquel fin de semana Brianda me dijo que tenía que contarme algo y delante de Celine le pregunté qué ocurría. Entonces ella me comentó que estaba embarazada de cinco meses y que el bebé era mío.

—Pero... —susurró Rocío intentando entender.

—Espera, no saques conclusiones antes de tiempo. Te lo voy a contar —dijo Marco al ver la impaciencia en su rostro—. Durante los años que estuvimos casados, Brianda tuvo un problema de salud, y los médicos nos dijeron que no debía tener hijos hasta que pasaran por lo menos cinco años. Por aquel entonces, estábamos muy enamorados y decidimos congelar unos espermatozoides míos en un banco de esperma para cuando ella pudiera quedarse embarazada. Todo aquello se hizo en la clínica que su hermano dirigía en Londres. Los años pasaron y Brianda y yo, por problemas que no vienen al caso, decidimos separarnos, pero siempre nos unió un gran cariño.

—¡Virgencita! Pero entonces, ¿me estás diciendo que ella no te preguntó nada antes de usar lo que teníais congelado?

Al ver el gesto tan gracioso de Rocío, Marco tuvo que sonreír y seguir contando:

—Si te soy sincero, cuando nos estábamos separando ella me comentó que estaba pensando utilizar el esperma congelado para quedarse embarazada, y la verdad es que yo le dije que no había problema. Es más, le firmé unos papeles para que pudiera hacerlo. Siempre he deseado tener hijos a los que dejar todo esto, como anteriormente hicieron mi padre o mi abuelo.

—Entonces, ella jugó limpio.

Marco asintió y, con una extraña tristeza en los ojos, dijo:

—Exacto. Ella siempre fue una gran persona, pero si te soy sincero, tras pasar los meses y no recibir noticias a ese respecto, me olvidé por completo del asunto, hasta que ocurrió lo que ocurrió.

—¡Virgen de la Candelaria! —susurró Rocío al imaginarse la reacción de su amiga—. Sinceramente, Marco, lo que no sé es cómo todavía estás vivo tratándose de la Tempanito.

—¿Tempanito? —preguntó sorprendido.

—Oh, Dios... Ni se te ocurra llamarle eso. ¡Me mataría!

Ambos rieron hasta que él la miró y dijo:

—La verdad es que vivir como vivo no es recomendable. Amo a una mujer que no quiere saber nada de mí. Trabajo muchísimo y tengo una preciosa hija de dos años que continuamente me pregunta dónde está su mamá.

—Pero ¿por qué vive contigo la niña?

—Mi ex mujer, Brianda, sufrió un accidente de coche hace un año y murió.

—¡Oh, Dios mío! Lo siento. Lo siento mucho. Disculpa mi indiscreción.

—No te preocupes, te entiendo —murmuró mirando al suelo.

Rocío, tras tocarle el brazo para hacerle saber que estaba con él, preguntó:

—Pero ¿dónde está la niña? —Y clavándole la mirada añadió—: ¿No me digas que la has escondido cuando llegamos nosotras aquí?

—No, tranquila. Se la llevó mi hermana a su casa hace unos días. Vive a unos kilómetros de aquí y tiene la casa llena de niños, y mi pequeña Sabrina se divierte mucho con sus primos y su tía. Es una niña encantadora.

—¡Dios mío! —susurró al enterarse de aquello y, mirando a Marco, preguntó—: Y la Tempanito ¿sabe algo de lo que me has contado?

—Le expliqué de todas las maneras que pude lo que ocurría con el asunto del embarazo, pero ella no quiso escucharme. Nos distanciamos, el tiempo pasó y no sé si ella sabrá algo de lo que te acabo de contar.

Rocío, confundida por todo, le contestó como pudo:

—No lo sé. Te juro que ni yo ni las chicas sabíamos nada de todo esto.

—Ella siempre me habló de la gran amistad que os une a las cinco. Os aprecia muchísimo y me hablaba a menudo de vosotras.

—Pues siento comunicarte que no puedo decir lo mismo —comentó Rocío, algo enfadada con Celine—. Por cierto, siempre que os veis, ¿os tratáis con tanto cariño?

—Más o menos —sonrió Marco al responder—. Aunque tengo que decirte que la situación empeoró el año pasado, cuando coincidimos en una fiesta de fin de año en París. Ella iba acompañada de un estúpido al que he visto en la oficina, un tal Joel.

—Sobre ése sí he oído hablar —asintió al recordar la descripción que Celine le había hecho, aunque, para su gusto, Marco era un tipo no excesivamente guapo, pero sí tremendamente interesante y atractivo.

—¡Maldición! —soltó al oír aquello y, tras mesarse el cabello, dijo—: Coincidimos en aquella fiesta. Yo iba acompañado por una publicista, una tal Claudia y...

—¿Claudia? —gritó Rocío incrédula—. ¿Una publicista que trabaja en la misma empresa que Celine?

Marco asintió y ésta le explicó que la tal Claudia primero entró en su vida llevándose a Bernard y luego volvió a hacerlo con él.

—Ahora lo entiendo —murmuró Marco al comprender la bronca que tuvo con ella.

—Y yo, Marco, y yo —susurró Rocío. Aquello le aclaraba situaciones que a veces había vivido con Celine.

—Mira, Rocío, te pido que no le comentes nada de lo que hemos hablado. Me odiaría más —dijo mirándola—. Sé que ha intentado librarse de mi cuenta en la oficina, pero he presionado a sus jefes para que no lo haga. De esta manera sigo viéndola aunque sé que me detesta. Por cierto, he comprobado que fuma demasiado.

Rocío, conmovida, le miró a los ojos y preguntó:

—¿De veras estás enamorado de ella?

—Como un bobo, Rocío, pero no me sirve de nada. Ella está enamorada de Joel.

—¿Y tú cómo lo sabes?

—Porque me informo sobre su vida y sé que tiene una relación algo más extensa con él fuera de la oficina. Van al teatro, a los museos, e incluso un par de veces a la semana se ven en la casa de Celine.

—¿La estás espiando? —preguntó escandalizada.

—Durante un tiempo la investigué para saber qué hacía, y fue cuando supe que ella mantenía una relación con Joel. Lo que no sé es si ella sabe que ese idiota ofrece sus favores a dos personas más de esa oficina. Por cierto, una de ellas es la famosa Claudia.

—¡La madre que los parió! —susurro ésta—. Eso me encargaré de decírselo yo.

—¡Ni se te ocurra! Sufriría muchísimo.

—Pero, Marco, ¿qué puedo hacer para ayudaros? Tengo muy claro que entre vosotros más que una chispa hay un cortocircuito. ¡Madre mía, cuando se lo cuente a las chicas! Pocahontas va a alucinar.

—Ten cuidado con lo que cuentas. Algunas cosas pueden hacer más daño que beneficio —dijo regresando a la casa.

—Tranquilo, no diré nada que no deba. Buenas noches, Marco. —Tras aquello, Rocío se fue a dormir con una sonrisa en los labios.

31

Al día siguiente, acompañadas nuevamente por Pierre, dieron un gran paseo en jeep por los campos repletos de viñedos. Pierre les comentó que los valles de Napa y Sonoma eran las regiones más famosas de California en lo referente a la producción de vinos. En Washington se producían también unos caldos excelentes, aunque éstos eran similares a los finos vinos alemanes. Les comentó que en la subasta que se organizaba cada año para recaudar dinero para los hospitales se ofrecían grandes sumas por algunos lotes de vinos. Celine asintió. Había leído un artículo sobre aquella subasta hacía un año en *The Wall Street Journal*, cosa que hizo sonreír a Rocío. Aquel viaje le estaba sirviendo para ver dónde tenía su amiga aparcado su corazón, aunque todavía no se hubiera dado cuenta.

Pierre les habló sobre el valle de Napa. Les comentó la importancia del invierno frío y húmedo para las viñas, que dormían durante la estación fría para, más tarde, dar una estupenda cosecha. Les describió la tranquilidad que en febrero tenían los viticultores y que, sin embargo, a partir de marzo todo se volvía ajetreo y bullicio cuando empezaba la vendimia.

Cuando llegaron a las bodegas del día anterior, se encontraron con Marco. En ese momento salía con Delfín, una empleada y amiga que llevaba junto a él toda la vida.

—¡Delfín! ¿Cómo estás? —saludó Celine, regalándole una espléndida sonrisa.

—Señorita Celine, no sabía que estuviera aquí. —Se alegró de verla. La conocía de cuando su jefe tuvo una aventura con ella y, mirándole de reojo, preguntó—: ¿Cuándo ha llegado?

—Vaya, qué alegría da encontrarse con viejas amistades —comentó con sarcasmo Marco al ver lo contenta que estaba Celine por ver a Delfín—. Ahora si nos disculpan, tenemos cosas importantes que hacer.

—Por mí como si te rompes una pierna —susurró Celine mientras se metía en la bodega dejando a todos atónitos por aquella respuesta.

Tras resoplar, Marco sujetó a Rocío y Pierre, que pensaban seguir a Celine y, sin necesidad de hablarles, les indicó que esperaran a que él saliera de las bodegas. Y con una fuerza que sorprendió a todo el mundo, Marco abrió la puerta de la bodega y se introdujo en ella. Allí, a grandes zancadas, buscó a Celine. La encontró frente a un libro de anotaciones.

—¿Cuándo volverás a ser amable conmigo? —dijo Marco de pronto.

—No tengo ninguna intención de volver a serlo —respondió sin volverse.

Acercándose a ella, la cogió del brazo y haciendo que se diera la vuelta para mirarla de frente, dijo:

—Estamos perdiendo el tiempo con este absurdo juego.

—Lo estarás perdiendo tú —comentó mirándole—. ¿Qué te ocurre? ¿Qué quieres?

Marco no respondió, sólo se limitó a mirarla. Su fragancia, su cercanía, todo en ella le excitaba. Aquella mujer le enloquecía. Celine, consciente de que sus defensas se derretían ante su proximidad, se puso a gritar mostrando todo su enfado:

—¡Aquí me tienes, Marco! Obligaste a mis jefes a que yo llevara tu maldita cuenta y, con eso, me has obligado a mí a venir aquí. ¿Qué más quieres?

—Te quiero a ti, maldita cabezona. ¿Todavía no te has enterado? —susurró para su desconcierto. No esperaba aquel arranque de sinceridad.

Con las pulsaciones a cuatro mil por minuto, Celine intentó alejarse de él y con voz dura repuso:

—Siento decirte que yo no estoy en venta. Habrás comprado a mis jefes, pero no me podrás comprar a mí. —Aquel comentario no gustó a Marco, que resopló—. Como profesional de la publicidad, aquí estoy para ayudarte en lo que necesites, pero no esperes otro tipo de favores, porque no estoy dispuesta a hacértelos.

—Te equivocas, Celine.

—¡No!

Marco, acercándose más a ella, le susurró cerca de la boca:

—Sí. —Y pasando su dedo por el óvalo de su cara, prosiguió—. Tenemos que hablar. Esto es absurdo.

A Celine se le puso el vello de punta al sentir aquella tierna caricia. Alejándose de él, dijo:

—Absurdo es que sigas intentando algo conmigo. Te dejé claro hace tiempo que no quería saber nada de ti. Olvídate de mí, porque entre tú y yo nunca habrá nada, ¿me has oído?

La rabia hizo que Marco la atrajera de nuevo hacia sí. Sujetándola con fuerza por los brazos, la obligó a besarle. Al principio ella se resistió. Pero la lucha de Celine cedió y su boca le respondió con auténtica pasión. Separándose unos centímetros, se miraron. Marco, sin darle tiempo a pensar, la condujo hasta un pequeño despacho. Al entrar, cerró la puerta. Celine soltó los papeles que llevaba en las manos y se lanzó a besarle. Con una sonrisa en los labios, Marco la acogió y con pasión la abrazó, mientras el calor de sus cuerpos subía. La excitación que sentían podía con la razón. Rodeándola con sus brazos, Marco se acercó con ella hasta el borde de una mesa y, sin pensárselo dos veces, tiró todo lo que en ella había y la posó allí.

—Esto no es buena idea —jadeó ella, incapaz de detenerse.

Pero Marco ya le había quitado la blusa que llevaba y le estaba chupando los pechos con avidez. Los mismos que adoraba y que siempre le habían sabido a gloria.

—Te equivocas. Es una fantástica idea —corrigió él mientras ella le quitaba la camiseta y él le desabrochaba su precioso sujetador.

Con una sonrisa que desarmó a Celine, Marco la tumbó en la mesa y la devoró. Comenzó por su boca, luego bajó a su cuello, para seguir hasta sus pechos y finalizar en su ombligo, mientras ella, jadeante, notaba cómo él le desabrochaba el cinturón de los pantalones. Cuando lo consiguió, tiró de ellos y la dejó semidesnuda encima de la mesa, sólo con el tanga y el sujetador. Al ver cómo la miraba, Celine llevó sus manos a los pantalones de él. Percibió la tensión que Marco contenía entre las piernas y que pugnaba por salir. Le desabrochó los pantalones y, sin apartar su mirada de él, metió la mano dentro del calzoncillo y le asió los testículos con suavidad.

—No deberíamos hacer esto, Marco, creo que... —susurró.

Sin embargo, él no la dejó terminar de hablar. Volvió a atacar aquellos labios que adoraba sin piedad y comenzó a morderlos y succionarlos como sabía que a ella le gustaba mientras le bajaba los tirantes del sujetador para pellizcarle los pezones. Hacía tiempo que Celine no disfrutaba tanto. Ambos gimieron de placer.

Sin mediar palabra, la tumbó de nuevo sobre la mesa, le subió las piernas y se las abrió para dejar aquel sexo húmedo, delicioso y caliente ante él. Con delicadeza, Marco se arrodilló ante ella y, pasando sus manos por debajo de sus piernas, la atrajo hacia sí y comenzó a chuparle el clítoris hasta que ella, entregada, se contrajo de placer.

La boca de Marco abarcaba todo su sexo para jugar con él. Succionó, chupó, lamió, mordió e introdujo su cálida lengua en ella, mientras Celine se abría y gemía extasiada para que él continuara. La excitación era tal que ella se incorporó y, pasando las piernas por encima de los hombros de él, empujó su sexo contra la cálida boca de Marco. Éste sonrió al sentirla así.

—Sí, sí... No pares —susurró ella al sentir cómo en su interior explosionaba algo caliente que la hacía vibrar.

Cuando ella gritó, Marco se levantó y guiando su pene al interior de la vagina de Celine, la penetró. Ella, agarrándose a su cuello, fue la que dio el primer empujón.

—Dime qué quieres, pequeña —susurró él disfrutando del momento—. Qué quieres que te haga... Dímelo.

Celine, totalmente entregada, seguía moviéndose con torpeza en busca de su placer. Pero al oírle le miró y, sonriendo como llevaba tiempo sin hacer, le susurró, tumbándose de nuevo en la mesa:

—Marco... haz conmigo lo que quieras.

Con una sonrisa que puso la carne de gallina a Celine, éste la asió por las piernas y allí abierta ante él, con su pene dentro de ella, comenzó un particular y lento bombeo que enloqueció una y otra vez a Celine, hasta que la oyó gemir de placer y jadear como una loca. Sin poder aguantar más, la besó y asiéndola por el cuello la inmovilizó y comenzó a empujar con rapidez, una y otra vez, hasta que no pudo soportarlo más y, antes de llegar al clímax, sacó su pene de ella y se corrió.

Fuera de las bodegas, mientras tanto, Rocío bromeaba con Delfín sobre la pelea que debían mantener aquellos dos en esos momentos. Nunca se hubieran imaginado que pudieran estar haciendo el amor de aquella manera tan pasional. Cuando Marco quedó tendido encima de Celine, el calor le subía hasta la cabeza de una manera increíble. Celine, bajo él, respiraba con agitación. Llevaba tiempo sin hacer el amor de aquella manera. Aunque con Joel era salvaje, no lo sentía como cuando lo hacía con Marco. Las miradas de los dos se encontraron. Él se levantó y Celine comenzó a vestirse con rapidez, sin mediar palabra hasta que Marco dijo:

—Celine, te necesito. Te quiero y tengo muchas cosas que decirte, que contarte y...

Asustada por cómo latía su corazón, hizo regresar su máscara de frialdad. Apenas sin mirarle, susurró:

—No, no puede ser. Tú no entras en mis planes. No quiero volver a sufrir.

Cuando ella dejaba que aquella frialdad se adueñara de su rostro a Marco se le helaba la sangre de indignación. ¿Por qué hacía eso? Enfadado y sin quitarle la vista de encima gruñó:

—En tus planes entra el imbécil con el que sales. ¿Llena más tu vida y te hace vibrar más que yo?

Levantando la mirada de sus zapatos, le miró con dureza y, muy enfadada, le gritó:

—Lo que yo haga y con quién lo haga, a ti no te importa.

Incapaz de entender por qué ella negaba lo que sentía por él, vociferó molesto:

—¡Me importa y mucho! Tú me importas más de lo que te imaginas. Odio ver cómo ese tío te besa y te toca, mientras que yo no puedo hacerlo.

Al entender lo que Marco quería decir, Celine abrió los ojos aún más.

—Pero ¿qué dices? —exclamó—. No me lo puedo creer. ¿Me estás espiando? No tienes bastante con obligarme a venir aquí para que me ocupe de la publicidad de tu maldita empresa, sino que, además, ¡me espías!

Furioso, Marco abrió la puerta del despacho y salió.

—Oh, Celine, sinceramente, no entiendo cómo puedes hacer el amor conmigo así —gritó— y luego tener la sangre fría de decirme que no entro en tus planes. ¡Eso se acabó! A partir de este momento tú ya no entrarás en los míos.

A grandes zancadas, se alejó de ella.

—¡Quieres hacer el favor de estarte quieto mientras hablamos! —gritó ella.

En ese momento, todos les oyeron desde fuera y sonrieron. Aunque Rocío se encogió de hombros al pensar lo furiosa que debía de estar su amiga para gritar así. Marco, sin hacerle caso, abrió la puerta de salida de la bodega con gesto de enfado, se montó en su jeep y, dejando a todo el mundo con la boca abierta por el acelerón que pegó, se marchó. Todos estaban mirando el coche cuando Celine salió de las bodegas. Nadie, a excepción de Rocío, se percató de que en los ojos de Celine había lágrimas. Ella se las secó con rapidez. No pensaba dejar que los demás vieran que estaba llorando.

Aquella tarde, mientras Celine hablaba con Pierre sobre él catálogo que querían preparar para la subasta, Marco buscó a Rocío para despedirse de ella.

—¿Cómo que te vas? —preguntó incrédula—. Pero si ésta es tu casa. Somos nosotras las que deberíamos irnos.

Marco la miró con una sonrisa y respondió:

—No te preocupes por eso. Pierre y Celine están terminando de trabajar en el catálogo de la subasta. Creo que hoy lo terminarán y yo necesito ir a ver a mi pequeña Sabrina. Esta noche no regresaré. Me quedaré en casa de mi hermana. Necesito empezar a poner mi vida en orden y creo que hoy puede ser un buen día.

Tocándole el pelo con cariño, cosa que el hombre agradeció con una sonrisa triste, Rocío preguntó:

—¿Estás bien, Marco?

Tras resoplar, éste se encogió de hombros.

—Es difícil responder a esa pregunta, y más cuando

uno debe asumir que hay cosas en la vida que, aunque uno se empeñe, no se pueden tener.

—Yo no lo veo así —dijo Rocío—. Creo que os hace falta tiempo. Mira, conozco a Celine y te puedo asegurar que lo que he visto en sus ojos estos días no lo había visto nunca.

Eso le hizo sonreír y, tocándose la incipiente barba susurró:

—Nos hace falta un milagro y eso, querida Rocío, creo que no va a ocurrir. —Dándole un beso en la mejilla añadió—: Quiero que sepas que me ha encantado conocerte y que, siempre que necesites algo, aquí estaré. Toma —dijo dándole una tarjeta—, aquí tienes mis teléfonos y mi correo electrónico, por si alguna vez quieres traer a tu madre o venir para visitar a un viejo amigo. Siempre serás bien recibida.

—Es una pena que estés enamorado de la Tempanito —bromeó ella haciéndole sonreír—, porque te puedo asegurar que mi madre moriría porque un hombre como tú se enamorara de mí.

Tras aquel comentario, se abrazaron. Sólo se conocían desde hacía dos días, pero habían llegado a conectar tan bien que supieron que entre ellos había comenzado una bonita y sana amistad. Minutos después, Marco se despidió de ella y se perdió por el valle al volante de su jeep.

32

Aquella noche, Celine, al enterarse durante la cena de que Marco no volvería, se sorprendió. En cierto modo se molestó. Además notó que Rocío se mantenía extrañamente callada, cosa que le mosqueó. Tras la cena, decidieron dar un paseo por el jardín. A la mañana siguiente regresarían a Los Ángeles, pues Celine había acabado el trabajo y era la comunión de Julia y Susan, las niñas de Aída.

—Es precioso todo esto. Me encantaría vivir en un lugar así —comentó Rocío—. En cierto modo, me recuerda a Oklahoma y a la tranquila casa de la abuela de Pocahontas.

Celine, tras encenderse un cigarrillo, aspiró y miró a su alrededor. Aquello era precioso: los árboles, grandes y frondosos, rodeaban la casa, el jardín estaba lleno de flores y los campos resplandecían con los cultivos. Aquel lugar era un lujo que pocas personas podían disfrutar. Sin embargo, con gesto de indiferencia dijo finalmente:

—Sí, un lugar así resulta relajante.

Rocío, cada vez más enfadada con su amiga por todo lo que le había ocultado a ella y al resto de las chicas, la miraba con el cejo fruncido.

—¿Por qué no dejas de fumar de una vez, *miarma*? —preguntó.

—Porque no me da la gana, querida Rocío.

—¿Alguna vez has contado la cantidad de cigarrillos que te metes en el cuerpo en un solo día? Marco tiene razón, fumas demasiado.

Aquel comentario no le gustó. No quería hablar de él aunque no pudiera quitárselo ni un segundo de la cabeza.

—No comiences tú también con ese rollo —dijo mirándola.

Con malicia, Rocío se detuvo y, agarrando a su amiga del brazo, susurró:

—Hablando de rollo, ¿tienes que contarme algo?

Al oír aquello, Celine se maldijo e, intentando zafarse de ella, respondió:

—No me apetece hablar de eso ahora.

Pero Rocío, dejando desconcertada a su amiga, le espetó:

—Esa frase es de Elsa. Invéntate otra cosa, porque ésa la tengo muy oída.

Al decir Rocío aquello, Celine comenzó a reír y su amiga la acompañó.

—No sé por qué te ríes —comentó Rocío—. Si yo estuviera en tu lugar, estaría llorando a moco tendido, ¡te lo aseguro! Marco es un hombre maravilloso y estás perdiendo la oportunidad que él te ofrece de ser feliz.

—No creo que estemos hechos el uno para el otro —gruñó Celine mirando hacia el fondo del jardín, justo al lado de unos arbustos.

—¿Por qué nunca nos has contado que tuviste una relación con él de casi un año?

Sorprendida, Celine la miró y, con gesto furioso, preguntó:

—Pero ¿qué clase de conversaciones has tenido tú con Marco?

—Las justas para entender muchas cosas, *siquilla* —sonrió Rocío al ver la cara que ponía su amiga—. Y ahora comprendo, por ejemplo, por qué sabes tanto de vinos, y más cuando a ti, realmente, no te gustan. También he entendido por qué cuando te pregunté qué tal habías pasado la Nochevieja el año pasado me dijiste que había sido la peor de tu vida, y muchas cosas más.

—Sé que me vas a dar la charla por no haberte contado nada pero es que... —dijo mirando de nuevo a los matorrales—. ¿Has oído algo?

Rocío, mirando a su alrededor, preguntó:

—¿El qué?

—Allí —dijo Celine señalando a los matorrales—. Anoche, cuando estábamos hablando con Marco, me pareció oír algo pero es que ahora se mueven, ¿lo ves? —dijo mientras ambas veían cómo aquel matorral se movía.

Con cuidado, se acercaron hasta él y sonrieron al descubrir lo que había allí.

—Virgen de la Candelaria, ¡qué cosa más linda! —exclamó Rocío al ver tres cachorrillos de pocos días.

—Deben de ser los del perro que ayer mandó echar Marco de su finca —comentó Celine al recordarlo.

—¡Pobrecillos! —gritó Rocío—. Llevarán sin comer desde ayer. —Y cogiendo a uno de ellos, que no tenía ni siquiera los ojos abiertos, preguntó—: ¿Qué vamos a hacer ahora?

—No lo sé. Quizá podríamos darles algo de leche. Angelita seguro que nos la proporciona de la cocina —susurró Celine cogiendo los otros dos perrillos.

Si algo la enternecía eran los cachorros, aunque nunca se había permitido tener ninguno, por su trabajo y porque siempre le habían dicho que una persona como ella no sabría cuidar de nada ni de nadie. Con rapidez, ambas regresaron a la casa y buscaron a Angelita, que estaba sentada en el salón viendo la televisión. Al verlas aparecer con aquellos animalillos entre las manos, se levantó rápidamente y buscó un cuenco donde calentar algo de leche en el microondas. Como los perrillos eran tan pequeños, no sabían lamer la leche del plato. Por eso y a falta de tetinas de biberón, Angelita, mujer de recursos, cogió un guante de goma y tras lavarlo, lo llenó de leche. Haciendo unos pequeños agujeros en la punta de los dedos, lo acercó en las bocas de aquellos cachorrillos. Poco a poco, los perritos comenzaron a beber leche, hasta que se saciaron.

Aquella noche, ya que Marco no estaba en casa para echarlos a la calle, Celine se empeñó en llevárselos a su habitación. No quería dejarlos solos. Los sentía tan indefensos que le parecía increíble que ellos solos hubieran podido sobrevivir. Sobre las cuatro de la mañana, cuando Rocío fue a darles leche de nuevo, vio con tristeza que uno no respiraba. Celine, al comprobarlo, lloró sin saber realmente por qué.

Rocío, sorprendida por aquel llanto repentino, intentó calmarla, aunque aquellas lágrimas eran lo que su amiga necesitaba. Llevaba años sin llorar de aquella manera. Sentada delante de la ventana, con los cachorros en su regazo, Celine le contó a Rocío lo que necesitaba oír. Escuchar a su fría e imperturbable Celine y descubrir que su corazón sufría de tristeza por su soledad, hizo que Rocío llorara también. Nunca se había imaginado que su dura amiga ansiara tanto que alguien la quisiera. En esos momentos lo veía, mientras le relataba con dolor lo ocurrido con Marco.

Al amanecer estaban cansadas. La noche había sido larga y cuando se quisieron dar cuenta eran las siete de la madrugada. Muertas de sueño, se durmieron. Finalmente, se despertaron a las dos y media de la tarde.

—¡Qué vergüenza! —comentó riéndose Rocío al ver la hora que era—. ¿Qué pensará Angelita de nosotras?

Celine, vistiéndose con premura, susurró con los ojos aún hinchados:

—No lo sé, pero lo que no entiendo es por qué no nos ha llamado antes.

—¡Qué pena! Se nos ha muerto otro cachorro —murmuró Rocío con tristeza al mirar dentro de la caja donde estaban los animalillos y ver que otro no respiraba.

—¡Joder, qué mala pata! —susurró Celine mirando la caja.

Tras observar durante unos segundos al cachorrito muerto, cogió el único que quedaba con vida y mirando a su amiga dijo:

—Éste es un superviviente y lo tengo que salvar como sea. No voy a permitir que le pase lo que a los otros.

—Vale, vale —susurró Rocío, conmovida al ver de nuevo lágrimas en los ojos de su amiga—. Pero tranquilízate. Estamos haciendo todo lo que podemos por ellos. Quizá estaban enfermos o...

—Le llevaremos al veterinario —comentó Celine mientras recogía su ropa.

Rocío asiendo del brazo a su amiga, que parecía decidida a salvar ese cachorro como fuera, le preguntó:

—Pero, Celine, ¿qué vas a hacer con él? Tu vuelo para Bruselas sale dentro de dos días y no te dejarán llevarlo contigo en el avión.

Ésta suspiró. Sin embargo, tenía claro que algo tenía que hacer por el animal.

—Mira, Rocío, no sé qué haré con él, excepto salvarle la vida. Pero lo que tengo claro es que aquí no lo voy a dejar para que muera como los otros dos.

Una vez metieron sus ropas en las maletas, las muchachas se despidieron de Angelita. Mientras salían de las tierras de Marco, Celine miraba a su alrededor. Nunca más regresaría allí. Intentó no llorar y sonrió cuando Rocío le pellizcó la mejilla en un gesto cariñoso. Cuando pasaron cerca de unos trabajadores que dijeron adiós con la mano ellas respondieron, mientras Rocío acariciaba al perrillo que llevaba sobre su regazo dormido.

Una hora después, Celine conducía tranquilamente. Por su gesto altivo nadie hubiera imaginado que por dentro estaba destrozada. Adoraba a Marco, pero su propia rabia no le dejaba demostrarle sus verdaderos sentimientos. Mientras conducía, no podía olvidar el momento vivido con él el día anterior, en las bodegas.

Adoraba aquellos labios, aquel cuerpo y, en especial, cómo la hacía sentir cuando posaba sus manos sobre ella y le hacía el amor. Todavía le escocían los labios y podía sentir sus dulces besos, mientras Rocío hablaba, aunque realmente no se enteraba de nada, cosa que a ésta no se le pasó por alto.

En ese instante sonó el móvil de Celine. Era Elsa.

—Cógelo tú, no tengo ganas de hablar —dijo Celine, que iba conduciendo.

Rocío, tras encogerse de hombros al ver que su amiga no había querido conectar el manos libres, cogió el modernísimo móvil de Celine y saludó:

—Hola, *miarma*.

Al oír su voz, Elsa sonrió y preguntó:

—¿Dónde estáis?

—Camino de Los Ángeles.

—Habéis salido muy tarde, ¿verdad?

Ésta sonrió al oírla y, tras mirar a una Celine ausente, dijo:

—Más o menos. Anoche nos acostamos muy tarde. Nos liamos a cotorrear y ya sabes lo que pasa cuando las amigas se ponen a charlar.

Al ser tan poco descriptiva sobre lo que contaba, Elsa captó rápidamente el mensaje y chilló:

—No me lo digas. La señorita Tempanito te ha contado algo que no sabemos, ¿verdad?

Celine oyó la pregunta, y tras mirar a Rocío, le hizo una señal de que callara o le cortaba el cuello. Pero ésta respondió con una sonrisa:

—Más o menos.

«Maldita sea», pensó Celine.

—¿En serio? Cuenta... cuenta —insistió Elsa, divertida.

Celine, que la volvió a oír, le quitó el móvil a una risueña Rocío y gritó:

—No seas pesada, Elsa, guapetona, y cierra el pico. —Tras aquello, le volvió a pasar el teléfono a Rocío, que la miraba muerta de risa.

Elsa se estaba divirtiendo de la lindo. Se rió y, cambiando de tema, preguntó:

—¿Sobre qué hora llegaréis?

—Sobre las ocho o las nueve de la noche.

—¿Tan tarde? —resopló Elsa decepcionada. Aquella noche dormirían las tres en su casa y estaba deseando que llegaran, y más si había noticias nuevas.

—¡Oye, guapa! —gritó Celine quitándole de nuevo el teléfono a Rocío—. ¿Acaso quieres que nos matemos por ir a doscientos por hora?

—¿Se puede saber qué te pasa? —preguntó Elsa.

Rocío notó la crispación de Celine según se alejaban de Marco Depinie. Volvió a quitarle el teléfono, y, en ese momento, su amiga se encendió un nuevo cigarro.

—Dame el teléfono, gruñona y presta atención a la carretera. —Y volviendo a hablar con Elsa, dijo—: *Ozú... miarma*, Elsa cariño, no hagas caso. Hoy nuestro «tempanito» no tiene un buen día. Por cierto —dijo para desviar el tema—, llevamos un cachorro de perro, así que vamos a ser uno más.

—De acuerdo —asintió Elsa sin querer preguntar más—. Os espero en casa. Prepararé algo de cena y dile a la loca esa que conduzca con tranquilidad.

Tras despedirse de Elsa, Rocío cerró el móvil de Celine y, sin pensárselo dos veces, dijo al ver un área de servicio:

—¡Para allí! Tomaremos algo. Tengo hambre y este amiguito seguro que también —dijo tocándole la cabeza al cachorrillo.

Una vez en el aparcamiento, Rocío fue a pedir unas hamburguesas, un par de refrescos y un poco de leche para el cachorro, que parecía estar bien. Mientras esperaba en el interior del bar a que la atendieran, vio cómo

Celine lloraba apoyada en el volante del coche. El corazón se le partió al ver aquella estampa. Sin embargo, tras pensárselo mucho, decidió dejarla un momento a solas para que se desahogara. Pasados unos minutos, Rocío se acercó con las provisiones hasta el coche.

—He traído un par de hamburguesas, dos Coca-Colas y un delicioso vaso de leche templada para nuestro amiguito.

Oculta tras sus inconfundibles gafas negras, Celine sonrió.

—¡Estupendo! —exclamó—. Estoy muerta de hambre, y apuesto a que él también.

Rocío se sentó en el coche y, mientras abría el papel de la hamburguesa, preguntó:

—Por cierto, ¿qué nombre le vas a poner?

Celine miró al cachorro. ¿Cómo pensar en un nombre si ni siquiera sabía qué iba a hacer con él?

—No lo he pensado —respondió ésta tras retirarse el pelo de la cara.

Rocío al ver los ojos rojos de su amiga a través de sus oscuras gafas, dijo:

—Bueno, no te preocupes. Ya lo pensaremos. Tenemos tiempo.

Durante unos minutos comieron en silencio, saboreando aquellas hamburguesas. Rocío miraba a su amiga con disimulo. Estaba demasiado callada y cuando ya no pudo más dijo:

—¡Por Dios, Celine! Di algo, *siquilla*. Cágate en mi madre. Odia mi color de pelo, di que la hamburguesa sabe a rayos pero, por favor, ¡di algo!

Aquellas palabras provocaron de nuevo el llanto de Celine. Rocío, totalmente descolocada, soltó su hamburguesa y la abrazó. Nunca la había visto así, ni siquiera cuando ocurrió lo de Bernard. Como pudo y con toda la paciencia del mundo, la tranquilizó y, cuando consiguió que dejara de llorar, le quitó las dichosas gafas negras para poder verle los ojos. Unos ojos azules llenos de tristeza, pena y, sobre todo, de dolor.

—Pero ¿qué te pasa, Celine? —susurró Rocío conmovida.

—No sé por qué me he traído al cachorro conmigo —sollozó—. Seguro que no sabré cuidar de él.

Aquella contestación hizo que Rocío sonriera y preguntara:

—¿Tengo que entender que estás llorando como la Macarena de mi pueblo por el cachorro? O quizá lloras porque no quieres alejarte de este valle, y de ese pedazo de hombre llamado Marco Depinie.

Oír su nombre la hizo volver a gemir. Rocío ya tenía una respuesta.

—Soy una imbécil, una prepotente y nadie me quiere.

—Eso es mentira, Tempanito... Totalmente falso.

—Acabaré sola y sin que nadie me quiera, a excepción de vosotras —gimió Celine con los ojos llenos de lágrimas—. Sólo os tengo a vosotras cuatro, porque soy una persona mala y sin corazón, que todo lo hace mal.

—Pero ¿qué dices? —respondió Rocío secándole las lágrimas—. Eres una mujer con un carácter fuerte pero nada más. —Y antes de que protestara, Rocío siguió—: Escúchame, so tonta. No es que todo lo hagas mal, es que eres demasiado exigente y crítica para todo y ahora que estás en un momento flojo y tonto te voy a decir que yo creo que deberías empezar a pensar en ti y en tu corazón y dejar de una puñetera vez esa imagen de Mata Hari que te empeñas en mostrar al mundo.

—Rocío, si no fuera por vosotras, estaría sola en al mundo —dijo haciendo que se le encogiera el corazón—. Tener la familia que tengo es como no tener nada. Yo sólo os tengo a vosotras y a mi trabajo.

—Y a Marco Depinie —aclaró Rocío.

—Él me odia. Ayer lo vi en sus ojos. Durante mucho tiempo ha intentado que vuelva con él, pero yo me he empeñado en hacerle la vida imposible. Con eso me la he hecho imposible también a mí y ahora... ahora mira cómo estoy —sollozó, destrozada.

Al ver la oportunidad de poder hablar de aquello, Rocío le tomó la cara y, tras limpiarle las lágrimas con un pañuelo, dijo mirando aquellos dulces ojos azules tan vacíos de amor:

—Estás confundida respecto a él. Marco daría su vida por ti. —Y pensando en Elsa, preguntó—: Pero ¿qué os pasa a Elsa y a ti? Sois dos tontas laboriosas, que sólo pensáis en trabajar y trabajar y dejáis que se os escape la felicidad, y lo peor de todo es que no hacéis nada para retenerla. —Y para hacerla sonreír, añadió—: No es justo, ¿por qué no aparecerá un indio en mi vida o un Marco Depinie? Al final va a tener razón mi madre con ese dicho que afirma que «Dios da pañuelos a quien no tiene narices».

Aquel refrán y la sonrisa de su amiga consiguieron que Celine volviera a sonreír.

—Creo que Elsa y yo somos unas idiotas que no sabemos ver cuándo alguien nos quiere y nos respeta. Pero en nuestra defensa tengo que decirte que quizá ambas pensemos que cualquier relación, por maravillosa que parezca, al final, nos hará sufrir, y no queremos.

—¡Virgen del Rocío! —gritó—. Qué pena no tener una grabadora para poder utilizar estas palabras cuando os pongáis idiotas alguna de las dos. —Y sonriendo, comentó—: Creo que eres tonta. Has conocido a un tipo encantador que está loco por ti, y déjame decirte que la vida son dos días y que hay que aprovechar los momentos para ser feliz. Un amor como el que tienes la oportunidad de vivir con Marco no se encuentra todos los días. Hoy por hoy, la gran mayoría de los tíos van a lo que van, a un polvete rápido, y luego si te he visto no me acuerdo. Sin embargo, Marco, por lo poco que le he conocido y lo que tú me estás contando, no es así. Creo que desperdiciar el ser amada, cuando realmente te aman, es una tontería. No seas idiota, Celine, y aprovecha lo que tienes hoy. Vive al día, porque nunca se sabe si algo tan maravilloso como lo que has encontrado volverá a pasar por tu vida.

—¿De veras crees eso?

—Tanto como que me llamo María del Rocío Fernández Albiño del Monte —comentó sonriendo—. Creo que Marco es un hombre excepcional, que está loco por ti y que no dudaría en abrirte los brazos si tú quisieras.

Con la barbilla temblorosa por lo que oía, Celine susurró:

—Ayer fui muy desagradable con él. Le dije cosas terribles y despreciables.

Rocío contestó, haciéndola sonreír de nuevo.

—La verdad es que a veces eres un poco borde. ¡Pero, chica, tienes la suerte de que Marco está dispuesto a soportar tu mal humor y tus salidas de tono! —Luego tocándole la cara, añadió—: Deberías hablar con él. Sería bueno para los dos y estoy segura de que Marco vendrá volando para estar contigo.

Encendiéndose un nuevo cigarro, Celine preguntó:

—¿Sabes que tuvo un hijo con su ex mujer?

—Hay muchas cosas que ignoras, Celine —dijo Rocío—. Su ex mujer murió hace un año en un accidente de tráfico y él se ocupa de su hija Sabrina, de dos años. —La cara de Celine era un verdadero poema. Rocío prosiguió—: En los días que hemos estado en la finca, la niña ha permanecido en la casa de su hermana. Creo que él la llevó allí para que no te incomodara.

Sorprendida y sin creerse lo que acababa de oír preguntó con la voz ajada:

—¿Que su ex mujer murió?

Rocío asintió y, tomándola de las manos, dijo:

—Prométeme que le vas a llamar y vas a hablar con él.

Tras suspirar y tomar fuerzas, Celine asintió.

—Te lo prometo. —Y tras un cariñoso abrazo, mirándola a los ojos, dijo—: ¿Sabes que eres la mejor de todas nosotras?

—No sé si seré la mejor, pero desde luego ¡la solterona seguro! Con la suerte que tenéis todas con los hombres, exceptuando a Pocahontas, ¿por qué yo no encuentro mi superhéroe?

—Estoy segura de que aparecerá —sonrió Celine—. Gracias por ser tan buena conmigo, Rocío...

—No digas tonterías, *siquilla* —se emocionó ésta al escucharla—. Lo hago por ti, tú, o cualquiera de las chicas lo haríais por mí, puedo asegurártelo. Lo que pasa es que vives muy lejos de todas nosotras. Pero aquí, cariño, cuando alguna tiene un problema, vamos todas a una.

—Lo sé —asintió Celine.

—Y creo que todas te hemos dicho que, aunque tú estés en Bruselas, el teléfono existe y los aviones también. Lo pudiste comprobar cuando ocurrió lo de Bernard. —Luego, sonriendo, añadió—: Prepárate, porque no quiero ni pensar lo que dirán cuando se enteren de esta historia. —Y al ver que sonreía, continuó—: A ver si de una vez por todas cambias, eres como debes ser y dejas la frialdad para otras personas. Ese Joel será un tipo maravilloso, que seguro que te hace ver las estrellas cuando se mete entre tus piernas, pero creo que ambos os utilizáis. —Celine asintió y Rocío omitió comentar lo de Claudia, era innecesario—. En cambio, Marco no te utiliza, ni te utilizará nunca. ¿Y sabes por qué? Porque está loco por ti y cuando uno está loco por alguien, no ve defectos, sólo virtudes, y estoy segura de que con él no sólo verás las estrellas, ¡verás el firmamento entero! —Ambas rieron—. Entonces, hazme el favor de ser feliz y prométeme que seré la madrina de tu primer hijo con Depinie, ¿vale, Tempanito?

Con las lágrimas corriéndole por la cara, pero esta vez de felicidad, Celine susurró:

—Te lo prometo. —Y sonriendo dijo—: Este viaje me ha hecho darme cuenta de lo maravillosas que sois vosotras y de que sin Marco no voy a poder vivir.

Diez minutos después, tras terminar sus congeladas hamburguesas, Rocío comentó:

—Creo que debemos continuar. Elsa nos matará como se le enfríe la pizza congelada que estoy segura que nos va a preparar. —Y poniendo los ojos en blanco, añadió—: ¡Otra que no ve que el amor de su vida está delante de sus narices!

Dispuesta a hacérselo ver a su amiga, Celine arrancó el coche y dijo:

—Pues tendremos que hacer que se dé cuenta.

—¡Virgencita! La que se va a armar esta noche. ¡Otra noche sin dormir! —rió Rocío haciéndola sonreír mientras proseguían su viaje.

33

Aquella noche en Los Ángeles, Elsa hablaba tranquilamente por teléfono con Aída. Como siempre, ésta estaba histérica ante un evento, en ese caso, la comunión de las niñas.

—¿Mañana iréis directamente a la iglesia?

—Creo que será lo mejor —respondió Elsa que hablaba con el manos libres mientras se pintaba las uñas—. Me imagino que las chicas llegarán cansadas y que lo mejor será ir directas. Por cierto, ¿han llegado ya tus padres de España?

—Sí. Ayer Javier fue a buscarles al aeropuerto, y por la noche llegaron también los abuelos Patrick y Aiyana. Por cierto, la bisabuela Sanuye me ha dado recuerdos para ti. Dijo que esperaba tu grata visita alguna vez en su casa.

Oír aquel nombre hizo que a Elsa le diera un brinco el corazón.

—Agradezco la invitación. Espero ir contigo y disculparme por lo borde que estuve el día que nos marchamos de allí.

Preocupada por su amiga, Aída preguntó:

—Elsa, ¿crees que mañana estarás bien?

Sin pensarlo mucho, pues no quería pensar, respondió:

—Por supuesto que sí. Por mis niñas ya sabes que yo hago lo que sea. Y por cierto, si me preguntas eso porque tu hermano irá acompañado por otra mujer, no te preocupes, lo superaré.

digas tonterías! Javier no acudirá acompañado. caso de lo que las niñas te digan. Para ellas cual- amiga de Javier es una novia.

Elsa llevaba varios días sin dormir. Pensar que durante unas horas ella y Javier se verían las caras la estaba matando. Sin embargo, para cambiar de tema, comentó:

—Anoche hablé con Shanna. Me dijo que Maui es una maravilla y que tenemos que organizar unas vacaciones todos juntos con los niños.

—¡Qué divertido! Serían unas vacaciones geniales, sobre todo para mis cuatro niños —dijo tocándose su abultada tripa con amor—. Oye, ¿y qué tal la luna de miel?

—Se lo están pasando estupendamente y sienten un montón no poder asistir a la comunión —mintió Elsa. Shanna quería darle una sorpresa. Por nada del mundo se perdería la comunión de aquellas pequeñas.

—Ya le dije que no se preocupase. Una no está de luna de miel todos los días.

Tras sonreír, Elsa preguntó:

—Y tú, ¿cómo estás?

—Pues bien, a pesar de estar como un globo hinchable —sonrió al verse reflejada en el espejo—. Pero algo cansada de aguantar a mi madre, y eso que llegó ayer. Me está volviendo loca con lo de Mick. Según ella, es una locura todo lo que estoy haciendo con la separación.

—Aída, cariño, sobre lo que piensa tu madre... —comenzó a decir Elsa.

—No te preocupes —la interrumpió su amiga—, sé responderle bien. Mick y yo estamos haciendo las cosas de manera amistosa, sobre todo por los niños. Nunca volveremos a ser los mejores amigos, pero sí los mejores padres para nuestros hijos. Yo estoy bien y tranquila. Por primera vez elijo qué hacer con mi vida y te puedo asegurar que me encuentro con mucha fuerza, porque sé que lo que estoy haciendo será bueno para todos.

—Me gusta escucharte hablar así —añadió Elsa orgullosa.

—Ésta es mi vida, Elsa, y he decidido vivirla. Mañana Mick acudirá acompañado de su familia, y espero que mis niñas tengan una comunión invernal tranquila y como Dios manda.

—Seguro que sí —sonrió Elsa.

Tras despedirse y quedar para el día siguiente, Aída volvió al cuidado de sus hijos, y Elsa continuó pintándose tranquilamente las uñas, hasta que sonó otra vez el teléfono. Era su abuela Estela.

—Hola, cariño mío.

—¡Abuela! ¡Qué sorpresa! —sonrió dispuesta a escuchar lo que diría a continuación.

—¡Sorpresa! —la regañó—. ¿Te parece bonito que lleves sin llamarme tres semanas?

—Abuela, perdona, pero es que...

—Ni es que, ni nada —gruñó Estela entre risas al advertir el desconcierto de su nieta. Suavizando la voz, comentó—: Espero que por lo menos estés ocupada en algo que no sea únicamente el trabajo o me enfadaré.

—Por supuesto, abuela —suspiró, dispuesta a no hablar de Javier.

—¿Tienes comida en la nevera o tengo que ir yo a llenártela?

—Abuela, tengo cosas en la nevera —mintió al recordar que sólo guardaba allí Coca-Colas, huevos y alguna pizza congelada para cuando llegaran las chicas—. No te preocupes, abuela, como bien.

—Dentro de unos días estaré en Los Ángeles. Necesito ver a mi pequeña Estela.

—Está preciosa, abuela —sonrió al recordarla—. Hace dos días estuve cenando en casa de la tía y la pequeñaja está para comérsela. Por cierto, ¿adivina quién estuvo cenando con nosotros?

…l doctor Thorton? ¿Ese chico tan guapo y que te …e? —preguntó esperanzada.

…maldijo entre dientes y contestó:

—No, abuela. Joanna, la amiga de la tía.

—¿La loca esa? —rió al recordar—. ¿Y cómo está?

—Cuando la veas te partirás de risa. Ahora parece más joven que yo —se carcajeó al recordarla—. Se ha hecho una lipoescultura, se ha quitado las ojeras de los ojos y se ha redondeado la barbilla.

—¡Dios mío! —gritó la anciana—. ¿Tú crees que esa mujer es una amiga recomendable para Samantha? Cualquier día la convence y Samantha se nos hace algo.

—Tranquila, abuela. La tía está muy contenta como es —contestó al pensar en ella. La maternidad casi a los cincuenta le había sentado de maravilla.

—Bueno, cariño, te dejo —se despidió la mujer—. Recuerda que dentro de unos días estaré allí y quiero verte.

—De acuerdo, abuela. Te quiero.

34

Lejos de la tranquilidad de la casa de Elsa, el sonido de las ambulancias llenaba el ambiente. Un grave accidente se había producido en la autopista 101. El conductor se había quedado dormido al volante y eso había producido un choque en cadena. Los bomberos trabajaban para intentar sacar a las personas que se habían quedado atrapadas entre los coches, y los médicos atendían a las víctimas tan rápido como podían.

—Virgencita, ¿qué ha pasado? —susurró Rocío tras el impacto, el ruido y el silencio posterior. Estaban boca abajo—. Ay, Dios, Celine, ¡tienes sangre en la cara!

Celine intentó moverse, pero no pudo.

—Tranquila, estoy bien, ¿y tú? —murmuró.

—Me duele la pierna. Creo que la tengo enganchada en algo y no la puedo sacar.

—¡Ay, Dios mío! —casi gritó Celine al oír aquello.

—Pero no te preocupes, estoy oyendo las sirenas de una ambulancia. Seguro que nos sacan de aquí en un pispás. —Rocío intentaba ser positiva a pesar del agobio que sentía.

—El cachorro, Rocío, ¿dónde está el cachorro? —preguntó Celine, asustada. Su mente revivía el momento en que vio cómo los coches de delante chocaban entre sí y ella no podía frenar.

—No lo sé, Celine, no puedo moverme, pero tranquila, seguro que no andará muy lejos —pensó Rocío mientras imaginaba que lo habría aplastado.

En ese momento se oyó la explosión. Fue uno de los coches cercanos. La onda expansiva movió el vehículo en que se encontraban ellas y Rocío gritó al sentir un fuerte dolor en el costado y un golpe en la cabeza. En ese instante, ambas se quedaron sin palabras. Se veían atrapadas y sin poder hacer nada. Segundos después oyeron una voz masculina que les hablaba.

—¡Tranquilas, señoritas! Ya estamos aquí y vamos a sacarlas de ese incómodo coche.

Rocío, que tenía un fuerte golpe en la cabeza, intentó sonreír. La voz de aquel hombre sonaba cerca. Le oía dar órdenes. Moviendo un poco el cuello, vio unas sombras que metían sus cuerpos entre el amasijo de hierros para ver cómo estaba el coche por dentro. De pronto, aquel hombre volvió a hablar.

—Soy Kevin Dangelo, jefe de bomberos, y él es Patrick, el excepcional médico que os va a atender. Decidme cómo os encontráis.

—Mal —susurró sin fuerzas Celine.

—Hola, Kevin —murmuró Rocío—. Ella es Celine y yo soy Rocío, y me encuentro como si toda una manada de elefantes africanos me hubiera pasado por encima.

Aquel comentario llamó la atención del hombre que sonrió y, sin parar de trabajar, dijo:

—Pues permíteme decirte que para haberte pasado por encima una manada de elefantes africanos yo te veo muy bien.

Ambos sonrieron y Rocío continuó:

—Ella no se puede mover y sangra mucho por la cabeza. Yo debo de tener la pierna enganchada en algo y me duele el costado. He intentado abrir las puertas, pero no puedo y un coche cercano ha explotado y... —susurró comenzando a sollozar, mientras Patrick, el médico, con la ayuda de Kevin, les ponía unos collarines a ambas.

—No llores, Rocío —dijo el bombero tocándole la mejilla ensangrentada—. Por la explosión no te preocupes, mis compañeros tienen controlado el fuego. Ahora Steven y Garet, dos de mis hombres, cortarán con una sierra los hierros para poder sacaros de aquí.

Pero Rocío estaba asustada y no podía parar de llorar.

—No llores, Rocío, o conseguirás que me asuste —murmuró Celine, que en ese momento perdió el conocimiento. Con eso, Rocío se asustó todavía más.

El bombero, al ver que ésta intentaba moverse para tocar a su amiga, la sujetó de las manos y dijo:

—Vamos a ver, tranquilízate. Tu amiga sólo se ha desmayado. ¿Vale? —Ella asintió y dejó de llorar—. Ahora voy a taparos con estas mantas para que podamos cortar los hierros con las sierras. Estas mantas os protegerán de las chispas que se desprenderán al cortar. Por el ruido no te preocupes, nosotros estamos aquí y no nos vamos a mover hasta que no os saquemos.

—Estoy asustada ¡qué digo asustada! ¡Me va a dar un infarto de un momento a otro! —comentó Rocío al sentir el calor que desprendía el coche que había saltado por los aires—. Ay, Dios mío... Tengo miedo de que nos quememos. Por favor, hacedlo deprisa o te juro que yo me muero aquí.

El desparpajo de aquella mujercita, a pesar de estar herida, le atrajo. Tras decirle algo a sus compañeros, Kevin dijo tirándose de nuevo al suelo para hablar con ella:

—Tengo una idea. Me quedaré aquí contigo charlando bajo las mantas mientras ellos trabajan. Para algo soy el jefe, ¿no crees? —Ese comentario hizo sonreír a Rocío, que le agradeció aquel gesto y, como si la conociera de toda la vida, le agarró de la mano mientras seguía hablando.

—Gracias, gracias, gracias. Te juro que cuando salga de aquí, *miarma*, te haré el favor que tú quieras, por tu amabilidad.

En ese momento, un ruido tremendo de sierras comenzó a sonar.

—De nada, es mi trabajo. —Al ver que ella se encogía y temblaba, apretó su mano y ella, de nuevo, sonrió.

Rocío y Celine, junto a Kevin, quedaron cubiertas por unas grandes mantas ignífugas. Mientras, tres bomberos cortaban los hierros del coche para sacarlas de allí. Rocío miró a aquel bombero mientras le castañeaban los dientes. Su cuerpo empezaba a quedarse frío y Kevin, que no podía hacer nada, veía cómo la muchacha perdía fuerzas y color en la cara por momentos.

—No te preocupes, esto terminará pronto. Mis muchachos son los mejores en su trabajo. En seguida te haremos entrar en calor —dijo él, inquieto porque sus hombres terminaran. Por cierto, tu acento ¿de dónde es?

—España. Soy española.

—Vaya, estuve allí hace años y me encantó vuestra tortilla de patata.

—Y seguro que sabes decir «olé», ¿verdad? —Él sonrió—. Celine está muy quieta —murmuró ella con pocas fuerzas.

—Es normal, se ha desmayado —añadió él, mientras sacaba una mano por la manta y les pedía a sus hombres que se dieran prisa. Por el color de las caras de aquellas chicas, podía decir que estaban empeorando—. Te prometo que en dos minutos estaréis fuera del coche. Ya tengo a varios médicos esperando para atenderos, y ya que sé que eres española, algún día me tendrás que invitar a comer tortilla de patata. Yo prometo decir entre bocado y bocado «olé».

Apenas sin fuerzas, Rocío sonrió, justo en el momento en que quitaron las mantas y con mucho cuidado sacaron a Celine, que seguía inconsciente. Segundos después, Kevin sacó a Rocío y ayudó al médico a ponerla en una camilla. Acto seguido se dio la vuelta para seguir ayudando a otras personas.

—¡Kevin, Kevin! Por favor —gritó como pudo Rocío

llamando la atención del bombero que había estado a su lado durante aquellos momentos.

—¿Dime? —preguntó éste volviendo a su lado.

—Por favor, que nos lleven al mismo hospital. —El de la ambulancia asintió—. Y una cosa más, llevábamos un cachorro de perro con nosotras. ¿Lo habéis encontrado?

—Nos tenemos que ir —dijo el médico que las atendía—. Debemos llegar cuanto antes al hospital.

Kevin, tras cruzar una mirada de alerta con el médico, dijo a la muchacha:

—No he visto ningún cachorro, pero no te preocupes, ahora volveré al coche y lo buscaré. —Luego dándole un cariñoso apretón en la mano, dijo para infundirle fuerza—. Espero que tú y tu amiga os pongáis bien, y si encuentro al cachorro, os lo haré llegar.

—Gracias por todo —susurró Rocío antes de que se cerraran las puertas de la ambulancia y ella volviera a llorar.

35

Elsa estaba intranquila. Eran casi las once de la noche y no tenía noticias de las chicas. Las llamó a sus respectivos móviles, pero el mensaje era siempre que estaban apagados o fuera de cobertura. En ese momento, sonó el teléfono. Era Aída.

—Elsa, me acaba de llamar Javier. Han llevado a Celine y Rocío al hospital.

—¿Qué? —preguntó Elsa—. ¿Qué dices?

Histérica, Aída relató:

—Ha habido un accidente en la carretera de entrada a Los Ángeles, con muchos heridos. Gracias a Dios, las chicas están en el hospital donde Javier trabaja. Me acaba de llamar para decirme que ambas están allí.

Levantándose con rapidez del sillón, Elsa dijo:

—Ahora mismo voy para allá.

—Te veré allí. Mamá se quedará con los niños y papá me acompañará.

—En tu estado creo que no deberías ir —comentó Elsa al pensar que su amiga estaba de siete meses y medio.

—¡Vete al diablo, Elsa! —gritó Aída enfadada. Ya había discutido con su madre sobre eso mismo—. ¿Sabes lo que te digo?, que yo me voy, y ya está.

Colgó el teléfono dejando a Elsa más desconcertada si cabía. Ésta, sin perder tiempo, se puso unas botas y salió de su casa. Cuando el taxi llegó al hospital y mientras pagaba la carrera, una mano le tocó la espalda. Al volverse, se encontró con Anthony, el padre de Javier y Aída.

—Hola, Elsa —la saludó con cariño y, tras darle un par de besos, dijo—: Aída está dentro. Pasa con ella, yo me ocuparé del taxi.

Con rapidez, Elsa entró y buscó entre aquel caos de urgencias a Aída. Pero a quien vio primero por su gran estatura fue a Javier. Los ojos de ambos se encontraron durante unos segundos y éste, dando varios pasos hacia ella con el semblante serio, se le acercó.

—Acompáñame, Elsa. Te llevaré donde está mi hermana —dijo sin saludarla, ni tocarla, ni besarla.

Ella, con el corazón a punto de salírsele por la boca debido al susto que se había llevado del accidente de sus amigas, además de por verle, le siguió. El aroma de su colonia se le metió en la nariz y la atontó. Cuando llegaron hasta una pequeña sala, Aída se levantó al verla.

—¿Cómo están? —preguntó Elsa—. ¿Qué ha pasado?

—Están haciéndoles pruebas. Cuando acaben pasaréis a verlas —respondió Javier, muy serio. Para él era difícil tener a Elsa tan cerca y no poder abrazarla. La deseaba, la quería como a nadie, pero estaba dolido con ella. Muy dolido—. De momento sólo os puedo decir que Celine tiene un par de costillas fisuradas, un brazo roto, un fuerte golpe en la cabeza y otro en el pecho. Estamos a la espera de análisis por si hubiera algo más.

El color rosado de la cara de Elsa la abandonó. Entre susurros, y mientras Aída lloraba, preguntó:

—¿Y Rocío?

—En principio, estable —prosiguió Javier—. Cuando llegó al hospital venía consciente. Fue ella la que hizo que me avisaran a mí. Tiene un fuerte golpe en la cabeza, una pierna rota, tres costillas fisuradas y, al igual que Celine, esperamos el resultado de varios análisis.

El padre de Javier y Aída se acercó hasta ellos. Mirando a su hija, le pasó la mano por el pelo y le dijo:

—Tesoro, te llevaré a casa. En tu estado no debes quedarte aquí.

Elsa, abrazándola, asintió.

—Tu padre tiene razón. ¿Por qué no te vas a casa? Cuando sepamos algo, Javier o yo te llamaremos.

—¡Que no! Que yo me quedo aquí —protestó Aída dejando de llorar.

Javier, sin poder dejar de mirar a Elsa, sacó una tarjeta del bolsillo de su bata blanca y, tras dársela a Elsa, dijo:

—Llamé a este teléfono. Rocío me dijo que avisara a un tal Marco Depinie para contarle lo ocurrido. Hablé con él y me dijo que estaría aquí lo antes posible. Preguntará por mí.

Elsa y Aída se miraron extrañadas.

—¿Quién es Marco Depinie? —preguntó Aída.

—No lo sé. Aunque me suena que es un cliente de unas bodegas —susurró Elsa—. Pero saldremos de dudas cuando llegue.

Tras decir aquello, Javier se dio la vuelta y se marchó. Necesitaba alejarse de Elsa o su hombría caería por los suelos. Estaba dispuesto a suplicar que volviera con él. Aquella noche las horas pasaban a ritmo de minutos. Javier fue a verlas en varias ocasiones, aunque nunca habló directamente con Elsa. Sobre las dos de la madrugada, Anthony fue a la cafetería para comprar unos cafés y unos bocadillos. En ese momento, un hombre de unos cuarenta y cinco años, canoso, con cara de preocupación, entró en la sala acompañado por Javier. Éste al ver que ellas se ponían en pie levantó la mano y dijo:

—Todavía no podéis pasar a ver a las chicas. —Y volviéndose hacia el hombre, dijo—. Él es Marco Depinie.

Elsa y Aída le miraron sin saber quién era aquel hombre, pero se levantaron para saludarle.

—Encantada de conocerle, señor Depinie —saludó Elsa y luego su amiga.

—Lo mismo digo —respondió éste—, aunque me hubiera gustado que fuera en otras circunstancias, y por favor, llamadme Marco.

Elsa asintió y sonrió, aunque la cercanía de Javier, que ni la miraba, la confundía.

—¿Eres amigo de Rocío? —preguntó Aída con curiosidad. Por más que pensaba, nunca había oído hablar de aquel hombre.

Marco, al oír aquel nombre, sonrió y negó con la cabeza.

—Tuve el placer de conocer a Rocío hace unos días. Ella y Celine vinieron a mis bodegas. Celine lleva desde Bruselas toda la campaña de mi empresa.

—Ah... usted es... —asintieron Elsa y Aída mirándose. Ahora sí sabían quién era.

—Como diría vuestra amiga Celine, soy el estúpido, egocéntrico, hijo de puta que la obliga a llevar su publicidad. —Y llevándose la mano a la cabeza susurró—: Por mi culpa ha ocurrido esto. Si yo no la hubiera obligado a venir hasta aquí, esto nunca habría sucedido.

Javier iba a decir algo pero Elsa, al ver el dolor en los ojos de aquel hombre, se le adelantó:

—No, por Dios, no digas eso. Tú no tienes la culpa de lo que ha ocurrido. Estoy segura de que Celine piensa igual. Tranquilízate, Marco, por favor.

En ese momento llegó el padre de Aída con los cafés y, tras las presentaciones, Javier, enfadado, se volvió a marchar sin mirar a Elsa. Marco se sentó junto a Aída, sumido en sus pensamientos. Mientras, los minutos pasaban lentamente en espera de noticias de las muchachas. Una hora después, Javier regresó para decirles que Celine se encontraba un poco mejor, pero que no podía decir lo mismo de Rocío. La estaban operando de urgencia. Las pruebas demostraron que el hígado había resultado dañado. Desesperados, todos se miraron. Elsa, intentando no llorar, dijo:

—Tendremos que llamar a los padres de Rocío.

—Esperemos a que salga del quirófano —dijo el padre de Javier abrazando a su desconsolada hija.

—Aída, tranquilízate cielo —susurró Javier besando a su hermana en el pelo.

Deseaba hacer lo mismo con Elsa, pero no debía. Al final, tras echarle una breve mirada, se marchó y no regresó hasta pasadas tres horas. Con una pequeña sonrisa, les indicó que Rocío ya estaba en recuperación y que todo había salido bien. Todos lloraron de alegría.

36

Sobre las ocho de la mañana hora española, Anthony llamó a Candela, la madre de Rocío, a su casa. Al principio, la mujer se asustó muchísimo, pero al saber que su hija estaba fuera de peligro se tranquilizó.

Mientras tanto, en Los Ángeles, Aída accedió a irse a descansar un poco. Por su embarazo estaba agotada, y aunque lo negó durante toda la noche, finalmente tuvo que dar su brazo a torcer y marcharse. En el hospital quedaron Elsa y Marco, que dijo que esperaría allí hasta poder ver a las chicas. Juntos estuvieron tomando café en la cafetería y comenzaron a hablar.

—¿Te puedo hacer una pregunta, Marco?

—Por supuesto.

—¿Por qué Rocío mandó llamarte?

Tras dar un sorbo a su café, éste sonrió y, dejándola descolocada, le contestó:

—Porque creo que es una romántica, además de un encanto de mujer. Estoy seguro de que su propósito era arreglar lo mío con Celine.

—¿Arreglar qué? —preguntó sorprendida Elsa.

Al ver el desconcierto en los ojos de la mujer, suspiró y dijo:

—Es una larga historia, Elsa, pero para abreviar te diré que Celine y yo tuvimos una historia hace un tiempo que por circunstancias absurdas se acabó, aunque los dos sabemos que entre nosotros sigue habiendo algo. Rocío se enteró y...

Elsa, sorprendida, no le dejó acabar.

—¿La Tempanito y tú habéis tenido una historia?

Oír aquel mote le hizo sonreír.

—Sí. Una bonita historia con un final que te puedo asegurar que va a cambiar —respondió.

Incrédula por lo que oía, Elsa bebió un sorbo de su café.

—Me alegraré si es así —dijo desconcertada—, pero tengo que decirte que nunca he oído hablar de ti.

—Ya lo sé —suspiró resignado—. Rocío me dijo lo mismo en su momento.

—Creo que Celine va a tener que explicar muchas cosas —dijo ella bebiendo otro sorbo.

—No lo dudes, Elsa. Y ahora que la tendremos inmovilizada, va a ser el momento justo para hacerlo.

Ambos sonrieron.

—¡Elsa! —gritaron de pronto.

Al mirar vio correr hacia ella a Shanna con cara de preocupación, seguida por su flamante marido George. Sin darle un beso, se acercó a su amiga hecha un manojo de nervios.

—¡Dime que están bien! No quiero oír otra cosa que no sea ésa —exclamó—. ¡Dímelo, dímelo!

—Están bien —sonrió Elsa.

Al oírla, Shanna se puso a llorar desconsoladamente. El nerviosismo acumulado desde la última llamada la había carcomido durante el vuelo de vuelta desde Maui. George la abrazó y, guiñándole un ojo a Elsa, sonrió. Media hora después, los cuatro seguían tomando café. Elsa, al ver que Shanna miraba a Marco, dijo para sorpresa de su amiga:

—Es Marco Depinie. Está enamorado de la Tempanito, y por lo que he oído ella también de él.

Shanna casi se atraganta. ¿Su dura amiga enamorada?

—¿Dónde has oído eso? —preguntó incrédula.

Marco, con una sonrisa relajada en la cara, dijo tras ver la cara de complicidad de George.

—Encantado de conocerte, Shanna, y enhorabuena por la boda. Y como le dije hace un rato a Elsa, sólo te puedo asegurar que amo con locura a Celine y que esta vez no se me va a escapar. El resto de la historia mejor que te la cuente ella.

Elsa sonrió y Shanna, frunciendo el cejo, murmuró:

—Jolín, la Tempanito nos va a tener que contar muchas cosas.

—Indudablemente —sonrió George uniéndose a las risas.

Una hora después apareció Javier con el semblante cansado. La noche en urgencias había sido dura y laboriosa. Les indicó que podían pasar a ver a las chicas, que estaban en la planta séptima, en las habitaciones 727 y 728.

Sin perder un segundo, fueron a verlas. Aunque las chicas pasaron primero a la habitación de Celine que, al verlas, sonrió.

—¿Cómo estás, Tempanito? —preguntó cariñosamente Elsa acercándose hasta su amiga. Verla tendida en la cama, con un brazo escayolado, un gran apósito en la frente, y la cara llena de moratones la impresionó.

—¿Tenéis un cigarrillo? —preguntó ésta haciéndolas sonreír—. Me muero por dar una calada.

—Vete a freír espárragos —contestó Shanna acercándose para darle un beso—. ¿Estás bien?

Celine, con el rostro dolorido, asintió.

—He estado mejor. —Y con rapidez preguntó—: Decidme la verdad sobre Rocío. Javier me ha comentado que está bien, pero yo necesito saber la verdad. Por favor.

Con una cariñosa sonrisa, Elsa asintió.

—Javier te ha dicho la verdad. Rocío está descansando. Anoche tuvieron que operarla de urgencia pero todo ha salido estupendamente. Está en la habitación de al lado y en cuanto se reponga un poco os pondrán juntas.

Los ojos de Celine se inundaron de lágrimas.

—Frené —balbuceó—, pero no pude evitar que el coche derrapara y... —Ya no pudo continuar.

Abrazándola con cariño, Shanna le habló, mientras Elsa le tomaba con cuidado de la mano.

—Ya lo sabemos, y Rocío lo sabe también. Por lo tanto, olvídate de eso y no te culpes por nada, que tú lo has hecho bien, cariño. —Celine asintió con la cabeza e intentó sonreír.

Pasados unos minutos en los que Celine se tranquilizó, Elsa miró a Shanna.

—Ahora vamos a salir para ver a Rocío.

—¿Has visto a Javier? —preguntó Celine. Elsa asintió, pero como no dijo nada, Celine susurró—: Dadle un beso de mi parte a Rocío.

Con una sonrisa, Elsa la miró y dijo:

—Por supuesto. Por cierto, alguien espera ansioso para verte. Nosotras estaremos aquí al lado. Si quieres algo sólo tienes que gritar y entraremos rápidamente.

En ese momento, Celine gritó:

—¡Elsa! Tenemos una conversación pendiente. —Elsa puso los ojos en blanco y suspiró, mientras Celine proseguía—: Sólo te voy a decir una cosa: el indio es un encanto, además de que tiene un trasero fantástico. No seas tonta e intenta hablar con él.

—Como tú has dicho, tenemos una conversación pendiente —sonrió Elsa.

Ya fuera de la habitación y con un movimiento de cabeza, le indicaron a Marco que entrase. Había sido paciente y había esperado con George, hasta poder entrar a solas.

Celine, al verle aparecer, suspiró y comenzó a llorar. Además de saber que Rocío estaba bien y de ver a sus amigas, lo que más deseaba era tener a Marco a su lado para poder decirle muchas cosas que hasta el momento nunca le había dicho. Y allí estaba. Marco, por su parte, tras el impacto de verla allí, tan magullada, se acercó con delicadeza, y, sin dudarlo, la besó en los labios con cuidado y le susurró:

—Tempanito, ésta es mi oportunidad para no dejarte escapar.

Ambos sonrieron y, a pesar de todo el dramatismo del momento, la alegría y la esperanza regresaron a los corazones de aquellas dos personas que se habían vuelto a encontrar. Mientras Celine y Marco hablaban, Elsa, junto a Shanna y George, pasaron a ver a Rocío. Estaba dormida. Tenía un apósito grande en la cabeza, una pierna enyesada, la cara con moratones y un goteo en el brazo. Verla allí tan quieta, tan magullada, hizo que les entraran ganas de llorar. George, al ver cómo la tristeza se apoderaba de las chicas, las rodeó con ambos brazos y dejó que se desahogaran sobre él.

Sobre las dos de la tarde George salía del hospital para ir a casa de Elsa a ducharse, junto con las chicas y Marco. Marco se alojaba en el hotel que se hallaba más próximo al hospital. Su secretaria ya se había encargado de todo, incluso tenía ropa limpia esperándole en la habitación. Mientras se despedían de Marco, Elsa vio salir a Javier, que parecía estar también muy cansado. Éste, al verles, se acercó sin muchas ganas hasta ellos. Les aseguró que las chicas evolucionaban favorablemente y que lo mejor que podían hacer era irse a casa a descansar un poco. En ningún momento coincidieron los ojos de Elsa con los de Javier. Él no la miró. No se dirigió a ella. Simplemente, la ignoró. Shanna se dio cuenta, y cuando llegaron a la casa de Elsa, mientras George se duchaba, le susurró a su amiga:

—Si no sueltas lo que tienes dentro, vas a explotar.

—¿A qué te refieres? —preguntó Elsa mirándola.

Shanna se acercó a ella y acariciándole la mejilla dijo:

—Sé que estás mal. No disimules. He visto cómo mirabas a Javier, y también he visto cómo él ni te ha mirado.

—Es normal que haga eso. Creo que las cosas entre nosotros no acabaron bien.

Indignada por lo testaruda que era su amiga, Shanna gritó:

—Estás muy equivocada con respecto a Javier. Si él no te mira es porque tú, ¡doña cabezona!, le has dejado muy claro que no querías nada de él. Si mal no recuerdo, ese hombre ha intentado hablar contigo durante meses. —Elsa resopló—. Y lo peor que pudiste hacer fue llamar al servicio de seguridad de tu casa para que le echaran como si fuera un vulgar delincuente. Te pasaste, y creo que muchísimo.

Enfadada por lo que le decía, Elsa vociferó:

—Oh, Shanna. Qué sabrás tú. Déjame en paz.

—¿Que te deje en paz? —gritó Shanna indignada—. ¿Acaso vas a llamar a los de seguridad para que me echen de tu casa?

George, al oírlas, salió apresuradamente del baño.

—Chicas, ¿por qué no os relajáis y habláis con tranquilidad? Creo que estáis muy nerviosas y...

—¡Cariño! —gritó Shanna mirándole a los ojos—. No te enfades por lo que te voy a decir. Pero te agradecería que nos dejaras a solas para poder gritarnos lo que nos dé la gana.

George, poniendo los ojos en blanco, se dio la vuelta y volvió a entrar en el cuarto de baño cerrando la puerta para dejarlas a solas.

—¿Estás contenta ahora? —gritó de nuevo Shanna—. Te gusta que todos a tu alrededor estemos enfadados.

Elsa, sin entender qué le pasaba a su amiga, preguntó:

—Pero ¿se puede saber qué te pasa?

—Pues me pasa que odio ver cómo tiras por la borda tu vida y tu felicidad. ¡¿Me vas a decir que no quieres a Javier?! Mira, Elsa, eres tan increíblemente autosuficiente y cabezona que eres capaz de vivir amargada antes que dar tu brazo a torcer y pedirle disculpas a él por lo que le hiciste.

Elsa, dolida por lo que estaba escuchando, sonrió con amargura.

—¿Que yo le pida disculpas a Javier? Mejor será que él me las pida a mí.

—Maldita sea, Elsa. Sólo le faltó pedírtelas en arameo —volvió a gritar Shanna—. Ese pobre hombre lo ha intentado todo: te ha llamado, te ha ido a buscar al trabajo, ha venido a buscarte también a tu casa, te ha mandado flores. Pero ¿qué más quieres?

—Sólo quiero que no me mienta —lloró Elsa. Sabía que todo lo que Shanna decía era cierto.

Dejando de gritar, Shanna se acercó a su amiga.

—Pero, cielo, ¿acaso le has dado la oportunidad para que no te vuelva a mentir? —Elsa negó con la cabeza mientras se secaba las lágrimas—. Sé que siempre te ha dolido la mentira. Seguramente Javier hizo mal en no decirte que su ex novia le perseguía para volver con él, pero de ahí a que seas tan dura con él, perdóname guapa, pero existe un abismo. Creo que debéis hablar. Tienes que ser tú la que intente hablar con él, no una vez, sino mil veces.

—¿Y si no quiere hablar conmigo? ¿Y si me ha olvidado? —sollozó ésta.

—Pues tendrás dos soluciones; o aceptarlo como él aceptó que le echaras de tu vida o intentar de todas las maneras posibles que te perdone. Pero desde luego, como no vas a solucionar nada es quedándote aquí parada, pensando en tus penas y dejando la vida pasar.

Shanna cogió las llaves del coche de Elsa y, poniéndoselas en las manos, le indicó:

—Toma. Ve a hablar con él ahora mismo. No dejes que pase ni un segundo más sin solucionar este asunto.

Cogiendo las llaves que Shanna le ofrecía, Elsa, sin pensárselo dos veces, se marchó. Al oír cómo se cerraba la puerta de la casa, George, que había permanecido en el baño, salió rápidamente y se encontró con una sonriente Shanna.

—¿Estás bien, cariño?

Ella, moviéndose con gracia, se acercó a él y, abrazándole, le susurró al oído:

—Empiezo a estar bien, y perdóname por haberte hablado como lo hice antes. Es que cuando me pongo de mala leche hablo así.

—Interesante —sonrió George al oírla—. Me gusta cuando te enfadas. Nunca te había visto con ese gesto.

—Mmm... existen muchos gestos y muchas cosas de mi vida que todavía no conoces —rió empujándole hacia la habitación de invitados—. Pero eso tiene fácil solución.

37

El tráfico a esas horas era fluido. Serían más o menos las cuatro de la tarde y hacía aproximadamente dos horas que habían salido del hospital. Cuando llegó hasta la zona residencial donde vivía Javier, Elsa aminoró la marcha. La seguridad que la acompañaba momentos antes comenzaba a disiparse. Vio el vehículo de Javier aparcado en la entrada de la casa. Apagó el motor y se quedó sentada dentro de su coche, pensando qué decirle. En ese momento se abrió la puerta, y vio a un sonriente Javier despidiéndose de una espectacular morena. Elsa se escondió dentro de su coche, esperando no ser vista. Sin embargo, Javier lo reconoció al instante. Elsa vio cómo aquella mujer se montaba en un Chevrolet azul y desaparecía y creyó morir cuando vio a Javier acercándose hasta ella. Maldiciendo en voz baja, decidió dejar de esconderse y dar la cara.

—¿Ocurre algo? —preguntó él al verla salir del coche.

Sin tomar apenas aire, ella dijo:

—Quería hablar contigo, pero quizá llegue en mal momento.

Javier, sorprendido, la miró y preguntó:

—¿Sobre qué querías hablar conmigo?

—Sobre nosotros —murmuró ella apenas con un hilo de voz.

Con sarcasmo, él cruzó los brazos y dijo:

—¿Has dicho nosotros? O quizá quieras decir que hablaremos de mí y de lo mal que lo hice.

Elsa resopló y, tras pensar en la conversación que había mantenido con Shanna, repitió:

—Quiero que hablemos de nosotros.

Javier la miró unos instantes mientras luchaba para que su autocontrol le permitiera no abalanzarse sobre ella y empezar a besarla. Así las cosas, se dio la vuelta y comenzó a andar hacia su casa:

—Muy bien. Pasa, te invitaré a un café —dijo.

Elsa cerró el coche y le siguió. No le gustaba el gesto serio de él. Al entrar, vio la casa como siempre: recogida, con todo en su lugar. Le siguió hacia la terraza que estaba frente al mar.

—Carlos está durmiendo —dijo Javier mirándola con dureza mientras le servía un café—. Procura no levantar demasiado la voz.

Molesta por aquel comentario, le soltó rápidamente:

—No tengo ninguna intención de gritar.

—Muy bien —asintió él sentándose—. Habla. Dime qué te ha hecho venir hasta mi casa.

Y entonces, por primera vez en su vida, Elsa no supo qué decir. Cuanto más le miraba, más confundida estaba y más se le pegaba la lengua al paladar.

—Estoy cansado, Elsa —dijo Javier levantándose—. He tenido una guardia muy movida y estoy agotado. Quizá no sea el mejor momento para hablar de nada.

—Pero yo necesito hablar contigo —dijo ella mirándole con ojos suplicantes.

Él le devolvió la mirada con gesto duro y murmuró tras apoyar sus manos en la mesa:

—¿Que tú necesitas hablar conmigo? —gritó levantando la voz.

—No grites. Carlos está durmiendo —le recordó ella, pero él ni la escuchó.

—Mira, Elsa. He estado durante cinco jodidos meses, día y noche, necesitando hablar contigo. He ido a tu casa.

A tu trabajo. Te he seguido como un puñetero perro sin conseguir absolutamente nada de ti, y ahora ¿crees que porque tú vengas una sola vez a mi casa vas a conseguir lo que yo no he logrado contigo?

—Tienes razón, pero yo quisiera...

Javier estaba furioso, e interrumpiéndola dijo:

—No quiero hablar contigo ahora. Necesito descansar. Te rogaría que pospusieras tu intención de hablar conmigo para otra ocasión en que yo me encuentre mejor, ¿vale?

En ese momento, la puerta de la casa se abrió y volvió a entrar la morena que poco antes había salido abriendo con su propia llave. Eso hizo que la sangre de Elsa hirviera de rabia, mientras se levantaba de la silla y miraba a aquella bonita mujer.

—Tienes razón —comentó Elsa—. Quizá no sea el mejor momento para hacerlo.

—Sin duda alguna —asintió él.

Después de mirar con gesto nada cordial a la morena, Elsa salió de casa de Javier sin volver la vista atrás. Con toda la dignidad que pudo, reprimió las lágrimas. Él, por su parte, no se movió. Simplemente, se quedó allí parado viendo cómo ella se marchaba y cerraba la puerta.

—¿Es ella? —preguntó la morena mirándole a los ojos.

—Sí —respondió escuetamente Javier, justo en el momento en que Carlos abría la puerta de su habitación con cara de sueño.

—¿Y vas a dejar que se vaya así? —preguntó Dolores, la preciosa mexicana novia de Carlos.

Javier, intentando no correr tras Elsa, dijo mientras se encaminaba hacia su habitación:

—Me temo que sí.

Luego se metió en su habitación, cerró la puerta y procuró dormir. Pero le resultó imposible. Elsa, con los ojos cargados de lágrimas, conducía en dirección a su casa. Sin embargo, al llegar al primer cruce, paró el coche y, tras pensárselo varias veces, dio la vuelta. Regresaba a la casa de Javier. Cuando aparcó el coche y se vio de nuevo frente a la puerta se quedó parada, sin saber qué hacer. Era la primera vez en su vida que ella volvía a un hombre. Ninguno se había merecido nunca una segunda oportunidad. Con toda la fuerza que pudo reunir, llamó a la puerta, y pocos segundos después abrió Dolores. Las miradas de ambas se encontraron, pero ninguna habló.

—Quiero ver a Javier —dijo Elsa tras un breve silencio—. Por favor, le puedes decir que estoy aquí.

La morena se apartó de la puerta y la dejó pasar.

—¿Por qué no le llamas tú misma? —dijo.

—No quisiera molestar y...

En ese momento apareció Carlos, todavía con cara de sueño y vestido con una camiseta y un pantalón gris. Al verla, se sorprendió.

—¡Elsa! Pasa, por favor —dijo—, avisaré a Javier. —Sin perder un segundo, fue en busca de su compañero de casa.

Con los nervios a flor de piel, Elsa entró y se dirigió hacia el ventanal desde donde se podía ver un precioso paisaje con la playa de fondo.

—Has hecho bien volviendo —comentó Dolores acercándose a ella.

Elsa, con gesto agrio, la miró y dijo:

—¿Cómo dices?

Dolores sonrió al darse cuenta de la confusión de aquella mujer y añadió:

—Te decía que aplaudo que hayas vuelto, y te aclararé que soy la novia de Carlos. Nada tengo que ver con Javier. Aunque te aseguro que, si eres tan tonta como para perderlo, hay muchas esperando a que él las llame.

Elsa se sintió fatal por haberla tratado de aquella manera.

—Disculpa —susurró mirándola a los ojos con arrepentimiento.

—No pasa nada, mujer —sonrió Dolores tocándole el brazo—. Yo en tu lugar te habría sacado ya los ojos y los habría cocinado con frijoles.

Aquello hizo reír a ambas, aunque la risa se le cortó cuando Elsa vio aparecer a Javier con gesto furioso, acompañado por Carlos.

—Creo que nosotros —dijo Dolores cogiendo a Carlos de la mano— vamos a comprar café, azúcar y algo más que seguro que hace falta.

Dos segundos después, salían por la puerta. Dejaron a solas a un Javier ojeroso y cansado y a una Elsa insegura.

—¿A qué has vuelto, Elsa? —preguntó Javier tras unos minutos de silencio.

Mirándole a los ojos, cosa que él no hacía, Elsa se acercó.

—Escucha —dijo—. Sé que he actuado mal. Debería haber venido antes. Sobre todo para pedirte disculpas por haberme comportado tan mal contigo y haber hecho que te echaran de mi casa como lo hicieron.

Sin mirarla y dirigiéndose hacia la cafetera, Javier respondió:

—Me dolió mucho lo que hiciste. Yo nunca me hubiera comportado así contigo. Nunca.

De nuevo, ella se acercó a él, pero el hombre se alejó dejándola desconcertada.

—Lo sé —prosiguió—. Soy una mujer terrible y te pido disculpas por eso y...

—Elsa, estoy cansado y no me apetece pensar ni hablar. ¿No te has dado cuenta?

Ella se sintió fatal pero si había ido allí era por algo, así que, echándole valor de nuevo, intentó seguir hablando.

—Entiendo que estés cansado y enfadado conmigo pero, por favor, escúchame. Necesito que me escuches. Necesito que entiendas que te quiero —susurró sorprendida por sus propias palabras. En cambio, él ni se movió—. No quiero seguir viviendo así, porque te necesito y quiero estar contigo.

—Nunca pensé que llegaría a oírte decir eso —dijo mirándola a los ojos por primera vez, pero sin acercarse a ella.

—Yo tampoco pensé que llegaría a hacer algo así —comentó ella intentando no llorar, pues veía y notaba la frialdad de él—, pero, Javier, no puedo seguir negando algo que siento y que no puedo controlar.

Javier apenas podía respirar. Ante él tenía a la mujer que le había robado el corazón diciéndole que no podía vivir sin él. Era incapaz de reaccionar. Esperaba cualquier cosa de ella menos aquello. Y sin saber por qué, dejó el café en la mesa y se acercó a la puerta de la calle para decir:

—Vale, Elsa. Ya he escuchado cómo te sientes tú. Ahora, dime: ¿qué buscas en mí?

Comenzando a perder la paciencia, pues Elsa odiaba suplicar, dijo:

—Busco que me escuches, que me perdones y que me quieras.

Javier sonrió con frialdad al oír aquellas palabras.

—¡Qué curioso! Es lo mismo que yo buscaba en ti hace meses. Pero, ¿sabes?, no lo conseguí. —Y acercándose a ella sin tocarla, preguntó—: ¿Qué te hace suponer que tú lo lograrás?

Elsa, sin atreverse a nada a pesar de lo cerca que estaba, susurró:

—Tu sentido común y tu capacidad para no olvidar.

Durante unos segundos, Javier la miró y Elsa creyó haberlo conseguido. Entonces, él se dio la vuelta y acercándose a la puerta de la calle la abrió.

—Eres muy graciosa, Elsa. Sin embargo, permíteme que te diga que el sentido común que yo tenía lo perdí hace tiempo y la capacidad para olvidar desaparece cuando uno no quiere recordar. —Y moviendo la cabeza, añadió—: Ahora te pediría de nuevo que me dejases tranquilo. No tengo guardias en mi puerta que te puedan echar, aunque yo solo me valgo para hacerlo.

Humillada, salió por la puerta con las lágrimas corriéndole por las mejillas, mientras él la miraba con un gesto duro como la piedra.

—Javier, me gustaría...

—Adiós, Elsa —dijo él empujando la puerta hasta que se cerró.

Durante unos segundos, los dos se quedaron parados a ambos lados de la puerta. Las lágrimas corrían por las mejillas de Elsa, mientras Javier se maldecía por lo que acababa de hacer, sin salir en su busca. Pasados unos instantes, Elsa se limpió los ojos y como pudo volvió a su coche, arrancó muerta de dolor y se sumergió en el trafico de la ciudad.

Javier, tras permanecer un rato detrás de la puerta, enfadado consigo mismo, volvió a la cama con la intención de descansar, pero no lo consiguió. Daba vueltas y más vueltas y en su pensamiento siempre estaba la misma persona, Elsa. Recordaba sus ojos al pedirle una nueva oportunidad. Un grito de desesperación surgió de su garganta cuando recordó cómo le había dado con la puerta en las narices. Finalmente, como no consiguió dormir se levantó, se duchó y, sin saber adónde dirigirse, se fue de nuevo para el hospital.

38

Sobre las seis de la tarde, Aída llamó a casa de Elsa para saber a qué hora irían al hospital, y se alegró al hablar con Shanna.

—Pero bueno, ¿cuándo habéis llegado? —preguntó Aída sorprendida.

—Hace unas horas. Fuimos directos al hospital. Allí estuvimos con Elsa y Marco. George y yo te queríamos dar la sorpresa de aparecer en la comunión, pero bueno, estamos aquí y eso es lo que importa ahora.

—Gracias, cariño, eres una buena amiga —murmuró Aída y, al ver que iba a llorar, dijo—: Hablé hace un rato con el hospital. Me dijeron que mi hermano no estaba, pero que el estado de las chicas era bueno.

—Elsa y yo las vimos. Pudimos hablar con Celine. Incluso nos pidió un cigarrillo —murmuró sonriendo.

—Indudablemente, eso es una buena señal. —Aída sonrió al escuchar aquello—. ¿Pudisteis ver a Rocío?

—Estaba todavía dormida, pero Javier nos dijo que todo iba muy bien.

—Hablando de otra cosa —susurró Aída—, ¿qué te ha parecido Marco?

—Un hombre muy agradable, juicioso y tremendamente amable. ¡Qué calladito se lo tenía la Tempanito!

—Desde luego, ésa me va a oír —rió Aída—. ¡Mira que no contarnos nada!

—No se lo tengas en cuenta —suspiró Shanna—. Ya

sabes cómo es. Ella siempre ha sido la más introvertida de todas.

—Ya lo sé, pero desde luego algo tendré que decirle o reventaré. Oye, ¿Elsa está durmiendo todavía?

Shanna miró hacia la puerta de la habitación de su amiga, que estaba cerrada.

—No lo sé. Esta mañana, cuando me acosté, se marchó para hablar con tu hermano.

—¡Con Javier! —gritó Aída.

—¿Tienes más hermanos, Pocahontas? —sonrió Shanna divertida.

—Como diría nuestra Rocío, «¡Virgencita, que se arreglen!». Te juro, Shanna, que me haría muy feliz verlos de nuevo juntos. Me lo están haciendo pasar muy mal.

—No te preocupes por nada. Ellos son mayorcitos y ya verás como lo solucionan. —Luego, acordándose de las niñas, preguntó—: Oye, ¿qué pasará con la comunión de tus hijas?

—He decidido aplazarla y celebrarla en primavera, cuando el bebé ya esté aquí. Así celebraremos comunión y bautizo. Hablé con Mick y él entendió la situación. De momento la comunicación entre ambos es buena. Creo que hicimos lo mejor para nosotros y para los niños. Ahora todo funciona, aunque, eso sí, él en su casa y yo en la mía.

—Me alegra saberlo y creo que es una excelente idea.

—Sinceramente, no me apetece hacer nada hasta que las chicas estén bien —dijo Aída—. No concibo una celebración sin vosotras. Lo entiendes, ¿verdad?

—Por supuesto que lo entiendo. Es más, yo haría exactamente lo mismo.

En ese momento se abrió la puerta de la calle. Era George, que entraba con *Spidercan* y unas bolsas de comida. Entonces, Shanna dijo:

—Iremos al hospital dentro de una hora; si vas, nos veremos allí, ¿vale?

Colgó, y tras darle un beso a George, comenzaron a colocar algo de comida en aquel enorme frigorífico de Elsa que, a excepción de unas pizzas congeladas y algunas latas de Coca-Cola, estaba casi vacío.

Mientras tanto, en el hospital, Elsa permanecía sentada en una silla que había al lado de la cabecera de Rocío. Cuando se fue de la casa de Javier, no sabía adónde ir, así que, al final, decidió volver al hospital. Cuando llegó vio a Celine acompañada por Marco y se emocionó al contemplarles hablando cogidos de la mano. Sin decirles nada, les dejó y se pasó a la habitación de Rocío, que estaba sola y tranquila. Desesperada por cómo Javier la había echado de su casa, apoyó la cabeza en el colchón de la cama de su amiga y lloró desconsolada. Cuando se quedó sin lágrimas, tomó con cariño la mano de Rocío y cerrando los ojos se recostó en una silla de hospital para intentar descansar. En ese momento, Rocío susurró:

—¿Por qué lloras, Elsa?

—Rocío —exclamó al oírla y ver que la miraba con sus bonitos ojos oscuros—. ¿Estás bien, cielo? ¿Necesitas algo?

Con la boca seca, ella dijo:

—Tengo sed. —Y Elsa le pasó una gasa húmeda por los labios.

Al sentir el frescor, con la mirada cansada, pero muchísimo mejor que el día anterior, preguntó:

—¿Celine está bien? Dime que sí o te juro que me muero.

Con una sonrisa en los labios por oírla bromear de nuevo, Elsa asintió.

—Está mejor que nunca, en la habitación de al lado, con Marco.

Rocío asintió y sonrió.

—Sabía que vendría. Marco es un tipo excepcional. Por cierto, ¿qué me ha pasado a mí?

—Tuvieron que operarte —le dijo besándole la mano—.

Pero estás bien, Rocío, estás viva. Luego, cuando venga Javier, te explicará de qué ha ido la operación. Llamamos a tus padres para contarles lo sucedido. Están tranquilos y al corriente de todo.

—¿Podré caminar? —preguntó en un gemido, temiendo oír lo peor.

—¡Por supuesto que sí! —exclamó Elsa sonriente al ver el alivio en la cara de su amiga—. Y también correr. Hubo que operarte de urgencia por un problema en el hígado.

—Pensé que nunca más podría volver a andar... —susurró aliviada y, mirando a su amiga, preguntó—: ¿Por qué llorabas?

Elsa, dispuesta a mentir, aunque no del todo, susurró:

—Por todo lo ocurrido. Por el susto que nos habéis dado. Sin embargo, vosotras estáis bien y eso me reconforta y... —Volvió a llorar sin poder evitarlo.

Rocío levantó su mano y acarició con cariño el cabello de su amiga. La conocía y sabía que aquella angustia era por algo. Se imaginaba por qué.

—Has hablado con Javier, ¿verdad? —preguntó.

Elsa asintió.

—No ha servido de nada —dijo entre hipidos—. No me quiere ni ver. Creo que lo hice tan mal que me ha olvidado después de todo.

—No lo creo. Javier es de los que no olvidan —dijo oprimiendo la mano de su amiga—. Pero si realmente le quieres debes seguir intentándolo. Él lo intentó de muchas formas. No debes desistir a la primera negativa.

—Cielo, descansa —murmuró Elsa sin fuerzas para hablar de aquello.

Pero Rocío parecía haberse despertado con suficiente energía y durante un buen rato estuvieron charlando hasta que Elsa notó que el pomo de la puerta de la habitación se movía.

—Espera un segundo, Rocío, creo que alguien intenta entrar.

Elsa, secándose las lágrimas, abrió la puerta de la habitación y al salir al pasillo se encontró con un hombre de unos dos metros de estatura, moreno, de ojos inquietos y facciones marcadas, que la miró dubitativo. Elsa no lo conocía. Se quedó mirándole a la espera de que él dijera algo.

—Hola, señorita —saludó él, que portaba un bonito ramo de flores—. Mi nombre es Kevin Dangelo. He preguntado en el control de enfermeras por unas chicas llamadas Celine y Rocío que sufrieron ayer un accidente en la autopista 101. —Al ver que Elsa no decía nada prosiguió—: Soy el bombero que estuvo con Rocío durante el accidente y quería saber cómo se encontraba.

Sorprendida, Elsa sonrió.

—Encantada de conocerte, Kevin. Mi nombre es Elsa —acertó a decir—. Rocío está mejor. Anoche la tuvieron que operar de urgencia pero todo ha salido bien.

Al oír aquello, Elsa vio que el hombre suspiraba. No sabía quién era, pero sus ojos le decían que se trataba de una buena persona.

—¿Quieres verla? Ahora está despierta —preguntó sin dejar de mirarle.

—La verdad es que me encantaría —sonrió él.

Con una mueca de alegría, ambos entraron en la habitación. Elsa se acercó hasta la cama donde estaba tumbada su amiga y le dijo al oído:

—Rocío, tienes una visita.

Ésta, al oírla, abrió los ojos.

—Hola, señorita —saludó el hombre acercándose hasta ella.

Durante unos instantes, Rocío se lo quedó mirando, pero en seguida reconoció aquella voz. Era la misma que había estado con ella en un momento muy difícil.

—¿Kevin? —preguntó y él sonrió al ver que recordaba su nombre—. Pero ¿qué haces tú aquí?

—Me apetecía saber cómo estabais tu amiga y tú —dijo él. Sin embargo, lo cierto era que no había podido dejar de pensar en ella desde el momento en que la ambulancia desapareció.

—Dame las flores, las pondré en agua —dijo Elsa. Kevin se las entregó.

—Gracias por las flores. Son preciosas —agradeció Rocío nerviosa.

Elsa les observó emocionada. Era consciente de que algo acababa de empezar allí mismo.

—Además —dijo Kevin, que sólo tenía ojos para Rocío—, cuando te fuiste en la ambulancia, me dejaste un encargo.

Al ver la cara divertida de su amiga, Rocío dijo:

—Elsa, Kevin es el bombero que estuvo con Celine y conmigo todo el tiempo. Gracias a él estamos las dos aquí. —Y, mirándole, preguntó—: ¿Qué te dejé encargado?

—Me dijiste que junto a vosotras viajaba un cachorro...

—Es verdad —susurró ella al escucharle. Entonces él se abrió la cazadora de piel que llevaba, y vio allí envuelto en una toalla al animalillo dormido, sonrió—. ¡Virgencita, qué cosita más preciosa!

«Tú sí que eres preciosa», pensó Kevin mirándola con deleite.

—Oh..., Kevin, está vivo y está bien —dijo sollozando—. Gracias, gracias.

—Oh, Dios, ¡qué cosa más graciosa! —murmuró Elsa al ver al animalillo.

Divertido y feliz por estar allí, Kevin dijo:

—El pobre *Wally* estaba metido entre los hierros. Si no me lo hubieras dicho, nunca le habríamos encontrado.

—¿*Wally*? —preguntó Rocío sorprendida al oír ese nombre.

—Mis compañeros le bautizaron así —comentó Kevin sonriendo—. Cuando les dije que buscábamos un cachorro, todos empezaron a decir «¿Dónde está Wally?». Y con ese nombre se ha quedado.

Rocío comenzó a reír, aunque apenas podía.

—Qué bonito nombre —dijo Elsa sonriendo—. ¡Es una monada!

—Me encanta ese nombre —rió Rocío por el ingenio de aquellos hombres. Luego, mirando a su amiga, dijo—: Elsa, por favor, llévaselo a Celine, es su perro, y aunque *Wally* me encanta, ha de volver con su dueña. Recuerdo que cuando estábamos en el coche metidas estaba muy preocupada por él.

—Toma —comentó Kevin quitándose la chaqueta y dejando ver su gran espalda—. Llévalo aquí metido, porque como te vean las enfermeras con él nos llamarán la atención con toda la razón —dijo en confianza.

—De acuerdo —asintió Elsa y mirando a su amiga susurró—: Te dejo bien acompañada.

Rocío le guiñó el ojo.

—Tranquila, cuidaré de ella —dijo Kevin haciéndola reír.

Al oír aquellas palabras, Elsa pensó que quizá Rocío, por fin, había encontrado a su superhéroe. Al entrar en la habitación donde Marco y Celine estaban, ambos sonrieron al verla.

—¡Hola, chicos! —saludó entrando con la cazadora en las manos—. Veo que estás mejor, Tempanito.

Marco, feliz, sonrió. Aún le hacía gracia oír cómo llamaban sus amigas a la mujer que adoraba.

—¿Sabes, Celine?, ha ocurrido algo muy curioso —comenzó a contar Elsa—. Rocío despertó y está bien, te manda besos. De pronto, ha llegado un tipo llamado Kevin, que por lo visto es el bombero que os atendió en el accidente. Él y Rocío me han dicho que te traiga algo que, según ellos, es tuyo.

—Esa cazadora no es mía —comentó Celine, mirando aquella prenda, mientras que Marco las observaba a las dos.

Elsa, divertida, se acercó hasta la cama y le indicó:

—La cazadora, no. Pero parece que lo que hay dentro de ella sí.

—¡Dios mío! —sollozó de alegría Celine al ver al cachorro.

Aquel perrillo, a pesar de su fragilidad, estaba allí. Como pudo alargó la mano para tocarle, mientras que en la cara de Marco se reflejaba el desconcierto. Los perros no le gustaban y Celine, al recordarlo, dijo:

—Este cachorro nació en tus tierras. Sus hermanos se nos murieron y sólo nos quedó éste, y durante el accidente creí que también lo había perdido.

—Se llama *Wally* —rió Elsa contándole el porqué del nombre y haciéndola reír.

—¿En mis tierras? —preguntó Marco extrañado.

—Lo recogimos de entre los matorrales Rocío y yo la noche antes de venirnos. Angelita nos proporcionó leche y nos enseño cómo alimentarlo —comentó ella mirando a aquel animalillo con cariño—. Me alegra saber que está bien.

—Lo ha traído el bombero —sonrió Elsa al ver la cara con que Marco miraba a su amiga—. Deberías darle las gracias a él. Creo que lo buscó porque Rocío se lo pidió.

—¿Y Rocío? ¿Está contenta de ver a ese bombero? —preguntó con picardía. Elsa asintió—. Pues entonces creo que *Wally* les pertenece a ellos. Quizá este cachorro haga por Rocío más de lo que podría hacer por mí.

—Cariño —comentó Marco mirándola con amor—, no me importa que tengas al cachorro, de verdad.

Con una cariñosa sonrisa, ella indicó:

—Ya lo sé, y prepárate porque quiero tener cachorros de éstos y de los que te llaman papá y mamá, para que así Sabrina se sienta acompañada por sus hermanos.

Elsa y Marco, al oír aquello, se miraron sorprendidos. Era algo que nunca hubieran esperado oír de Celine, que con una espectacular sonrisa en la boca prosiguió:

—Creo que si ese hombre que está con Rocío se ha preocupado de cuidar, alimentar y traer a *Wally* hasta aquí es por algo, y quiero que ese algo siga existiendo. Además, yo no voy a poder cuidar del cachorro durante un tiempo y Rocío tampoco. ¿Quién mejor que él para hacerlo por ella?

Al ver el plan que con rapidez había trazado su amiga, Elsa sonrió.

—Pobre hombre. La que le ha caído con nosotras.

—Seguro que terminará tan encantado como lo estoy yo —dijo Marco, al tiempo que miraba a aquellas mujeres con adoración a una, porque no podía vivir sin ella, y a la otra, porque era parte de Celine, una de sus amigas más queridas.

39

Días después, gracias a que Javier trabajaba en el hospital, consiguieron que pusieran en una misma habitación a Celine y a Rocío. Eso facilitaba que todos pudieran estar juntos. Aída, al conocer a Kevin, el bombero, sonrió a su amiga. Rocío, a pesar de sus dolencias, estaba feliz con aquella visita inesperada. Kevin, por su parte, comenzó a sentirse integrante de aquella pequeña familia. Vio cómo todas aquellas mujeres le observaban para dar su visto bueno, y eso le hizo gracia. Su familia por parte de padre era italiana, por lo que estaba acostumbrado a que sus hermanas reaccionaran así.

Por la tarde apareció en el hospital Tony, el compañero de Elsa, con su novio Conrad. Tras pasar unas horas en la habitación del hospital, éste propuso a los hombres bajar a la cafetería para tomar algo. Así las chicas podrían estar a solas durante unos minutos.

—¿Qué os parece el bombero? —preguntó Aída, que se moría por hablar de aquello.

—¡Cotillas! —dijo Rocío haciendo reír a Elsa.

—El tío está cachas, se nota que hace deporte —rió Shanna.

—¿Será el superhéroe que siempre has buscado? —preguntó Celine.

Rocío sonrió. Todavía no podía creer que Kevin, ese tipo tan increíble, estuviera allí, más aún cuando entre ellos no había ocurrido nada. Aunque ahora tenía que reconocer que su visita y la dulzura con que le hablaba la estaban empezando a volver loca.

—¡*Ozú!* No sé si será mi superhéroe, pero os puedo asegurar que me siento muy feliz de haberle conocido —dijo la muchacha sonriendo—. No sé qué ocurrirá entre nosotros, pero me gusta que ese «bomberazo» venga a visitarme. Además, me encanta ver cómo cuida de *Wally*.

—No dudo que os cuidará muy bien —respondió Elsa, tomándola de la mano y, mirando a su amiga, Aída preguntó—: Pocahontas, ¿qué tal se tomó Mick la suspensión de la comunión?

—Muy bien —respondió ésta—. Es increíble que nos hayamos tenido que separar para que seamos capaces de hablar y dialogar como personas normales—. Y tú, Tempanito, qué callado tenías lo del bodeguero.

—¡No es bodeguero, pedazo de gorda! —sonrió Celine—. Es viticultor, y si no dije nunca nada fue porque ya sabéis que soy un poco rara, pero prometo cambiar.

—Más te vale —añadió Rocío desde su cama—. No quiero más sorpresas.

—Mira, Tempanito —rió Aída acercándose a su amiga—, te dejo que me llames gorda porque así me siento, pero cuando tenga al bebé, como me vuelvas a llamar así, prometo sacarte los ojos.

—¡Vale, Pocahontas! —suspiró aceptando el abrazo de su amiga.

—Y tú, ¿qué tal va tu vida de casada? —preguntó Elsa sonriendo por el buen humor que se respiraba en la habitación.

—De momento, bien. —Y bajando la voz comentó—: Sólo os diré que no he visto nada de Maui que no fuera la habitación del hotel.

Aquello provocó las risas generalizadas, hasta que Shanna preguntó:

—¿Cómo fue lo de Javier?

Aquel asunto era algo pendiente entre ellas, pero ya había llegado el momento de hablarlo. Sabían que el encuentro entre Javier y ella no había sido lo que ésta esperaba. Elsa necesitaba unos días para, por lo menos, dejar de llorar.

—No muy bien —murmuró al ver cómo la miraban y, para asombro de todas, dijo—: Pero estoy dispuesta a seguir intentándolo. Creo que sé cuál es la mejor manera de volver a conquistarle.

—¡Ésa es mi chica! —aplaudió Shanna mientras Celine y Rocío levantaban sus pulgares.

—¿Qué vas a hacer? —preguntó Aída.

Elsa, con los ojos chispeantes y llenos de confianza porque aquello le saliera bien, dijo:

—Ya lo veréis, so cotillas.

En ese momento sonó el móvil de Rocío. Era Candela. Llamaba todos los días por lo menos diez veces desde España, y al final siempre terminaba llorando por no poder estar junto a ella. Rocío, que sabía de su pánico a los aviones, la tranquilizaba diciéndole que en cuanto pudiera viajar ella iría a verla a España.

Al día siguiente por la noche, Elsa se informó sobre si Javier seguía todavía en urgencias, y le dijeron que allí estaba. Se disculpó ante todos. Debía salir un momento del hospital. Shanna le preguntó adónde iba y ella, con una sonrisa, le dijo que a intentar solucionar su futuro. Rocío, al escuchar aquello, la miró y sonrió. Después, Elsa salió de la habitación y del hospital. A todas le quedaba la duda de lo que iba a hacer. Media hora después, volvía a entrar en el edificio y, dirigiéndose a urgencias, preguntó por Javier a una enfermera. Ésta le dijo que el doctor se encontraba en su despacho hablando con los padres de un chaval al que debían operar. Con toda la paciencia que pudo, esperó a que esos señores terminaran de hablar con él. Mientras estaba allí, pensaba en cómo iba a terminar todo aquello. Necesitaba que Javier la escuchase, y ahora ella sentía en sus propias carnes y en su dolorido corazón lo que Javier debió de sentir durante todos aquellos meses en los que ella, una y otra vez, le rechazó.

Estaba ensimismada en sus pensamientos cuando notó que la puerta del despacho se abría. Salieron dos señores que, con una sonrisa y un apretón de manos, se despidieron de Javier. Éste, al verla allí sentada, se quedó mirándola.

—¿Ocurre algo? —preguntó sin saber si estaba contento o no por verla allí.

Elsa, segura de sí misma, cosa que desconcertó a Javier, preguntó acercándose hasta él:

—¿Puedo pasar a tu despacho?

Percibió el olor de su perfume, ese perfume que no la abandonaba nunca y que había llegado a odiar.

—Elsa...

—Por favor... te prometo que no te volveré a dar la tabarra. Pero déjame hablar contigo.

Incapaz de negarle nada a aquella mujer, él aceptó.

—Por supuesto. Pasa.

Una vez dentro, Javier se sentó al otro lado de la mesa. Necesitaba poner aquella separación entre los dos. Elsa se sentó en la silla de las visitas y clavó su mirada en él.

—Soy egoísta, cabezona, maniática, tonta, antipática y, además de todo eso, contigo me he portado de veras como una mala persona.

Javier la escuchó sintiendo que las rodillas le temblaban. Deseaba estar con ella, ¡pero estaba tan enfadado con aquella mujer que se había negado a darle una oportunidad!

—Eso lo estás diciendo tú, no yo —dijo él mirándola a los ojos.

Nerviosa por cómo él la observaba ella prosiguió. Si se paraba en ese momento, ya no sería capaz de continuar.

—Reconozco que lo hice mal, pero odio las mentiras en la pareja y cuando descubrí que...

Javier no la dejó terminar y preguntó enfadado:

—¿Cuando descubriste qué?

—Me sentí engañada, Javier, por... lo de Belén.

—Me niego a hablar de aquello. Tú no me diste la más mínima oportunidad de explicarme, y ahora yo no tengo que contarte nada al respecto.

Al notar la dureza de su voz, ella susurró:

—Lo siento, de verdad lo siento mucho. Javier, yo...

—No, Elsa, no lo sientas. No merece la pena —dijo con aspereza dejándola sin palabras, mientras intuía que aquello no tendría buen fin.

En ese momento, se abrió la puerta. Era el doctor Menkil.

—Discúlpame, Thorton. Han traído a siete chicos heridos en una pelea callejera.

—Ahora mismo voy —dijo al recibir la noticia. Y la puerta se cerró.

Tras unos segundos en silencio, en los que Javier no apartó sus oscuros ojos de Elsa, él dijo:

—Nadie ha llegado a mi corazón como tú lo hiciste. No quiero estar enfadado contigo, pero necesito estar tranquilo. Sabes que tú has sido el amor de mi vida. Me enamoré de ti siendo un crío, pero tú nunca te has parado a pensar que el amor es algo de dos y no de uno solo. Cuando te volví a ver, juré que te amaría el resto de mi vida, pero el problema no fui yo. El problema siempre has sido tú, y lo sabes. Y como no estoy dispuesto a seguir sufriendo por ti y hay gente herida que me necesita, creo que lo más inteligente para dos adultos como nosotros es que esta conversación acabe aquí.

—De acuerdo —susurró ella levantándose.

Intentando mantener el tipo, Elsa se dirigió a la puerta. Lo que más le apetecía en aquel momento era llorar y patalear como una loca, pues él no quería perdonarla.

Antes de salir, se volvió para mirarle y se encontró con

una mirada dura, al mismo tiempo que dulce y cariñosa, y, con una sonrisa, dijo para desconcertarle:

—Adiós, Javier.

Y salió por la puerta.

Camino del ascensor su mente daba vueltas y más vueltas pensando en lo que acababa de ocurrir. Oyó un ruido y volviéndose vio a Javier salir de su despacho y dirigirse hasta la entrada de urgencias. Su aspecto era ceñudo, casi desafiante. Ella se detuvo, y abrió su bolso. Observó aquel último cartucho que tenía para quemar con Javier. Se sentó en una butaca de la sala de espera y pensó qué hacer. ¿Debía enviar aquella última señal o desistir? Tras meditarlo durante un rato, se levantó con decisión y se dirigió de nuevo hasta el despacho. Abrió la puerta y tras dejar algo encima de la mesa de Javier, se marchó.

Mientras tanto, en la habitación de las chicas charlaban Rocío y Celine. Todos se habían marchado. Shanna y George se habían ido a la casa de Elsa. Aída había vuelto a la suya con su padre. Kevin se había marchado a trabajar y Marco había salido a cenar.

—¿Cómo os encontráis? —preguntó Elsa al entrar.

—Mejor —dijo Celine, quien se reía por algo que había comentado Rocío.

—Yo estoy ¡divina! —añadió Rocío mirando a Elsa. Acto seguido, dijo—: Oye, ¿te acuerdas de cuando estuvimos en Oklahoma con Sanuye?

—Sí —asintió ella con ganas de llorar.

—¿Recuerdas lo que me dijo cuando me leyó los posos del café?

Pero Elsa tenía la cabeza en otra parte, no muy lejos de aquella habitación.

—¿Sobre qué?

—Me dijo que encontraría un amor valiente y enloquecedor que aparecería con el fuego —recordó sonriendo—. ¿Tendrá algo que ver eso con Kevin?

Al escucharla, Celine volvió a reír y Elsa asintió.

—Quizá tenga que ver. Ya sabes que Pocahontas siempre dijo que su bisabuela tenía premoniciones.

—No tengo el placer de conocer a esa señora —comentó Celine partiéndose de risa—, pero creo que lo que te dijo y la aparición del cachas de Kevin seguro que tienen mucho que ver.

En ese momento, se abrió la puerta y la cara de las tres fue un poema al comprobar quiénes entraron.

—¡Virgencita del Rocío y *tossssss* sus arcángeles! —gritó Rocío poniéndose a llorar—. ¡Mamá!

Candela, junto a Barbara, la madre de Elsa, estaba allí.

—¡Mamá! ¿Qué haces aquí? —gritó también Elsa mientras veía a su amiga y su madre llorar y besarse.

—Candela quería superar su fobia al avión, así que decidí acompañarla para, de paso, verte a ti. ¿Cómo estás, cariño? —Ambas se fundieron en un abrazo que las reconfortó enormemente después de tantos meses sin verse.

Celine, emocionada, las miraba con algo de envidia. Sin embargo, al recibir el abrazo de Candela y los mimos de Barbara, se sintió tranquila y en paz consigo misma.

—Mis niñas —comentó Candela—. ¿Cómo estáis, tesoros míos?

—Mamá, estamos bien, algo magulladas pero bien —respondió Rocío, que todavía no había superado la sorpresa de ver a su madre allí—. Pero ¿quién te ha convencido para que te subieras a un avión?

—Fue él —dijo señalando a Marco, que sonreía al ver el cariño que aquellas dos mujeres repartían entre aquellas tres muchachas—. Tuvimos una conversación muy interesante por teléfono. Nos acompañó una enfermera que él me mandó durante todo el viaje, por si me daba algún tabardillo y me volvía loca. —Eso hizo reír a todos—. Pero, hija, ha ido todo fenomenal.

Celine, emocionada, le tomó de la mano, y Rocío le sonrió y le tiró un beso.

—Una vez te dije que nunca te apostaras nada conmigo. Además, creo recordar que te dije que si yo me proponía que tu madre viniera, lo conseguiría.

—Gracias —susurró Rocío con una enorme sonrisa, apretándole la mano, cosa que a él le encantó, al tiempo que con otra sonrisa espectacular Celine le miraba.

Pasados los primeros minutos de preguntas y respuestas, Barbara comenzó a organizarlo todo.

—Veamos, esta noche nos quedamos nosotras aquí con las chicas. Tú te vas a dormir a tu casa, que no me gusta la cara que tienes, y tú te vas a descansar a tu hotel —dijo señalando a su hija y a Marco.

Este último intentó protestar, pero los ojos de Celine le pidieron que hiciera caso. Él también necesitaba descansar. Por eso sonrió y asintió.

—Pues no se hable más —comentó Candela besando a su hija y luego a Celine.

40

En la planta baja del hospital las urgencias hervían de actividad. Javier, junto al doctor Menkil, daba su diagnóstico a distintos profesionales sobre los chicos que habían llegado heridos tras una pelea callejera. Después de horas organizándolo todo, Javier regresó agotado a su despacho. Necesitaba un momento de paz. Al entrar fue directamente hasta su mesa y no reparó en el papel que había encima de la misma hasta que estuvo sentado frente a él. Se quedó sin palabras cuando, al fijarse, vio unas florecillas encima del escritorio junto a una nota.

Al reconocer aquellas flores, cerró los ojos. No sabía si reír o llorar. Finalmente, decidió abrir aquella nota.

> *Hace casi once años, en la boda de Aída, tú me regalaste unas flores y me dijiste que su nombre científico era* Myosotis palustris. *Ahora te las regalo yo a ti, y espero que recibas el mensaje que, en su momento, yo no supe apreciar. Siempre te querré.*
>
> *Elsa*

Javier sonrió por primera vez en mucho tiempo. Recostándose en el sillón, leyó aquella nota mil veces, mientras con la otra mano tocaba aquellas flores llamadas nomeolvides. Abriendo un cajón de la mesa, sacó una foto de Elsa y él sonriendo. ¿Cómo olvidar a Elsa? Era imposible. El amor que sentía por ella era más fuerte que él mismo y, según pasaban los segundos, se dio cuenta de que no podía ni quería controlarlo.

Volvió a leer la nota y sonrió al ver cómo ella recordaba el nombre científico de aquellas florecillas, *Myosotis palustris*. Recordó el momento exacto en que le había regalado aquellas flores. Bailaban. Las cogió de un gran cesto y, mintiéndole sobre su verdadero nombre, se las regaló esperando que no le olvidase. Pero lo que nunca llegó a imaginar era que, con el paso de los años, ella le regalaría las mismas flores a él. Incapaz de negar lo evidente, Javier besó la foto de Elsa y, levantándose del sillón, corrió hacia el ascensor. Necesitaba decirle que la quería, que la perdonaba, que la amaba. La necesitaba tanto como respirar. Olvidando su orgullo herido, decidió concederle a Elsa no una, sino mil oportunidades. Cuando llegó frente a la habitación de las chicas, abrió la puerta, pero su cara cambió cuando no encontró allí a quien deseaba.

—Hola, Javier —saludó rápidamente Rocío al verle aparecer.

Candela al verle, se dirigió hacia la puerta para abrazarle.

—Javier, hijo, ¿cómo estás, corazón?

Intentando ocultar su decepción, saludó primero a Candela y luego a Barbara.

—¿Cuándo habéis llegado?

Barbara, sin intuir lo que aquel muchacho sentía ni pensaba, respondió:

—Apenas hace unas horas.

Durante unos minutos fue cortés y habló con las mujeres, pero cuando ya no pudo aguantar más, miró a Celine y Rocío y preguntó:

—¿Elsa se ha ido ya?

Con una sonrisa en los ojos, Celine asintió y él resopló.

—Hace un par de horas —respondió Rocío al ver la

impaciencia en sus ojos, y con una dulce sonrisa añadió—: Pero iba directamente para su casa.

—Anda... ve a buscarla. Allí la encontrarás —sonrió Celine guiñándole un ojo.

Javier sonrió ampliamente y Candela y Barbara se miraron. ¿Qué ocurría allí?

—Gracias, chicas. —Salió disparado de la habitación pero, segundos después, entró y mirando a Barbara y a Candela dijo—: Mañana prometo venir a verlas con más tranquilidad. Ahora, si me disculpan, tengo algo importante que hacer.

Quitándose la bata con una sonrisa en los labios, Javier corrió hacia el ascensor. Necesitaba ver a Elsa.

—Vaya, vaya. Creo que alguien va a pasar una noche maravillosa —murmuró Celine con malicia al verle salir.

—¡Ojalá, *miarma*..., ojalá! —rió Rocío—. A ver si se arreglan de una vez.

Barbara y Candela, que habían sido testigos de aquello, comenzaron a entender de qué iba todo. Entonces Barbara, cuadrándose ante ellas, preguntó:

—¿Que se arreglen quiénes?

—Pues Elsa y Javier —respondió Rocío. Al ver sus caras, comentó—: Es una larga historia.

—¡Virgencita! —dijo Candela al escuchar aquello—. Si ya decía yo que el muchacho tenía mala cara y tu hija también.

Al oír aquello, Barbara comprendió las ojeras de su hija. Sólo deseaba que aquel asunto se solucionara lo mejor posible para todos, aunque en especial para Elsa.

Sentándose frente a Rocío y Celine, que se miraban con complicidad, Barbara dijo:

—Queridas niñas, desembuchad ahora mismo, porque tengo toda la noche para escucharos. —Y dicho aquello, las muchachas le comenzaron a contar la historia.

Aquella noche, cuando Elsa llegó a su casa, convenció a Shanna y a George para que se marcharan a cenar solos a un elegante y bonito restaurante. Necesitaba estar sola para lamerse las heridas. Quería estar sola para meterse en la bañera y llorar sin que nadie la oyera. En un principio, sus amigos se negaron si ella no los acompañaba, pero cuando consiguió deshacerse de ellos, cogió la correa de *Spidercan*, que saltaba alegremente a su alrededor y bajó hasta un parque cercano. Tras soltarle para que corriera un poco, se apoyó en un banco y sonrió al verle jugar con otros perros. Pero su cabeza sólo podía pensar en una persona: Javier. Al darse cuenta de las horas que habían pasado desde que dejó la nota en su despacho con las flores, imaginó que éste las había tirado directamente a la papelera. Y aunque le doliera reconocerlo, se lo merecía por estúpida, tonta, desconfiada y todo lo que se la pudiera llamar.

Convencida de ello, Elsa centró de nuevo su mirada en *Spidercan*, que detuvo su carrera para fijarse en alguien que se acercaba por el parque. Elsa levantó la vista hacia donde su perro miraba, pero las sombras de la noche no le dejaban ver con claridad de quién se trataba. Y cuando la luz de una farola le permirió reconocerle, a punto estuvo de desmayarse. Era Javier, que la miraba con una sonrisa en la boca. Ella, al verle, se quedó clavada en el banco. Intentó levantarse, pero las piernas no la sostenían. Cuando Javier estuvo lo suficientemente cerca, se paró y, durante unos segundos, ambos se miraron tiernamente a los ojos hasta que él, con cariño y con una maravillosa sonrisa, dijo mientras se acercaba lentamenta a ella:

—Hace años te dije que las cosas importantes no se suelen olvidar. Y esto —dijo enseñándole las flores de nomeolvides— me hizo recordar cuánto te necesito y te quiero. Intenté odiarte y olvidar tus ojos, tu boca, tu sonrisa, para dejar de sufrir al pensar en ti. Te quiero como nunca voy a querer a nadie, ¿sabes por qué, cariño? —Elsa, con los ojos anegados en lágrimas, negó con la cabeza, y él dijo—: Porque olvidé olvidarte.

—Te quiero, cariño —susurró Elsa.

No hizo falta decir más. No hubo preguntas, ni explicaciones, ni respuestas. Javier, tras dos zancadas, llegó hasta Elsa y la cogió entre sus brazos. Levantándola del banco, la besó con toda la pasión retenida durante aquellos largos meses. Elsa, tras volver a la realidad y verse en los brazos de aquel hombre, le abrazó fuerte, muy fuerte, dispuesta a quererle y a dejarse querer. Atrás quedaron las noches sin dormir, el dolor, la desazón. Frente a ellos se abría un futuro con posibilidades y, sobre todo y lo más importante, con mucho amor.

Epílogo

Aquellas navidades fueron unas fiestas muy familiares. Celine y Rocío recibieron el alta y, ante la insistencia de Marco, se trasladaron al valle de Napa para terminar de restablecerse. Allí fueron atendidas con amor por Angelita y Candela, que se mostraba entusiasmada por todo lo que estaba conociendo de Estados Unidos. A raíz de aquel viaje, su visión de aquel país cambió. Ya no todo eran hamburguesas, vicio y música rap.

Rocío se encontraba en un momento dulce y feliz. El amor le llegó sin buscarlo. Nunca pensó que pudiera encontrarse en un momento tan dramático como en el que se conocieron, pero la anciana Sanuye tenía razón. Kevin, aquel bombero valiente, apareció con el fuego, y ese mismo fuego era el que consumía a Rocío cuando él la miraba y le hacía el amor. Ni que decir tiene que Candela estaba encantada con las visitas que aquel hombre hacía a su hija siempre que podía. Era ver aparecer a Kevin por las tierras de Depinie, y una tonta sonrisa se le instalaba en la cara.

En lo que respecta a Celine, la vida le cambió radicalmente. Tras hablar con su oficina en Bruselas, decidió pedir una excedencia de dos años. Marco le pidió que se casara con él y ella aceptó, aunque no quiso abandonar su trabajo. Marco no insistió, pero se convenció a sí mismo de que conseguiría hacer que cambiara de opinión y lo olvidara. Rocío, con una sonrisa, no lo dudó. Si él había conseguido montar a su madre en un avión, conseguiría su propósito con la Tempanito. Celine sonreía más a menudo. Lo más importante para ella en la vida era Marco, su hija y sus amigas, a partes iguales. Cuando Celine conoció a la pequeña Sabrina, la niña le tomó un cariño fuera de lo normal desde el primer momento. Nunca vio competencia en ella. Al revés, la ternura que esa niña le regalaba día a día abría en Celine partes de su corazón que ella no conocía.

Shanna y George decidieron finalmente irse a vivir a Seattle. Por medio de un conocido que trabajaba en la televisión privada de aquella ciudad, Shanna consiguió un empleo en el Canal 31, como presentadora de un magazine matinal, que en pocos meses fue líder de audiencia. George continuó trabajando como jefe de veterinario, en el zoo y en el acuario, y cada noche, cuando llegaba a su casa, saboreaba la dulzura de su mujer. El amor que un día volvió a encontrar y que decidió no olvidar jamás.

Aída tuvo su bebé. Un niño al que le pusieron el nombre de Brandon. El divorcio con Mick siguió adelante. Tras aquella separación, Aída comenzó a trabajar en una de las clínicas que sus tíos poseían en Los Ángeles. Por primera vez en su vida trabajaba y era independiente. Gracias a la ayuda de su familia y sus amigas, su vida volvió a empezar. Ahora era ella la que salía y entraba con amigos, alguno más especial que otro, y en comparación con sus amigas, era ella la que vivía la vida, mientras que las demás disfrutaban de más tranquilidad y sosiego.

Elsa y Javier decidieron casarse. Fue una boda que la propia novia, junto a Tony, preparó a conciencia. Una experta en la materia como era ella organizó la mejor boda de todas. Tras hablarlo con Javier, decidieron que la ceremonia tuviera lugar en la playa. Sólo asistieron familiares directos y algunos amigos.

La noche anterior al enlace, las cinco amigas se reunieron para charlar en el cuarto de Elsa. Todas se emocionaron al entregarle el regalo que habían encargado a Roana, la madre de Shanna. Elsa, al abrir el paquetito que ellas pusieron en su mano, sonrió al ver una preciosa pulsera de oro blanco, pero se emocionó al leer en el reverso de aquella joya «Siempre juntas: Celine, Shanna, Rocío, Aída y Elsa».

La mañana de la boda, Estela, la abuela, estaba orgullosa al ver a su preciosa nieta tan feliz, a punto de casarse con aquel médico que tanto le gustaba y que con tanta pasión la miraba. Los padres de Javier, Cecilia y Anthony, junto a unos encantados Patrick y Aiyana, hablaban con los invitados y disfrutaban de la ceremonia. Candela junto a Alfonso, su marido, disfrutó de aquel maravilloso día. Y, por su lado y sin decir nada, ya estaba haciendo la lista de boda para no quedar desprevenida, por si Rocío se animaba. Bea, la hermana de Elsa, que residía en Londres, acudió acompañada de un chico que llevaba varios pendientes en la nariz. Aquello escandalizó a algunos, pero tras tratar con él y ver que era un encanto a pesar de su desastroso aspecto, decidieron que el muchacho se tenía el cielo ganado por aguantar a su Bea, que seguía siendo tan exigente como siempre.

Por otro lado, Juan, el marido de Barbara y padre de Elsa, reía sin parar. Las vidas de sus hijos eran de ellos, y ni él ni nadie debía meterse por medio. Así que, con una estupenda sonrisa, atendió al extraño novio de su hija Beatriz, disfrutó al ver la felicidad de su hija Elsa y se alegró cuando Nico y Marta les anunciaron que iban a ser abuelos.

Antes de la ceremonia, Aída, con una pícara sonrisa en los labios, se acercó hasta la habitación de Elsa y le puso los preciosos pendientes de cristal de Swarovski que Elsa le había regalado para su boda. Los años habían pasado y ahora era Elsa quien iba vestida de novia. Estaba preciosa con aquel maravilloso modelo de encaje y tul que Barbara había diseñado y que entre todas las costureras de su taller se había confeccionado con especial cariño y amor.

Las niñas de Aída, Susan y Julia, y la pequeña Sabrina portaron las arras y los anillos en la ceremonia, aunque cuando empezaron a revolcarse en la arena de la playa y a jugar aquello se empezó a descontrolar. Mientras Elsa, con Javier cogido de la mano, sonreía.

Durante el baile, las chicas, entre risas, le pusieron la corbata derecha a Javier, cosa que hizo reír a las cinco. Y a la hora de tirar el ramo, éste fue a parar inexplicablemente a las manos de Aída, que al cogerlo lo soltó de inmediato como si le hubieran dado una descarga eléctrica. Eso hizo reír a todo el mundo. Al final, el ramo terminó en las manos de Rocío, que recibió un maravilloso beso de Kevin, mientras Candela comenzaba a hablar con Barbara sobre el vestido de novia de su hija.

Tras una preciosa y entrañable ceremonia, donde todo fue diversión, complicidad y amor, Elsa y Javier cogieron un avión sobre las dos de la madrugada para comenzar su luna de miel.

—¿Te he dicho hoy, señora Thorton, cuánto te quiero? —susurró Javier besándola en la boca.

—Sí, pero me gusta oírlo. —Y tras besarle con pasión, murmuró—: ¿Te he dicho cuánto me gustas y que te adoro, mi amor?

—Sí... —sonrió él cogiéndola en brazos mientras caminaba hacia el pequeño río que había cerca de la casa de su abuela Sanuye, en Oklahoma.

Feliz, la anciana les miró y, tras dar las gracias a su marido y a sus antepasados por su ayuda, tiró un beso al cielo y se fue a dormir, mientras su nieto y su mujer disfrutaban para toda la vida de su amor.

la correa - la laisse

quejarse - se fâcher

fruncir el cejo   pestaña - cil

claudicar - céder / abandonner

pegajosa - collant / qui reste ds la tête.

un éxito

lograr / conseguir - réussir

destrozado - exténué

el césped - le gazon

la barbilla - le menton

asentir - acquiescer

aterrizar

sucio - sale

¡cierra el pico!

el anochecer

delatar = révéler

majo